LE GRAND VERTIGE

"Domaine français"

DU MÊME AUTEUR

REQUIEM POUR LOLA ROUGE, Grasset, 2010 (prix de la Vocation 2011) ; Babel n° 1706.

LA VIE QU'ON VOULAIT, Grasset, 2013.

EROICA, Grasset, 2015 ; Babel n° 1525.

L'INVENTION DES CORPS, Actes Sud, 2017 (prix de Flore 2017 ; prix de Rencontres à lire 2018) ; Babel n° 1617.

L'auteur remercie le CNL pour son aide.

P. 95 : *Echomocobo*, © Eva Palomar.

ISBN 978-2-330-13926-1

PIERRE DUCROZET

Le grand vertige

roman

ACTES SUD

à Julieta

Ier MOUVEMENT

1

Adam Thobias a indiqué à Carlos Outamendi le fauteuil rouge à franges. Dans les deux tasses il a versé du thé qu'ils ont bu en silence. On entend des gouttes d'eau qui tombent dans le puits, quelques tuiles qui craquent. L'eurodéputé est arrivé ce matin à Brighton dans la retraite d'Adam Thobias pour essayer de l'en sortir. Un peu plus de thé ? Avec plaisir. On parle de la lumière, bien pâle à cette époque de l'année, et des canards qui aiment poser leurs becs sur le réservoir d'eau. Outamendi, après une première attaque, trop discrète, revient à la charge sur le côté, vous savez, c'est une opportunité historique, il y aura des moyens importants, une grande marge de manœuvre. Adam Thobias, les deux mains reposant sur les accoudoirs en velours, le corps long et las perdu entre les étagères en bois brut de la bibliothèque, regarde l'eurodéputé d'un air étrange dans lequel flotte de la circonspection, mais aussi, peut-être, de l'indifférence. Celui que je préfère, c'est le petit, là-bas, dit Thobias en pointant du doigt la bande de canards. Il ne sait pas, il ne sait rien, il cancane quand même. Il glisse son bec dans le puits pour tenter de boire. Bientôt, il comprendra. Outamendi boit une nouvelle gorgée de cet earl grey haute cuvée. Il a la vessie qui va exploser mais il faut qu'il tienne. Pendant un moment, le maître des lieux a semblé vaciller. Mais il s'est ressaisi et étudie à présent la baie vitrée qui s'ouvre sur un jardin triste et humide ponctué de statues mousseuses et de bégonias presque partis déjà. Une demi-heure plus tard, alors qu'ils évoquent les derniers remous au Parlement européen, Thobias dit oui, au détour d'une phrase, de sa voix grave et lointaine, sans rien ajouter mais Outamendi comprend. Est-ce l'aspect nouveau du projet qui l'a convaincu, ou bien l'enveloppe allouée – il n'en dira rien.

Et c'est un long oiseau ébouriffé, aux cheveux encore abondants malgré ses soixante-cinq ans, qui débarque trois semaines plus tard, la tête légèrement inclinée, les yeux bleus perçants, dans la grande bâtisse à moitié flinguée de la rue du Vallon, dans le centre de Bruxelles. Trois étages, des bruits de pas émis par une cinquantaine de jambes, des Mac tout juste sortis de leurs étuis, des classeurs, des cartes, des documents étalés partout. On est pleins d'idées, de projets, d'ardeur, comme au début d'une histoire d'amour.

Le nouveau bateau, dont Adam Thobias prend les commandes, porte le sigle de CICC, Commission internationale sur le changement climatique et pour un nouveau contrat naturel – CICCNCN, c'était à peu près imprononçable, on a décidé à l'unanimité de raccourcir. Une centaine de gouvernements (à l'exception notable, quoique attendue, des États-Unis de Donald Trump et de la Russie de Vladimir Poutine), d'instances internationales (principalement l'ONU, l'Union européenne et la Banque mondiale) lui ont accordé des crédits :

120 milliards en tout pour aborder le défi bio-écologique depuis un autre versant que les politiques publiques, jusqu'à présent parfaitement inefficaces.

Quelque chose est en train de se passer. Il aura fallu une suite de catastrophes, incendies, épidémies, disparition d'écosystèmes et fonte des glaces pour qu'un spectaculaire revirement s'opère. Chloé Tavernier a bien senti le vent tourner. Militante de longue date, elle s'était jusqu'alors heurtée à un mur d'indifférence et de mépris, ah ouais t'aimes les arbres et les vaches, génial, mais en 2016 quelque chose s'est débloqué et alors tout est allé très vite sous la pression d'une nouvelle vague, vive et déjà exaspérée, portant l'agneau sacrifié par leurs parents. À moins que ce ne soit tout simplement la folle température qui brûla les peaux, cet été-là, et réveilla les cerveaux endormis. Cela déboucha, autre surprise, sur la création de cette organisation entièrement consacrée à la réinvention d'un pacte naturel. Lorsqu'on proposa à Chloé Tavernier de faire partie de l'équipe, elle esquissa dans son salon de la rue des Rigoles à Paris le pas de zouk des grands jours.

— Et qui va prendre la tête de la commission ?

Elle espérait, comme tous, que l'homme ayant mené le combat pendant quarante ans rejoigne l'aventure, mais il s'était semble-t-il éloigné des affaires, fatigué de ne rien voir venir.

— Si je viens, en revanche, avait finalement soufflé Adam Thobias à Carlos Outamendi en lui serrant la main devant le seuil pavoisé de sa maison, ce ne sera pas pour le plaisir de la balade.

Et il n'avait pas menti ; attrapant sa baguette, il donna aussitôt le tempo, suivi par ses vingt-quatre collaborateurs venus du monde entier.

En réalité, Adam Thobias a accepté à une condition. La création d'une entité à part, à l'intérieur de la commission, constituée de "spécialistes chargés de missions".

— Qui serait comme le bras armé du reste, avait-il expliqué autour de la table de réunion. On envoie des gens enquêter partout dans le monde. Il faut ça si on veut réussir. On peut bien s'enfermer à Bruxelles pour imaginer le futur, si on n'a pas le présent ça ne servira à rien.

Les têtes autour de lui, tout à leur joie d'avoir attrapé le gros poisson dans leur escarcelle, opinèrent longuement.

— Ils seront environ une cinquantaine, a continué Adam. On les choisit ensemble, il nous faut les meilleurs. Des scientifiques, des géographes, des anthropologues, des voyageurs. Pour qu'ils nous apportent quelque chose, ils doivent être un peu hors normes, si on prend les spécialistes typiques ils vont nous ressortir les mêmes âneries que d'habitude. Ils seront chargés de recenser tout ce qui se tente, de nous dresser un état des lieux mondial mais aussi d'imaginer ce qui *pourrait* se faire, et ce dans tous les domaines qui nous intéressent, énergie, évolution des territoires, biodiversité, mobilité.

Chloé Tavernier, assise à la droite d'Adam Thobias, essaie depuis plusieurs jours de déceler ce qui se cache derrière cette voix traînante, laquelle passe tour à tour sur elle comme un baume ou du papier de verre. Elle entend de la détermination, de la folie, de l'humour sec, de la sagesse, de l'arrogance peut-être ; elle entend à peu près tout et son contraire.

— Nous communiquerons avec les membres de cette équipe sur un réseau fermé. Le groupe Télémaque, j'ai pensé qu'on pourrait l'appeler comme ça. C'est un peu les mêmes aventures qui les attendent. Qui veut s'en occuper avec moi ?

Plusieurs personnes lèvent la main.

— Vous deux, là, et vous aussi.

Sous la table, Chloé serre le poing de joie.

— Vous en pensez quoi, vous ? demande au même moment, à Paris, le ministre français de l'Environnement à sa directrice de cabinet.

— De la nouvelle commission ? Oh c'est bien, c'est très très bien, dit-elle. Et surtout, ça nous fout un peu la paix.

— Ah bon ? dit le ministre en touillant son café.

— L'opinion publique est à cran, ça commence à devenir compliqué, continue la directrice de cabinet, qui se sent plutôt en forme aujourd'hui. Les gens n'ont que les mots *climat* et *réchauffement* à la bouche. Si cette commission pouvait les calmer, ce serait parfait.

— Et pendant ce temps ?

— On laisse venir, dit-elle. Et on fait passer la réforme des retraites.

— C'est brillant, dit le ministre en se brûlant la langue.

Adam Thobias déplace sa carcasse dans l'immense open space ceinturé de moquette bleue et de plaques en métal. Il a trouvé un appartement tout en boiseries XIXe juste à côté, dans la rue Clos-du-Parnasse. Il y a posé ses deux valises, pas grand-chose, des fringues, quelques livres. Sa femme Caroline devrait le rejoindre bientôt.

Non seulement tout le monde ici connaît le parcours et l'œuvre d'Adam Thobias, mais il est, pour plusieurs, à l'origine de leur vocation. Né à Paris en

1952 d'un couple franco-anglais, il étudie la géographie à la Sorbonne avant de devenir professeur à Oxford. Au milieu des années 1970, ses articles sur le réchauffement climatique, terme encore inconnu à l'époque, lui valent l'intérêt de ses pairs et la circonspection des étudiants, étonnés de voir l'honorable professeur se fourvoyer dans l'impure actualité.

On perd sa trace pendant quelques années, il se plonge visiblement dans l'étude – puis on le retrouve au bout du monde, en Alaska, en Sibérie, au Zimbabwe, d'où il envoie régulièrement des romans d'aventures mâtinés de science bon marché que l'on s'arrache en Europe et aux États-Unis. Il devient Adam Thobias le romancier à chapeau, qui ne cesse par ailleurs d'alerter la communauté internationale des changements visibles partout dans la biodiversité.

Il s'installe, au début des années 1990, aux États-Unis, et participe à la grande opération Medea lancée par le vice-président Al Gore. Le projet est à la fois simple et impossible : mettre à disposition de la communauté scientifique quarante-quatre années de photographies du globe terrestre réalisées par les aérospatiales américaine et russe sous le contrôle des services secrets. Pendant ces quatre décennies de guerre froide, des satellites ont photographié sans trêve l'ensemble du territoire, et en particulier les secteurs d'activité adverse, depuis le pôle Nord, où les sous-marins russes ne cessent d'entrer et de sortir, jusqu'aux recoins du Pacifique sud ou du delta du Mozambique. Ces millions de photographies du ciel seraient une ressource phénoménale pour les géologues, les biologistes et les physiciens dans leurs recherches autour du changement climatique.

Al Gore et son équipe parviennent à leurs fins : la CIA et le KGB acceptent de collaborer ; la guerre froide est définitivement enterrée.

Quatre-vingt-neuf scientifiques sont réunis pendant des semaines au siège du renseignement américain pour partager leurs analyses des nouvelles données. Adam Thobias est l'un d'eux, assis au troisième rang entre une sismologue allemande et un océanographe japonais. Il est, comme tous, particulièrement excité. Quelque chose se noue au niveau global, une alliance des pratiques, une conscience planétaire. Après des semaines de travail et d'échanges, la commission rend son verdict : le réchauffement climatique est extrêmement net sur les cinquante dernières années, et, les émissions de gaz à effet de serre ne cessant d'augmenter, rien ne semble pouvoir enrayer cette courbe ascendante.

On accède enfin à une vision large et unifiée de l'état de la Terre, et il est catastrophique. On est en 1995, Al Gore est au sommet de l'État, il va lancer de grandes réformes. Et là, quelque chose se passe. Adam Thobias, pris dans le flux, ne s'en rend pas compte tout de suite, mais, avec quelques années de recul, cela devient clair : l'administration américaine a délibérément fait marche arrière. Comme au début des années 1980, à la suite du rapport Charnay qui détaillait le désastre à venir, tout était réuni pour réaliser le grand virage ; à nouveau, il n'est pas amorcé ; on plonge dans l'inconnu.

Dès lors, les deux camps s'organisent. D'un côté, la lutte environnementale prend de l'ampleur, de Conférences des parties en sommets internationaux. De l'autre, le camp dit *climatosceptique* se constitue autour de plots, de fortins, de prises de châteaux. Il s'agit de déployer une armée solide et diffuse de pseudo-scientifiques, de faux experts, d'économistes et de politiques disposés à répandre de fausses informations pour leurs intérêts propres et ceux des compagnies du pétrole, de l'industrie lourde et du transport. L'armée, fière et cupide, s'organise, et son action se révèle extrêmement efficace.

Adam Thobias, touché mais pas abattu, reprend la route. Il part habiter en France, s'achète une maison avec jardin, se marie avec sa nouvelle compagne avec qui il a une petite fille, Amalia. Il sort régulièrement de sa retraite pour lancer des pétitions, publier un nouveau texte rageur contre l'aveuglement collectif, avant de retourner lire Wittgenstein dans sa mansarde et arroser ses bégonias. Il demeure cette figure tutélaire associée aux débuts de la lutte environnementale, qui lentement s'efface.

Il retrouve un poste à la Sorbonne où il se rend toutes les deux semaines, initiant une génération d'étudiants aux beautés troubles de ce qu'il appelle une *géopoétique augmentée* et à l'exploration sensible d'un monde en déroute.

En 2009, il publie *Tremblements.* Tous les enjeux de la modernité se mêlent dans ce brûlot : le changement climatique, bien sûr, les intérêts économiques de la centaine d'entreprises ayant abouti à la destruction d'une planète, les migrations, la renaissance des arts, le vacillement métaphysique, la quatrième blessure narcissique – "après Copernic, Darwin et Freud, celle que nous inflige la modernité, à savoir la conscience d'avoir détruit le monde, le vivant et (presque) notre propre espèce, est la plus profonde et la plus grave de toutes" –, la révolution numérique, non comme abêtissement mais tremplin vers une pensée nouvelle, tout est relié et organisé par Adam Thobias en un système de pensée cohérent et 190 pages d'une puissance politique rare. Brusquement tout se tient, obéissant à une logique simple et confondante : la loi du capital aboutit naturellement, comme l'écrivait Marx, à la destruction de la valeur d'origine, à savoir, dans ce cas, la Terre et le vivant. "Nous sommes en proie à un grand vertige : le sol sous nos pieds s'évase, le ciel au-dessus se trouble. Plus rien ne tient, tout bouge. Dès lors, à quoi nous retenir ? Ni nos valeurs ni notre passé ne nous sont plus utiles. Face à ce tremblement de toute chose, nous devons tout revoir – et faire table rase."

Thobias lance le livre et retourne à son logis, d'où on l'imagine assister à la fin du monde en direct à la télé, une tasse de thé à la main, des quartiers de mandarine dans l'autre.

Sa disparition ne fait qu'accroître son aura, le nouveau siècle s'y plaît, qui chérit autant l'omniprésence que l'absence, devenues les deux seuls modes d'existence. Des centaines de penseurs et de jeunes activistes se réclament de son héritage. La création de la CICC s'inscrit en grande partie dans la queue de comète de *Tremblements* et du reste de son œuvre ; appeler Adam Thobias à sa tête semblait couler de source. Qu'il accepte, en revanche, non.

— Si vous voulez jeter de l'argent par la fenêtre à des incapables, allez-y, soutenez cette nouvelle mascarade, éructe Rex Tillerson, secrétaire d'État américain à la Maison Blanche et ancien directeur d'ExxonMobil. Nous, nous avons une économie à relancer, des gens qui comptent sur notre travail.

La création de la commission avait aussi eu pour vertu, peu après l'élection du nouveau président des

États-Unis et leur sortie des Accords de Paris sur le climat, de clarifier encore davantage les choses. Certains s'envolaient loin du désastre qu'ils avaient eux-mêmes provoqué, les autres restaient les deux pieds dedans, à chercher une clef, une piste, un devenir. Le corps chaud et boueux, le regard droit.

— Je voudrais en quelques mots vous présenter l'idée de cette nouvelle institution que j'ai le plaisir de diriger, commence Adam Thobias devant le parterre de responsables du monde entier réunis à Bruxelles ce lundi 6 février 2017 : rassembler *et* renouveler l'ensemble des connaissances humaines dans tous les domaines nécessaires afin de tracer un dessin global. On ne peut pas se contenter d'arrangements politiques, de changements économiques, qui sont certes essentiels mais ne résolvent pas le fond du problème. C'est l'ensemble de notre rapport au vivant et aux territoires qu'il nous faut reconsidérer. De la domination et de la destruction, il nous faut passer à des alliances, des associations, des mélanges. Or on ne sait pas comment faire parce qu'on ne comprend rien au monde, on méprise les plantes et les bêtes, 40 % des océans nous demeurent inconnus.

Adam marque une pause, se raclant très légèrement la gorge – il s'agit de faire sauter, sans pour autant être grossier, le petit filet de toux qui gêne l'élocution, et d'éviter ainsi au passage tout risque d'emphase.

— Au XVIe siècle, on a découvert un nouveau monde. Des centaines d'esprits éclairés se sont lancés avec appétit et curiosité vers ces territoires neufs. Bon, ça a mal tourné, mais ce n'est pas l'objet. Nous nous trouvons dans la même situation aujourd'hui : on ne le voit peut-être pas à l'œil nu, mais devant nous s'ouvre un immense espace à explorer. La crise écologique nous oblige à habiter autrement le monde. Tout ce que nous avons mis en place est à refaire – pensez bien que j'en suis le premier désolé. Efforçons-nous de ne pas le voir comme une défaite mais plutôt comme un défi et une opportunité uniques.

On secoue des éventails, il fait un peu moite dans cette salle non climatisée du quartier européen de la capitale belge.

— Les deux volets du projet sont indispensables et indissociables : il doit y avoir des mesures politiques, des accords internationaux à respecter, mais nous devons surtout nous réinventer. C'est ambitieux, certes, mais tout ce qui le serait moins n'aurait pas grand intérêt aujourd'hui. Merci à vous.

Adam Thobias sourit et regagne la salle. On se lève, on applaudit, on se congratule aussi. C'est ça, c'est sûr, la solution, il a *tellement* raison. On ne peut pas envisager la politique toute seule, comme une chose à part, dit une dame élégante à son voisin qui l'est un peu moins, il faut changer l'ensemble du disque dur. Oh oui oui, hoche ce dernier de la tête en guettant le passage des toasts au saumon.

L'avenir tout à coup s'éclaire.

Un petit cercle de membres de la commission s'est formé autour d'Adam Thobias. Ils ont tous à la main un verre de champagne qu'ils entrechoquent dans un bruit de plastique mou. La salle résonne de mille petites conversations insignifiantes et décisives. L'ambiance est joyeuse, on plonge les mains dans des bols de macarons. Un demi-sourire semble flotter sur le visage d'Adam ; c'est bien la première fois que Chloé en voit un.

— Ah, il ne reste plus qu'un problème à régler avant de pouvoir commencer, dit-il tout à coup. Ma chère Chloé, il faut absolument que vous m'appeliez Adam, avec *ame* comme dans "madame". "Adan" à la française, ça ne va pas. Je porte déjà le nom du premier homme sur Terre, si en plus il sonne français, ça fait un peu trop, vous ne croyez pas ?

— Oui c'est sûr, sourit Chloé. J'y veillerai.

Et il part d'un grand rire qui secoue l'assistance. Avant de refermer brusquement son visage et de filer en douce vers la table du bar, son verre de champagne vide à la main.

2

Nathan Régnier avait commencé assez tôt à se détacher des choses – quand, il ne pourrait le dire avec certitude. Ce qu'il sait, c'est que cela s'est aggravé récemment.

Tout avait pourtant bien commencé. Nathan grandit au milieu des forêts rouge et mauve du Labrador, immensités sous ses mains. Il pousse dans les arbres avec sa sœur Elena, tenu par les vents et les mers, pris par la route de l'ours, les canaux secrets des marcassins. Son père, Français exilé au Canada, l'emmène dans les bois où il travaille comme garde forestier. Sa mère, argentine, est ingénieure informatique – depuis son salon chauffé – pour une multinationale basée à Montréal.

Nathan est un enfant rieur et détaché qui s'agrippe en silence aux lianes des saules. Il grandit dans la quiétude des landes et une curiosité sans trêve. Il parcourt les forêts, les rivières, les sous-mondes, détaillant la plante grimpante, le silex, l'araignée paon chevronnée et multicolore, étudiant les frelons et les rênes, aimanté par tout ce qui est.

Son corps (dans lequel il distingue déjà nettement la présence d'une âme, de la taille d'une noix, qui oscille en cadence dans sa carcasse, touchant les bords, rebondissant, tombant jusqu'au pied dans un bruit de grelot, repartant vers le bras ou la hanche) se plie au vent et aux obstacles, s'égarant parfois dans des brumes soudaines. Il se courbe sans pour autant atteindre le sol, il attend son heure. Elle vient déjà. Nathan a dix-huit ans, et de ces heures d'attente, de calme et d'études est née une force de séduction décuplée, qu'il n'avait pas cherchée mais qu'il accueille avec tranquillité. Aimantées par le mystère de ses gestes lents et précis, de son allure pensive, jamais affectée, les filles soufflent fort à son passage. Il ne les voit pas, il avance dans les courants puissants de novembre, plongé dans les racines des plantes vivaces.

Il ausculte les fougères, il touche, il cavale entre les massifs d'hortensias et les sapins baumiers, les éruptions d'herbes sauvages et les taillis d'épinettes, il passe sa main sur les trembles et les ifs, guettant déjà le tableau d'ensemble, il s'immerge dans les livres de botanique pour compléter l'instinctive pratique. Il glisse indifféremment sur les sols et dans les airs, il observe les élans et le jaseur boréal, les goélands à bec cerclé, les caribous et les rats musqués, il plonge sa main pour attraper les saumons et court dans les vallées encaissées à l'ombre des mélèzes ; il développe une passion pour les taupes, les limaces et tout ce qui vit sous terre, sans bruit, et nous soutient.

Nathan est hanté, dès ces jeunes années passées dans les massifs du Labrador, par un mystère. L'organisation en rhizomes des sols, des plantes, des champignons, de l'air, de l'ensemble du vivant et des morts est proprement sidérante, il y a là un mystère et une clef auxquels il sait déjà qu'il devra consacrer son existence.

Nathan disparaît dans le tissu du vivant, réapparaissant à la surface à intervalles réguliers, bouchon de liège percé de toutes parts, imbibé de mille eaux.

Il plonge les mains dans les ronces, en ressort écorché, nage dans les lacs à la nuit tombée, étudie les constellations avec sa sœur. Quelque chose de vaste le saisit. Devant le ciel, il n'est pas étouffé, dépassé, ni même impressionné, il parvient à dompter le saisissement et l'effroi, il se sent capable de tenir, pour un moment au moins, cet infini entre ses mains.

— Écoutez, chère madame Régnier : votre enfant a un souci. On a l'impression qu'il n'est pas là parfois.

— Je crois au contraire qu'il l'est bien plus que nous.

À vingt ans, Nathan part étudier les sciences du vivant à l'université d'Illinois. Il devient vite l'un des meilleurs étudiants de sa promo. Il a développé une relation si forte aux éléments qu'ils lui offrent sans préavis leurs secrets.

Puis il part en Europe étudier à Oxford. Là, tout le passionne, de la biologie moléculaire à l'histoire contemporaine et la littérature sud-américaine. Un professeur en particulier le lance vers de nouveaux territoires : Adam Thobias, l'un des grands noms de la science contemporaine. Avec lui il apprend la physique des sols, prend conscience de ce qui menace de tomber (tout), approfondit la botanique et la faune sauvage. Nathan court dans les patios et les rayonnages de la bibliothèque, avalant Nietzsche et les filles, Henry Miller, toutes les bouteilles et les nuits électriques.

Il ne correspond absolument pas au cliché du scientifique rêveur et détaché, inapte aux *choses de la vie*, auquel tout le monde s'attendrait ; au contraire, il est parfaitement dedans, à l'aise dans son corps, joyeux, d'une grâce désarmante. On loue son intelligence saisissante, son instinct sûr, sa soif de tout.

Vite il se détache de l'université, réalise un, puis deux films, dans lesquels il croise les pratiques sur un même objet, géographie poétique, botanique et philosophie, ironie sèche et plans serrés, tissant des liens entre castors et comètes, photosynthèse et fin du monde, inventant un genre nouveau qui séduit des milliers de spectateurs. Ses papiers dans la presse scientifique, plus confidentiels, lui valent la reconnaissance de ses pairs.

Nathan Régnier devient, très jeune, l'une des stars mondiales de la microbiologie et de la vie des plantes. Il élève – sans pour autant le chercher ni le revendiquer – sa pratique à la hauteur d'un art, fait de didactisme pop et de gai savoir. Il ne surfe pas sur la vague écolo, genre celui-qui-parlait-aux-arbres, c'est elle qui vient glisser sur lui.

On l'appelle des quatre coins du monde pour qu'il vienne parler du mycélium des champignons, des sols en expansion, de la fleur cadavre, la plus grande du monde. Il n'y va pas, il a des choses à faire : écrire, rêvasser dans les parcs, boire des vins argentins.

Il part quand même de temps à autre lancer de nouvelles pistes de recherche, dénicher les derniers spécimens de grenouilles à points jaunes, mettre à l'épreuve ses théories, mais de moins en moins. Quoi de plus bête, en effet, que de traîner sa valise dans des halls de gares encombrés et des chambres d'hôtels pour apprentis suicidaires ? Il faut être masochiste pour décider délibérément de se mettre dans de telles situations. On part, et ce n'est qu'emmerdes, contretemps, retards et mauvaises surprises. Il préfère rester chez lui et regarder le soleil tomber sur les choses.

Nathan a trente-cinq ans à présent, la peau douce par endroits, le regard rieur. Il est de taille moyenne, son visage est harmonieux et délicat, son corps celui d'un athlète qui aurait un peu arrêté l'exercice, le torse encore bombé mais comme par habitude, des bras fins de pianiste qu'il n'est pas. Ses mains dessinent justement quelque chose dans l'air. Il est assis dans un restaurant de Montréal, Le Chien Fumant, à une table légèrement en retrait, c'est la dernière qui nous reste, désolé, mais vous serez tranquilles comme ça, devant lui sa femme, Léa, et un loup de mer à peine relevé d'un filet d'huile d'olive des Pouilles, d'une pincée de piment de Jamaïque et d'une branche de basilic. Nathan tient la main de Léa dans la sienne, ils se retrouvent après deux semaines, elle était à New York pour son travail (de directrice de casting dans le cinéma), il la regarde, un de ses longs cheveux auburn est coincé dans sa bouche, tout est en place, il est à la maison, il tient sa main. Elle commence. C'est délicieux, dit-elle. Il porte le vin à ses lèvres. Et alors noir tout à coup. Plus rien, rien devant lui, noir partout. Il voyait pourtant, c'est sûr, quelques secondes plus tôt. Il avait d'ailleurs été capable de détailler au plus près, et assez bien, pense-t-il, son poisson, à moins que ce ne fût un poulet. Au début c'est un vertige, les éléments se brouillent, en l'occurrence la table, le plat, le visage de Léa (il distingue encore les formes, oui, et puis il peut s'aider de ses souvenirs). Ça se stabilise finalement. Nathan ? Ça va ?

Oui oui, je sais pas, c'était un étourdissement, un truc bizarre, peu importe. Ils reprennent où ils en étaient, oui, donc, New York, écoute, Janet va bien, le tournage c'était – et puis ça recommence. Tout se met à tourner. C'est la chaleur sans doute, après le froid du dehors, le choc thermique, oui ça doit être ça. Mais Nathan s'accroche à la main de Léa, tout tourne plus vite encore, se stabilise finalement. Et alors apparaît la tache. Il la voit, là, noire dans l'angle gauche de son œil droit, elle grandit, il ne voit plus qu'elle. La tache, ronde, d'un noir d'ébène, qui vient se placer entre lui et les choses.

— Ça va mon amour ?

— Non, Léa, je perds la vue.

— J'appelle un médecin ?

— J'ai une tache dans l'œil. Une tache noire.

— Respire, Nathan, respire. C'est peut-être le poisson.

— J'ai pas commencé à manger.

Trois mois passent. La tache est toujours là.

Nathan a fait comme si, il a repris ses recherches, l'écriture de ses textes, dans son appartement moyennement isolé mais agréable du quartier Saint-Louis, il a fait ce que l'on fait d'habitude lorsque le jour se lève. Mais la tache demeure. Il se rend chez son médecin. C'est assez difficile à expliquer, commence-t-il. Ça ne s'inscrit pas dans un endroit en particulier. Enfin si, là, dans mon œil, mais pas que. C'est *partout* aussi, mais pas précisément dans mon corps, pas dans mon rapport à celui des autres, pas dans le monde, plutôt dans tout ça *à la fois*. Je ne sais pas comment le dire autrement. Essayez encore, dit Mme Nadeau en mordillant très légèrement son stylo. Nathan voudrait lui dire, c'est un malaise, un trouble, une viscosité, quelque chose d'informe et de très précis, mais il n'y arrive pas avec les mots, et quand bien même il les trouverait et parviendrait à les placer bout à bout pour former une pensée, les phrases, malgré toutes les nuances qu'elles peuvent déployer dans l'air pour lancer leurs filets sur les choses, les phrases ne peuvent pas tout, elles ne peuvent peut-être même rien, en particulier concernant les sentiments troubles qui envahissent un homme en proie au tremblement de tout son être. Bon, je vais vous examiner alors, lui dit Mme Nadeau. Dix minutes et 90 dollars plus tard, son verdict est formel : cher monsieur Régnier, vous n'avez rien. Vous êtes en parfaite santé. Nathan la regarde, lui dit merci, ou peut-être pardon, et il sort.

Cela continue durant toute l'année 2016. Nathan s'alimente pourtant extrêmement bien, il varie les couleurs des légumes, les fruits et les féculents, limite les glucides, reprend même le sport, de la course à pied dans les parcs. La tache persiste.

Léa essaie de lui donner du courage, il regarde par la fenêtre. Il parvient malgré tout à achever un livre sur les abeilles, ou comment leur survie est essentielle à l'homme. Tout va finalement un peu mieux – avant de brusquement repartir dans l'autre sens.

— C'est ton boulot, là, tes recherches. Faut que t'arrêtes, dit Léa.

— Quoi, dit Nathan.

— Ça te bouffe, tu vois pas.

Il rit.

— Ça n'a rien à voir, Léa. C'est une maladie, c'est tout.

— Et les maladies elles viennent comme ça, sans raison.

— Oui, exactement, les maladies elles viennent comme ça. Et puis c'est peut-être même pas une maladie, juste un trouble oculaire, un malaise vagal.

— Oui, c'est ça. Un léger passage à vide. Comme quand tu te prends un bus dans la gueule ou que l'on t'ampute d'une jambe.

— Par exemple.

— Les plantes meurent. Les abeilles meurent. Les insectes, les mammifères, les sols meurent. Tu les observes. Donc tu meurs.

— Ça va beaucoup mieux, dit-il en toussant.

Un soir il reçoit un appel.

— Vous me remettez ? lui demande la voix au téléphone.

— Non, dit Nathan.

— C'est Adam Thobias. Votre vieux, très vieux professeur.

— Ah, Adam. Comment allez-vous ?

— Bien. Où êtes-vous, cher Nathan ?

— À Montréal, chez moi.

— Merveilleux, dit Adam. Je serai là en fin de semaine.

Nathan est plutôt heureux de le revoir. Ça fait quoi, dix, douze ans ? Les sièges en bois brut d'Oxford qui claquaient contre l'adossoir, les nuits sans lune dans les caves, les bibliothèques remplies d'étranges titres, la voix grave d'Adam Thobias qui tissait des liens entre la biologie et la littérature élisabéthaine, Copernic et Mozart. Sa vision large avait compté pour lui.

Ils se retrouvent dans un beau café à colonnades du centre-ville. Adam est en belle forme, il a certes pris un petit coup mais, après tout, des années ont passé. Il ne décroche qu'une fois ou deux de la conversation, finalement guère plus que Nathan lui-même.

Ils se séparent un peu émus, une petite tape amicale dans le dos à défaut d'oser l'accolade.

— Qu'est-ce qu'il voulait, demande Léa.

— Oh rien, que je participe aux travaux d'une nouvelle commission qu'il dirige à Bruxelles.

— Et tu lui as dit quoi ?

— Non.

Nathan se sent incapable du moindre geste. Quelque chose continue à monter en lui, la vie entière devient étrange. Il essaie malgré tout de garder le sens de l'humour, il fait semblant de tomber devant des enfants, mais sous sa chemise en jean des gouttes perlent. Alors il regarde sur Google. On ne devrait jamais faire une chose pareille. On tombe toujours sur des photos ignobles de pieds hypertrophiés et de trous à la gorge, de gangrène gagnant le torse entier, de morsures de serpents, de maladies inconnues qui vous terrassent en cinq secondes, dans la rue, un jour de printemps. Il tape pourtant *tache dans l'œil, angoisse, sensation de viscosité, problèmes de respiration*. A priori, la combinaison semblait plutôt mauvaise ; et elle l'est en effet. Des maladies aux noms imprononçables portées par des témoignages glaçants jaillissent des quatre coins de l'écran, offrant des liens vers quantité d'AVC, d'arrêts cardiaques, de syphilis, de cirrhoses, de dépressions, d'allergies alimentaires, de cancers de la trachée, qui s'achèvent la plupart du temps dans d'atroces douleurs et une mort foudroyante. Il continue malgré tout à chercher. Il débusque de très rares maladies vénériennes, des infections mal soignées qui dégénèrent en angines de poitrine, des insectes qui, une fois dans l'œil, pondent des centaines d'œufs dont jaillissent des nouveau-nés colonisant la cornée, la pupille, l'œil entier, passant finalement de l'autre côté de la rétine pour bouffer le cerveau. Il referme l'écran, va marcher dans les allées du parc. Il revient encore plus agité qu'avant. Il appelle un ami, Jake, qui ne le rassure guère ; sa mère vient de mourir et il voit sa propre fin arriver. Nathan rallume l'ordinateur. Il ouvre le document *Ontologie des plantes*. Il a un livre en cours, et le travail, lorsqu'il avance bien, l'apaise toujours. Il appuie sur l'icône du document. Rien. Il recommence. Pareil. OK, respire, Nathan. Il se lève, se sert un jus de fruit. (Il a abandonné le café au profit du thé pour limiter la caféine et les poussées d'angoisse. C'était avant de découvrir que la théine est aussi puissante que la caféine, et sa concentration dans une tasse de thé supérieure à celle d'un expresso ; il est passé depuis au jus d'orange.) Il se rassoit et appuie à nouveau sur l'icône. Le document s'ouvre, il commence. Au lieu du crépitement des idées, il entend surtout dans sa tête les gongs de son cœur. Il travaille malgré l'avancée lourde de sa prose, qui lui évoque davantage l'entrée des panzers dans Prague que le chant délicat du rossignol. Il se lève finalement pour se jeter sous la douche.

Il part à Berlin, où il vit une période de rémission. Son corps se détend, il abandonne l'étude de tout ce qui tombe et passe un beau printemps à ne rien faire sur des places, au bord de lacs légèrement tristes. La tristesse l'intéresse, surtout quand elle concerne les autres. Il aime particulièrement, depuis l'apparition de la tache, quand les gens vont mal et que lui va plutôt mieux. Il apprécie par exemple que les autres hommes perdent leurs cheveux, ou qu'ils blanchissent, pendant que les siens conservent tout leur éclat. Il prend le S-Bahn, marche le long des allées calmes et aérées de Prenzlauerberg, avale des *currywursts*. Il revient dès qu'il peut se mêler aux immeubles raides et aux couleurs passées de son Berlin, qu'il rassemble et enlace par couches depuis tant d'années. Il se souvient de s'être enfoncé à vélo dans ce rail de tram, là, devant le salon de coiffure Vokuhila, littéralement "Coupe mulet", un tram arrivait derrière, il avait vingt ans, c'était l'hiver, il découvrait les squats, les matelas froids, les sous-sols où disparaissaient les nuits à facettes, ses amis couraient derrière en soufflant dans leurs gants. Berlin c'était la liberté grande et ça l'est encore pour lui, même s'il est un homme mûr à présent, que le gamin d'alors considérerait sans doute comme un insupportable prétentieux et un hypocondriaque à interner. Mais peu importe, il marche dans Kastanienallee et tout est là, réuni, présent, les centaines de cafés crème sur cette table en bois du An einem Sonntag im August, les fêtes là-haut dans cet immeuble occupé depuis 1991, les karaokés au Mauerpark, la fille et la sereine mélancolie qui lui tenaient alors la main, il avance, il lève les bras au ciel, il se sent léger et plein, le tram passe justement, il évite les rails et le regarde filer dans l'air de ce matin de mai.

Mais il faut repartir déjà, et le printemps, auquel il s'était accroché comme à une dernière bouée, laisse la place aux doigts gelés.

Et le voilà, ici, ce soir, devant cette baie vitrée qui donne sur le parc Outremont, à Montréal, les gouttes de pluie s'appesantissent dans l'air, il tient à la main un mug frappé d'un coucher de soleil sans doute balinais.

Adam Thobias lui a écrit pour lui confier le poste clé de son grand projet. Il n'a pas répondu.

— Mais tu vas le faire, dit Léa.

— J'ai d'autres choses à foutre. Faut que je finisse ce livre. Et je déteste voyager, tu le sais.

— Ça te fera du bien, dit Léa. Tu avances dans tes recherches. Tu prends l'air. Tu reviens en pleine forme.

— J'ai l'impression que tu serais bien contente de me voir passer la porte.

Il entend d'ici le bruit du vin blanc qui coulerait dans le verre de Léa, ses pieds sur la table basse, les yeux au loin.

— Non, dit-elle dans un rire. C'est pour toi que je dis ça.

Nathan relit le mail d'Adam, deux doigts posés sur sa tempe. Il voudrait oublier la tache, la douleur au plexus et au ventre. Il commence à écrire : *c'est une folie votre histoire, mais après tout pas plus qu'autre chose. Puisque vous lancez des gars comme des boules de bowling partout dans le monde, j'ai une idée pour vous. Il faut trouver cette plante dont Lizbeth Mearmet affirme l'existence dans son article de* Science. *Ça pourrait tout résoudre. C'est ce que j'attendais de vous, cher Nathan,* répond Adam dans la demi-heure. *Vous voulez partir quand ?* Assise à côté de lui, Léa est plongée dans l'infini défilé d'Instagram peuplé de gens qui semblent heureux. Nathan pose son téléphone et sa tête sur le fauteuil, le rythme lent des danseuses balinaises autour de lui l'apaise, qui l'envoie finalement de l'autre côté des choses.

3

Un peu partout, des téléphones ont émis leur petit bruit caractéristique.

À Anchorage, à San José, à Grenade, à Manille, des messages sont arrivés sur des boîtes mails éparses, des textos et des messages vocaux aussi, que certains n'ont entendus que quelques jours plus tard lorsqu'ils ont pensé à brancher leurs portables.

Tomas Grøben était aux toilettes du bar Kenpsen à Göteborg quand son téléphone a vibré dans la poche de sa veste. À Paris, Nicolas reçoit un mail portant le logo CICC au-dessus du drapeau européen – connaît pas. À Panamá, Camila reçoit un SMS. Oliver, Zoey, Fabrizio, Rada, Jian, Kyra, Hiro, Kirsten, Seydou reçoivent le même mail, à quelques différences près, signé par le célèbre Adam Thobias qui leur propose de faire partie d'une équipe d'*explorateurs*, les Télémaque. Ils sont ingénieurs, professeurs, voyageurs, botanistes, architectes, géologues, écrivains. Ils ont un jour collaboré avec Adam Thobias, l'ont croisé à un congrès, lors d'un colloque à Johannesburg, ont été son élève, ils ont voyagé ensemble, ils ont lu son livre, il a lu leurs travaux, ils ne se sont jamais vus. Ils parcourent une deuxième fois le message, pas certains d'avoir bien compris. Le projet est beau. Faire partie d'un *groupe d'éclaireurs* susceptibles d'avoir une véritable influence sur le cours des choses. Le salaire, élevé, et la perspective de grands voyages leur plaisent plutôt dans l'ensemble. Certains répondent oui. D'autres le feront plus tard. D'autres ne répondent pas. Les derniers, enfin, continuent tranquillement leur route dans les rues de Londres, de Rennes ou de Mexico, ils ont des choses plus urgentes à faire et ils répondront par la négative quelques heures plus tard quand ils rentreront chez eux.

Tomas Grøben, lui, observe sa bière qui mousse. Il a des doutes sur ce mail. Pourquoi lui ? Il a déjà reçu des spams avec des en-têtes officiels, ça arrive souvent même, ça doit encore être le cas.

Une semaine plus tard, son téléphone vibre à nouveau, mais c'est un appel cette fois.

— Comment vous avez trouvé mon numéro.

— Tomas, vous avez vingt-huit ans, vous vivez au XXIe siècle : vous pensez que les numéros de téléphone ne se trouvent pas sous le sabot d'un cheval ?

— Un cheval ?

— Je m'appelle Chloé Tavernier, je travaille à la CICC à Bruxelles et je vous appelle de la part de son directeur, Adam Thobias. Il a lu vos travaux sur le web. (Même ma mère s'en fout, pense Tomas.) J'irai droit au but : ce que je vous propose est d'une simplicité biblique. Il s'agit de rester assis sur votre chaise, chez vous, un plaid sur les genoux, ou un chat, enfin comme vous voulez, et de vous balader sur Google Earth. Nous vous paierons bien pour ça. Huit ou neuf heures par jour, vous vous promenez, puis toutes les semaines vous racontez sur la plateforme ce que vous avez vu.

— Elle est où l'entourloupe ?

— Il n'y en a pas. On ne vous demandera rien d'autre. Il n'y aura pas de conséquences fâcheuses pour vous – peut-être y en aura-t-il des heureuses, ça je ne sais pas.

— Tout cet argent.

— Il y a des fonds, oui. C'est une mission importante au cœur d'un projet d'envergure. Ça vous paraît peut-être un travail anodin mais ce n'est pas le cas. Rien à voir avec ce boulot de merde que vous avez en ce moment.

— Comment vous –

— Bon, qu'est-ce que vous en dites ?

Alors Tomas a arrêté de poser des questions. Parfois c'est mieux comme ça. Il a téléchargé l'application sur son téléphone. Le fond bleu s'est affiché, les icônes blanches au milieu.

Messages
Missions
Calendrier
Territoires

Il a tapé sur *Territoires*, une grande carte piquetée de points s'est déployée. Il a appuyé sur Mongolie, est apparu un long message décrivant les modes de vie nomades qui y subsistent. Il est revenu en arrière. Les points partout semblaient créer une constellation secrète. En plein milieu du Pacifique, une boule rouge et ronde, isolée. Il a cliqué.

Mia Casal, posté le 28 mars 2017
sur le réseau Télémaque

On arrive sur l'île de Gem, Pacifique sud, à bord de coques de noix. Silence absolu. Larges rivages. Je connaissais un peu le coin mais j'ignorais l'existence de cette île. On m'a accueillie fraîchement. J'ai l'habitude.

J'ai pris la direction de l'intérieur des terres. Merveilleuse île saupoudrée de sucre glace. C'est au-delà du bout du monde, saturé de vent bleu à faire peur. Je suis affligeante pour décrire la beauté, c'est un peu mon métier pourtant.

Je suis arrivée finalement dans cette sorte d'hinterland. La tribu des Palanka, j'ai demandé. Pourquoi, on m'a répondu. Je n'ai pas dit, parce qu'ils sont mi-hommes, mi-animaux, voire végétaux, j'ai dit, emmenez-moi là-bas, c'est tout.

Je ne sais pas ce que j'ai vu, Adam. Je ne sais pas si j'ai rêvé. Il y a bien dans la nuit de Rumpala des choses qui flottent, des lucioles, des présences. On m'a parlé de centaures, d'hommes amphibies, on m'a parlé de choses fluides et troubles. J'ai dormi des jours et des jours dans cette forêt, j'ai tout exploré, j'ai entendu des bruits, mais je n'ai rien vu.

Si les femmes ici se mêlent aux plantes et aux bêtes, si elles deviennent petit à petit des êtres éponges, comme on le dit, je ne peux pas vous le prouver, je n'ai pas pu ramener de preuves tangibles (quelles pourraient-elles bien être, d'ailleurs ?). Ce que je peux dire, c'est que les lieux sont épais ici, quelque chose vous colle à la peau, comme une sorte de pâte translucide – j'ai dû repartir vite, vous m'excuserez. Sinon je serais tombée moi aussi.

Mia Casal est une anthropologue post-punk écoféministe néo-sorcière, même si elle n'est plus tellement sûre de savoir ce que ça veut dire. Elle navigue en tout cas entre les genres : elle explore les peuples premiers, les communautés queers de Mexico, sa spécialité, les sociétés matriarcales de Polynésie, elle écrit de brefs essais tranchants sur les corps mutants et le sexe de demain, des documentaires parfois aussi. C'est une frondeuse, une penseuse de l'à-côté, une activiste radicale reconnue pour sa finesse d'observation et son audace.

Mia a une manière tout à fait troublante d'être présente, rock élégante, elle marche comme ça, mains dans les poches et les poches percées, le regard noir, elle ne fait aucun effort pour être sympathique et l'est ainsi immédiatement.

Mia a trente-trois ans, des cheveux blond vif décolorés, coiffés en crête, un visage d'une beauté presque effrayante, des yeux qui vous rentrent dans le crâne, harmonie sévère et mélange mystérieux de gènes (on lui aura tout dit, toi t'es une Jap, on voit bien ton sang arabe, c'est la Latine qui bout en toi, y a que les Scandinaves pour être aussi dures), qui lui a été légué par une ascendance complexe, père d'Osaka fils d'une Russe et d'un Japonais, mère Brésilienne fille d'un Allemand et d'une Carioca. Elle déplace son corps effilé comme elle ferait autre chose. Elle a des taches brunes aux pommettes et elle danse comme personne la techno et la mazurka.

Les gens dans la rue se retournent au passage de cet étonnant visage androgyne, sorte de masque aux yeux tirés et aux larges joues.

Elle fume ce soir un montecristo sur un toit du quartier de Gràcia, à Barcelone. Ses potes Alex et Carlota l'ont invitée pour un festin qui s'achève en volutes dans le ciel. Elle attrape son verre de rouge, sa main tangue.

— Tu restes un peu j'espère.

— Oui, dit Mia. Je suis crevée.

— C'est pas ici que tu vas te reposer.

Elle laisse ses cheveux pousser, elle se sent bien ici chaque fois qu'elle revient. Elle a passé une partie de son adolescence sous ces lilas de Perse, en a gardé des amis chers et un goût pour le bleu vif des jours.

Chère Mia Casal. J'ai eu votre mail par un confrère de Yale. Je vous écris –

Elle fait une pause de quelques semaines entre deux voyages. Elle souffle dans les rues du Raval, elle lit sur la plaça del Sol. Elle a retrouvé la vieille bande, ils passent de bars en terrasses, vermouths, bières, gin tonics, le temps est de leur côté.

J'ai lu vos textes ici ou là. J'ai aimé la fièvre avec laquelle vous menez vos expéditions gonzos, la précision aussi. C'est ce que je recherche.

— Tu veux une trace ?

Carlota part aux toilettes et Mia jette un œil à son portable. Elle en est à la quatrième bière, c'est sa préférée, celle qui ouvre d'infinies perspectives.

La nuit s'offre à elles, immense territoire vierge ; elles sont prêtes. Trois heures plus tard, sur la piste de l'Apolo, enchâssées aux nappes électriques d'un DJ allemand, les deux amies balancent les bras d'avant en arrière. Un demi-taz plus loin, elles se retrouvent dans un after démoniaque à l'autre bout de la ville, fumant clope sur clope pour apaiser leur bonheur féroce d'être en vie.

Quand elle revient à elle, deux jours plus tard, Mia ouvre ses mails et relit le message d'Adam Thobias (elle avait lu un livre de lui, elle s'en souvient maintenant, il y a des années, *Disgrâce de la terre* ça s'appelait, ou peut-être *Renaissance*). Au-delà de la surprise, ce sont surtout les chiffres qui attirent cette fois son œil. Quatre mille deux cents balles par mois, c'est pas vraiment négligeable, ça lui permettrait de se la couler douce pendant un moment. Elle n'est pas certaine de comprendre complètement l'idée mais peu importe, ça lui semble bien. Et puis de toute façon elle n'a pas grand-chose à perdre, si ce qu'il lui propose ne l'intéresse pas, elle refusera et c'est tout (elle peut même doubler la mission par un reportage pour la presse – habile).

Elle accepte donc. Le premier versement arrive vite : elle a dit au revoir à Carlota, Alex et les autres, elle est arrivée à Tokyo où elle se mêle aux acteurs de la nouvelle vague du porno féministe et aux fervents du bondage. Elle boit entièrement son premier salaire dans les bars rouges du quartier de Kabukicho.

Le premier message d'Adam Thobias sur le réseau Télémaque, où elle s'est inscrite en escale à l'aéroport de Dubaï, arrive le lendemain.

C'est une application que vous téléchargez sur votre téléphone, vous appuyez sur l'icône Télémaque, fond bleu et message blanc. Je suis heureux de savoir que vous nous rejoignez. Voilà ce que je vous propose.

Elle lit. Oh comme tu voudras, mon cher, à ce prix-là, aucun souci. Elle accommode le coussin sous sa tête et remue légèrement les pieds. De toute façon, sa valise est prête.

4

June a fait une pile de ses affaires. Ça forme presque rien, un absurde petit tas. Elle le regarde. Une jolie fumée jaune s'en échappe. Elle ne sait pas planter un bégonia, elle ne sait pas faire une bouture. Elle ne connaît pas le goût d'une goyave, elle ne sait même pas écrire le mot. Elle aimerait se sentir proche d'un arbre, ils auraient des souvenirs en commun ; elle pose sa main sur l'écorce et ne sent absolument rien. Elle veut s'arracher à tout ce qui l'a faite. Elle voudrait la guerre et l'accord. Elle ne hait ni sa famille ni ses amis, ils lui sont simplement devenus indifférents. Cette fois-ci elle est prête, personne ne viendra l'arrêter ou essayer de faire d'elle quelqu'un d'autre. Les flammes s'élèvent. Elle ne sait pas par quel bout prendre l'espace qu'on lui a donné. Elle n'a pas l'intention de nous ennuyer longtemps. Elle est simplement l'enfant de son siècle : égocentrique, inconstante, embrouillée. Elle a tout, pourtant. Les siècles passés lui ont offert sur un plateau le savoir, la technique, la maîtrise. Elle a la possibilité de dire qu'elle n'en veut pas parce qu'elle a pu en jouir. Elle veut devenir personne. Capable de tout, faiseuse de rien. Ce vendredi 7 octobre 2016, elle s'est officiellement déclarée en état de guerre. Les pays voisins n'ont pas réagi.

June est assise là devant ce feu qui crépite. Elle a rassemblé toutes ces petites choses qui forment une existence, ses vêtements, ses lettres, ses livres, tout l'arsenal administratif, médecins, assurance, banque, état civil, courrier, carte Vitale, June Demany, 1 mètre 63, 52 kilos, vingt-deux ans, nationalité française, sexe féminin, etc., elle a vidé les armoires de ces rubans de papiers, des casquettes et des souvenirs, des cendriers, des carnets, de toutes les photos aussi, pour former cette jolie pile dans le parc. Vingt-deux balais, ça vous semble jeune, elle, ça lui semble tard pour commencer. Elle a grandi dans cette inquiétude moite que les adultes ne pouvaient voir tant elle leur collait au froc. Fin de l'emploi, fin du progrès, fin des ressources, ils essayaient de sourire quand même mais personne ne croyait plus à ce manège, on voyait dans leur œil un astre éteint depuis si longtemps que même la traîne en avait disparu. C'était visiblement l'espèce craignant pour sa survie qui flottait dans ces iris. Mais rien, pas un mot, les enfants devaient absolument être protégés, rassurés. June était un mec de plus avec sa coupe de garçonne et ses manières. Les gars de sa bande, ils adoraient qu'une meuf aussi coriace qu'un type entre dans le clan, ça leur donnait un truc en plus. Et quand il fallait se mettre sur la gueule, elle était pas la dernière. Leur pli du monde était juste à côté de Marseille, Marignane terminus beauté. Ça aurait pu durer comme ça longtemps. Elle jouait, comme tous, et elle le faisait bien, mais elle voulait autre chose. Sans être dupe des illusions du désir et du départ, elle se laissa bercer. C'était ça ou crever. Sans jamais bosser elle avait eu son bac. Elle était partie à la ville étudier les lettres et le cinéma. Sur le papier ça sonnait bien, Flaubert, Visconti, Dostoïevski, en vrai ça fonctionnait que dalle, les profs étaient des insectes sans ailes dont le génie d'ôter sa grâce à tout sujet ne semblait connaître aucune limite. Elle est restée deux ans en bossant à côté dans un restaurant pour payer le loyer, avant de péter un câble et de prendre un train pour Londres. C'était pareil que sa vie, là-bas, mais en plus gris encore. June a bu tout ce qu'elle a pu et elle est rentrée. Elle a essayé les mecs, ça semblait une manière de s'échapper ; elle a vite compris son erreur. Elle était un peu tendue visiblement. À force d'avancer sur un marécage, ça peut se comprendre. C'était pas l'enfer pour autant, elle était en vie, en bonne santé, dans un pays en paix, ça allait. Elle avait grandi dans cette interzone légendaire tapissée de bois mort et de formica, de métal, de plastique et d'inox où jamais n'apparaissait le moindre tapir. Ils pissaient dans de la céramique blanche, attendaient le bus chez JCDecaux et observaient les pingouins tomber dans des mers laiteuses sur YouTube. Regardez-la dans sa chambre recouverte de posters, la moquette jaunasse et les bouteilles de bière vides, le hall de la petite maison crème, le lotissement, la ville, l'agglomération, les terrains vagues et les nœuds d'autoroute, plus loin des récifs de nature encadrés par des barbelés, du bétail au pas traquant l'herbe juteuse sous le ciel gris, et au-delà pareil, jusqu'à des départementales oubliées sur lesquelles filent des bagnoles qui semblent aller quelque part. S'il y a matière à rêves, June ne la voit pas.

Elle ne pourrait pas dire quand ça a commencé. Ce qu'elle sait, c'est que ça venait du dehors. Elle pourrait raconter sa vie, elle a vécu des choses passionnantes, ennuyeuses, détestables, ça n'intéresse personne. Ils vivaient dans des maisons et des familles *recomposées*, ils claquaient des doigts pour avoir ce qu'ils voulaient, mais quelque chose lentement se fendillait. Toute sa vie June n'a avalé que ça : *vous êtes des enfants du néant, des infâmes écrans, de la débilité ambiante, de la vacuité humaine, vous ne vous intéressez à rien, vous ne lisez pas, vous ne savez rien de Beethoven ni de Shakespeare, vous ne pensez qu'à vous droguer et à baiser, si vous saviez de notre temps, la révolution, nous, on la faisait, et vous ne connaissez même pas le mot. Vous avez vingt ans et vous êtes une génération ratée, sans désir, sans utopie, vous êtes inutiles* – ah fermez-la, chers croulants, si quelque chose cloche en nous, c'est vous. Mais qu'importe : vous mourrez, nous vivrons. Vous n'aurez fait que geindre et maintenant nous sommes là, seuls, au milieu du désastre que vous avez causé.

Elle a commencé à bosser, dans un call center, dans un bar de rock, dans une boutique de fringues, elle est allée à l'usine, par vice sans doute, pour voir comment ça se passait en sachant parfaitement qu'elle n'y passerait pas sa vie comme ceux qui s'y esquintaient les doigts. Sournoise petite enfant de la classe moyenne, elle a pris ce qu'il y avait à prendre (rien) et elle est repartie vers d'autres glorieuses missions d'intérim. Entreprises de nettoyage, de livraisons à domicile, agences de tourisme écoresponsables et vente de cigarettes électroniques : les possibilités étaient infinies, potentiellement explosives. Il aurait visiblement fallu continuer à étudier, apprendre les trucs qui dormaient dans les livres, faire une carrière, trouver un mec qui la foute en cloque, apprendre à l'enfant à se taire – ou pas.

Elle avait des potes, c'était pas non plus une foutue asociale, elle pouvait même être drôle parfois. Ils se retrouvaient vers les bancs derrière le cours Julien, ils crachaient en silence, ils repartaient en laissant de petites mares aux pieds. Elle les a retrouvés hier, elle leur a dit qu'elle partait. Ils n'ont rien répondu, elle s'est levée.

Elle n'a rien dit à sa mère, à quoi bon. Son père, lui, est parti il y a longtemps déjà, on ne l'a plus revu. Il doit être mort maintenant. Elle est allée acheter une machine à l'angle de la rue Lanthier, à côté de chez elle. Elle a observé un moment ce qu'elle voyait dans le miroir. Bizarre. Disharmonieux. Lumière. Rage. Pluie. Quelque chose s'est fermé, là, au milieu, le front s'est plissé et a laissé un sillon. Elle a fermé les yeux, les a ouverts, tout est net à présent. Elle a branché la machine et l'a passée lentement sur son crâne, dessinant de larges bandes de vide. Le ronron de la machine en gris sur l'âme. Des grappes de cheveux bruns sont tombées sur le côté. Elle a souri. Deux minutes plus tard, plus rien ou presque, cinq millimètres sur l'ensemble de son crâne rond tout à coup. Plus rien que les deux yeux au milieu de la figure.

Elle part. Ce n'est pas le *grand attrait du dehors*, la *soif d'ailleurs*, toutes ces conneries. C'est une violence qu'elle s'inflige, un grand désaccord avec les choses. Elle ne part pas pour devenir quelqu'un, pour agrandir encore la statue du commandeur. Elle veut tout mais elle ne veut rien, elle veut se déprendre. Elle sait que ce sera pareil ailleurs, qu'il n'y a pas de paradis, elle espère malgré tout une légère éclaircie, une ligne de fuite qui l'aide à comprendre. Elle ne va plus parler, elle laissera à d'autres le soin de le faire. Elle s'efface. Ce n'est pas une préoccupation. Lorsqu'on s'éloigne de soi, elle imagine qu'il n'y en a plus guère.

Elle a éliminé une à une les choses qui la reliaient comme des cordes à un temps, à un ensemble, un lieu. Elle s'agenouille. À ce stade ce n'est plus un feu, c'est un incendie. Il y a toute sa vie là-dedans. Tout ce qui forme un matelas confortable entre nous et le grand vide autour. Elle regarde le tas. Elle l'arrose une dernière fois d'essence. Ça brûle joliment dans l'air frais du soir. Elle allume une cigarette.

*

Et la revoilà, assise sur un banc de cette gare routière, un livre sur les genoux, l'air de s'en foutre. Elle ne parle plus tellement en effet. Elle a replié ses jambes prises dans son pantalon noir taché, elle porte des baskets Adidas bleu turquoise striées de blanc, un sweat à capuche, on ne voit pas vraiment son visage penché sur les pages mais on devine quelque chose, joues rondes d'enfant encore, peau amande, ferme et lisse, elle relève le menton, c'est mieux, la bouche s'arrondit, le sourcil monte – et puis non, le visage s'échappe déjà, elle est concentrée sur autre chose.

Son crâne est toujours rasé, cinq millimètres peut-être, elle se lève dans sa veste vert militaire piquetée d'écussons, les oreilles et le nez percés.

June a quitté la France le 7 novembre 2016 dans un vol pour Buenos Aires – dans l'Airbus 380, un verre de champagne à la main, elle regarde Ryan Gosling faire des claquettes au-dessus de L.A.

La suite est une folie non linéaire. Elle découvre ce qu'elle avait vaguement pressenti sur les cartes ; mais lorsque le drap se déchire vraiment, on se rend compte qu'on ne savait rien.

Elle arpente la ville comme une furie. Elle décide de faire de l'ardeur une recherche méthodique, les accélérations doivent être précises dans l'espace, derrière le désordre un ordre s'établit.

La nuit elle défait, elle entre dans le possible. Les nuits de Buenos Aires, ses premières – elle en avait eu bien sûr, mais ce n'était rien, ce n'était pas ça – elle les boit, se retrouvant sans savoir comment dans des bars où des strip-teaseuses se badigeonnent de crème, elle erre longtemps sur les trottoirs encore chauds, elle rencontre un homme à la voix douce qui ne semble pas lui vendre des histoires comme les autres, elle boit avec lui des verres au bord du canal de Puerto Madero. Dans la nuit mauve elle couche avec lui, les fenêtres de l'appartement sont ouvertes, le rideau flotte dans la chaleur moite, elle s'empale contre son sexe et elle mène la danse, elle plaque ce type qui porte un nom contre son propre lit, prend ses mains et les place sur ses seins, avançant sur lui à la clameur montante de la rue. Ils boivent ensuite un nouveau verre dans le hamac tendu sur le balcon. Puis il s'endort sur son torse, pendant qu'elle détaille le visage lisse de Jack White au mur et les plis des poutres.

June quitte la capitale pour l'extrême sud, Ushuaïa où l'accueillent les cris des pingouins, un froid cinglant, du bleu et du jaune aux murs des maisons. Une fois arrivée au bout du monde, on peut enfin commencer.

Il y a des portes de saloon pastel. Elle marche entre les maisons, de la poussière en suspension dans l'air. C'est la nuit mais on voit. Puerto Natales. June avance. C'est sa grande moisson – elle n'avait pourtant pas prévu d'être lyrique, mais comment ne pas l'être lorsque vous êtes labourée ainsi, perdue infiniment et remplie à faire mal ? La Patagonie. Les portes bleues. Elle est tout au bout. Le vent l'arrache aux années. Octavio dit quelque chose. La porte claque. *Qué ?* Elle tombe à genoux. Elle ne parle plus, quelqu'un d'autre le fait à sa place. Volets jaunes, portes bleues. Le type répète. Peu importe ce qu'il peut bien dire. *Vivo acá, al lado.* Octavio a l'air d'un brave type, beau, un peu bête. Le lac est plongé dans le noir est plongé dans la ville. June est là. Elle marche. Octavio fera l'affaire. *Qué me decías ?* Elle tombe à nouveau. Le Fernet-Branca lui ravage l'intérieur. Elle est là, dedans. Tout tourne. La Patagonie. C'est la nuit mais on voit. Ta gueule, *cállate boludo*. June voit distinctement, dans cette rue de Puerto Natales piquetée d'ampoules grésillantes, la rage et la beauté qu'il y a à être au monde. Rien de ce que les hommes pourront en dire n'atteindra jamais la folie d'être là, aujourd'hui, sur cette rue en terre scandée par des tavernes du bout du monde, rien n'atteindra jamais la folie de l'incarnation éphémère et de la disparition subséquente. Les images essaieront, les mots des hommes, leurs gestes, leurs vaines tentatives d'embrasser ce qui ne le sera pas, tout tend vers cela mais rien n'y fait, l'absurdité se tient serrée comme un poing. *Il n'y a plus que la Patagonie, la Patagonie qui convienne à mon immense tristesse*. Un jour elle avait lu ce vers dans un café de Lyon, elle attendait un type rencontré quelques mois plus tôt, il y avait la gueule cabossée de Blaise Cendrars sur la couverture de ce blanc recueil de poésies, en arrière-plan la lagune verte de Villefranche-sur-Mer, le mégot aux lèvres, la main amie, quatre-vingt-dix ans plus tôt il partait, June voulait ça aussi, le café sentait le mauvais tabac et l'attente, avenue de Saxe dehors, le type ne viendrait pas, elle s'en foutait pas mal d'ailleurs, elle sortit, *maintenant j'ai fait courir tous les trains tout le long de ma vie / Madrid-Stockholm / Et j'ai perdu tous mes paris / Il n'y a plus que la Patagonie, la Patagonie qui convienne à mon immense tristesse, la Patagonie, et un voyage dans les mers du Sud*, ou quelque chose comme ça, mais le quartier de la Guillotière à Lyon est bien loin aujourd'hui, elle est dans le livre à présent – sa rage lentement s'essouffle sur les chemins, elle l'essore soir et matin, elle ne veut pas s'en séparer, simplement taper un peu dessus, pour voir – volets jaunes, lacs fluorescents, elle invente sa géographie, elle y mettra ce qu'elle veut, dans tous les sens, du vrai, du faux, des vallées, peu importe. Octavio lui parle, elle ne l'entend plus, elle est en Patagonie, elle est *dans* la carte, les livres l'ont aidée mais ils ne lui sont plus utiles, elle n'abandonne pas l'histoire mais elle sent ses jambes s'enfoncer dans le sol, elle ne glisse plus, ça lui va.

Puerto Natales. Elle n'avait pas prévu d'être lyrique mais il faut parfois se plier aux éléments.

C'est aussi, tout simplement, une jeune fille en voyage. Qui tombe dans les travers, qui trouve ça si *intense*, qui regarde le monde comme un fruit *mûr et ardent*. Une Occidentale en balade, elle trouve ça un peu obscène – comment lui donner tort. Elle se mêle malgré elle à la horde des trois milliards de touristes qui volent à quarante mille pieds au-dessus des colonnes de déplacés.

— Je suis une détestable petite privilégiée qui joue l'arrachement à soi. Enfouissez-moi.

June avale malgré tout la Terre de Feu, l'essaim d'îles en paillettes, le parc de Torres del Paine, succession de lacs et de glaciers tombant en grappes dans l'eau mauve, de flancs de montagnes arasés par le vent sur lesquels elle s'endort la nuit accrochée à sa tente, se levant le matin dans la lumière droite, chauffant son thé sous le vol des condors. Elle reste longtemps assise devant le mont Fitzroy, observant ses plis et ses pics, avant de continuer sa route vers le nord. Elle tend le pouce, un pick-up s'arrête, elle se jette à l'arrière, soulevée par l'accélération, le visage déformé par l'air glacé de la route.

Chili, Argentine, Argentine, Chili, la frontière sillonne la Patagonie, elle passe d'un côté à l'autre, jusqu'à cette nuit parfaite où, arrivée trop tard ou trop tôt, elle doit dormir dans ce no man's land hors territoires que caresse le bruit des chutes.

June est prise dans ce qu'elle attendait du monde, un délire violent et métallique. Habituellement si tête en l'air et foutraque, elle sent que tout se met en place, ses gestes deviennent vifs et précis. La rage qui la portait ne s'est pas éteinte, elle se prolonge en fièvre, se duplique, se fond en autre chose. C'est du carburant pour les routes.

Elle se découvre une montagne de défis : voyager seule, voyager durable, se perdre, se trouver, se ressaisir, ne pas laisser de traces. Pour échapper au terrible penchant de toujours suivre son voisin, elle invente mille stratagèmes (tous à peu près inefficaces) : elle s'égare volontairement, elle prend le mauvais chemin, celui qui mène à une zone grise, à une falaise, à une ville détestable, elle suit les contre-indications, elle fait fausse route, elle ne parle à personne, elle est lente, très lente, elle regarde trop longtemps un paysage anodin, elle s'attarde, elle rate le train. Mais toujours les masses pataudes la rattrapent et l'enserrent. Elle se croit unique, elle est comme tous. Elle continue quand même à inventer sa manière, elle court, elle ralentit, elle dort où elle veut, par terre, à l'hôtel, dans une caravane, sous un arbre, c'est elle qui décide. Elle veut vivre sa vie, ne plus entendre *responsabilité*, *sauver*, *refonder*, elle veut des fulgurances et de l'oubli. Pourquoi n'y aurait-elle pas droit, elle aussi ?

Elle comprend lentement que le voyage est un exercice de dépouillement, une mise à l'épreuve, l'exact contraire de l'agrément que l'on vend dans les suppléments des magazines et les compagnies low cost, c'est aller loin au bout et voir qu'il n'y a rien. Étonnamment, elle se sent prête à vivre ça. En ce début de siècle qui lui avait semblé sans mystère et sans saveur, ce voyage-là, bien que dissimulé aux regards, semble toujours possible. Le grand polissage n'a pas entièrement gagné, le monde est encore un risque, un vide et une chance.

Elle avale les villes, le désert d'Atacama, la Bolivie, elle prend des bateaux, des trains, des avions – oui, elle devrait arrêter, elle sait, mais merde, pourquoi on n'invente pas plutôt des avions à hydrogène ? Elle aimerait continuer à flotter dans les airs, si possible.

L'ardeur du début était une erreur, elle le comprend aujourd'hui, assise à cette terrasse sur les hauteurs de Medellín. Elle reproduisait ce qu'elle avait lu dans les livres, tous ces vieux réflexes XXe siècle, fuite, exploration, errance, conquête. Marins, tauliers, aventuriers, tous ces gars qui avaient laissé leur dame au port pour vivre la grande vie, tous ces maudits poètes à cigares et goélettes, diplomates antisémites et chapeaux mous, les élites distinguées, la prise du monde, et ces bons sauvages si sages ayant échappé aux affres de l'industrialisation, on rejouait la même histoire, l'explorateur, le colon, le poète voyageur : c'est toute la même racaille, pense June, bonne à jeter. On va tout reprendre à zéro. L'appartenance, l'effacement, l'absence, le déplacement. Elle veut voyager XXIe. Elle voudrait trouver une manière d'être au monde qui ne soit ni prédatrice, ni autoritaire, ni arrogante. Se fondre dedans. Être partout, nulle part. Oublier le quadrillage et les grandes découvertes, opter pour le glissement, le passage en douce, l'étreinte. Oui, voilà ce qu'elle voudrait, June – autant dire qu'elle a du boulot.

Un mois et demi plus tard, en Papouasie, dans une île où elle s'est assise pour reprendre des forces, elle tombe sur deux naufragés qui marchent sur le rivage. Trois gouvernements et les pontes de la Silicon Valley les recherchent visiblement, et eux, ils marchent là, pieds nus, la peau tannée par les soleils lents de l'archipel des Raja Ampat. June observe le sourire ample de la fille, Adèle, les lianes souples d'Álvaro. Ils passent quelques jours ensemble. Ils mangent des poissons verts, des crustacés aux noms imprononçables. Elle se sent bien avec eux, ils sont de la même race. Elle aimerait dormir entre les deux, dans cette cabane sur le sable secouée par le vent, ils feraient l'amour et elle s'endormirait contre leurs peaux fermes. Elle finit son poisson, ils boivent encore quelques bières puis elle repart vers son bout d'île. Le lendemain, elle prend le ferry pour la terre ferme.

Lorsque June l'atteint, à Sorong, elle allume son portable et regarde ses mails. Quelle drôle d'idée. Elle a 248 messages non lus qu'elle épluche d'un œil indifférent. À la troisième page, ses yeux s'accrochent à un nom. ADAM THOBIAS. Un petit saut au cœur. Le mail porte même un titre : *Projet Télémaque*. Elle l'ouvre. *Comment vas-tu, ma chère June, ça fait si longtemps.* Et puis des phrases étranges, *grand plan international soutenu par des institutions / nouvelle carte / missions / et je voudrais vraiment que tu en fasses partie.* Adam avait été important pour elle : il était le père de sa grande amie Amalia, chez qui elle avait pratiquement passé son enfance. Il lui avait appris tant de choses, les plantes et les étoiles, la douceur, la joie. Il lui avait tenu lieu d'oncle, de père de substitution parfois, le sien s'étant évaporé. Elle n'avait plus tellement de nouvelles depuis quelques années, ni d'Amalia ni de lui. Elle relit le mail. Qu'est-ce que c'est que cette histoire de missions ? Sa réponse défile dans sa tête qu'elle ne prendra même pas la peine d'écrire, encore moins d'envoyer. *Je t'aime bien, tonton, et je suis heureuse de te lire, mais ça ira. Je me suis fixé mes propres missions et c'est déjà beaucoup.* Elle continue à remonter dans la jungle de mails, il y a là de tout, des factures d'endroits où elle ne vit plus, des nouvelles d'amis, des liens vers des expositions fascinantes, des messages de son frère et de sa mère, des relances, des offres d'emploi, des mails groupés sur des cours d'aérobic désormais accessibles en ligne. June se lève, dépose un billet de 10 000 roupies dans la paume du serveur légèrement moite de s'être agitée pendant deux heures sur *Call of Duty*, et l'odeur de piment frais et de poubelles l'attrape à nouveau.

5

Adam Thobias se lève tôt, chaque jour, et, dans la lumière déjà trouble, il ouvre la petite application sur son iPad. Il lit les messages de Christian Feld, de Bagabé Vumento, d'Emilio Torrente, de Caroline Pelter, de Saïd Hassani. Il lit, sa tasse de café à la main, les rapports sur les sols, les champignons, les sociétés autonomes, l'état de la faune au Cameroun, il découvre comment voyager avec un demi-dollar par jour au Honduras, comment se déplacer avec une empreinte carbone zéro, il observe l'installation d'éoliennes géantes, la descente des rapides d'Ontario, il suit les conjectures, les parcours sinueux, les errances à perte. Il voyage par procuration. Il se sert un nouveau café, long et noir, c'est de l'arabica haute cuvée, de Jamaïque apparemment (il peut transiger sur certaines choses mais pas là-dessus), et il reprend le maillage – cela fait deux jours qu'il n'avait pas défloré sa boîte, pleine à craquer : enquête sur un nouveau forage au large de la Guyane, sur les marchés de viande illégaux en Chine, cavale au Kazakhstan sur les traces d'un aigle rare qui n'aurait pas dû se trouver là, construction d'habitats intelligents en poils de yack conservant la chaleur en Alaska, expériences de phytoépuration en Croatie, invention d'un système monétaire dans les forêts de Nouvelle-Zélande. Le tableau global s'affine à chaque gorgée. Pas de règle, chacun écrit à sa manière, c'est tour à tour précis, lourd, enlevé, c'est plein de ratures, de longues descriptions, de cris. Ils écrivent *j'ai vu*, *il faudrait peut-être*, *voilà ce qui se tente*, *voilà ce qui existe*. Tomi Bent rejoint les nouveaux *hobos* qui écument les routes d'Amérique, déclassés en roue libre, hypothèque en bandoulière, Pradash Mani nage dans la folie de Bombay pour en extraire petits malins, nouveaux toits, habitats, grande débrouille. Julie Cazaux fait un inventaire de toutes les graines et plantes du monde, qu'elle classe, garde et bouture dans un hangar de la taille d'un glacier. Jian vit depuis cinquante jours auprès des chasseurs-cueilleurs du Kamtchatka, qui tentent de s'adapter à leurs territoires s'effritant comme de la glace.

Adam se prépare une salade de fruits. Le tableau de ce nouveau monde est moyennement enthousiasmant. Il ajoute des kiwis et des poires. Il s'était pourtant promis de mettre l'accent sur les tentatives, audacieuses si possible. Il faut continuer à creuser des galeries sous la terre.

Adam se sert une nouvelle tasse de café, revient au menu principal et appuie sur *Mission Tomas Grøben* (surtout, il faut bien le dire, pour ce ø barré qu'il adore) :

Tomas Grøben, posté le 24 avril 2017
sur le réseau Télémaque

J'ai commencé il y a trois mois déjà. Je n'écris que peu ici, et m'en excuse – je travaille du matin au soir. C'est à peu près comme ça que ça se passe. Je me lève et prends mon café serré sur le plan de la cuisine américaine, avale une tranche de pain de seigle ou un reste de gâteau, je m'assois face à la baie vitrée et j'ouvre Google Chrome. (Je sais, je suis vendu au diable, et ça ne fait que commencer.) Un œil aux mails, rapide, puis j'ouvre Google Earth et je reprends où j'en étais. La partie est de Vladivostok. J'en suis là, plus précisément dans la rue Ulitsa, devant cette maison branlante, ce jour clément d'avril. C'est mon 86e jour de voyage. J'avance. Je croise au bout de la rue une femme accrochée à son cabas, je dépasse des enfants congelés dans un geste, l'un plante un bâton dans un bonhomme de neige, l'autre lui jette une boule dans la gueule, qui reste bloquée en l'air. Je prends l'avenue sur ma droite. Et puis comme chaque jour cela arrive. Le temps se fige comme l'image et quelque chose se passe. Un camion coupé en deux, un visage saisi, une enseigne de bord de route, un corps fantôme photographié deux fois et dont les couches se superposent. Ceux qui ont décidé de mettre en place cette infinie cartographie sont des fous, des assassins ou des génies. Je les imagine chaque jour trimballant leur matériel sur les routes du Mato Grosso et les vallées de Guinée-Bissau, trempant leurs pieds dans le Tibre avant de repartir vers les collines de Hong Kong, pour en revenir avec des clés USB pleines à craquer de ces milliards de prises de vues absurdes et sublimes. Seuls des esprits atteints d'une furieuse mégalomanie ont pu imaginer une telle entreprise. Qu'est-ce que l'homme aurait bien pu faire de plus, après les conquêtes, les asservissements, toutes les manières qu'il a mises au point pour domestiquer l'espace ? Eh bien ça : Google Earth. À moins que ce ne soit que divagation poétique, photographie du réel, saisir tout ce qui est, le haut, le bas, le digne et l'oublié, les pots de fleurs et les antennes, les montagnes et les balcons, ou est-ce mon esprit malade qui voit des lumières là où il n'y a rien. Je ne sais pas ce que les ingénieurs de Google cherchaient avec ce projet mais leur délire m'attriste et m'excite, je vois le colon drapeau en main, les chevaux des conquistadors transformés en bras articulés d'appareils photos sortant d'un 4x4 de compétition.

Aujourd'hui, je suis au Japon, un petit saut par-dessus les vagues et hop, me voilà. Je me glisse dans Suttsu, petite ville de bord de mer où je croise mes premiers habitants, une vieille aux lunettes cerclées d'or, un chien égaré, un homme seul sur un banc. Depuis trois mois que je suis parti, j'ai traversé 73 pays, 197 villes, croisé des milliers d'êtres humains, dans toutes les positions, marchant, courant, baisant, volant, s'étirant, crachant, complotant, jouant, s'habillant, fusillant. J'ai croisé des chiens, des singes, des brebis, j'ai bouffé des insectes et humé du safran. J'ai vu le monde figé sur une pellicule-temps. Je suis Dieu, ou, disons la version la plus proche qui en ait jamais foulé la Terre – je vois tout, j'ai l'œil à 180, j'en ai le vertige. J'ai vu les ruelles en pente de Lisbonne où une femme en train de pisser m'a montré son cul, les bidonvilles de Quito, les trottoirs immaculés de Singapour, les rues jaunes du Caire, les pins de Sibérie et le cercle polaire, dont les images seules vous arrachent la cornée.

Adam, vous voudriez que je passe trois mois de plus sur ce Google Earth, je ne sais pas si je tiendrai, j'ai mal au cul, le monde est une folie que je regarde par la lorgnette – mais c'est vrai, je suis au chaud, l'argent tombe en début de mois, comment s'en plaindre.

Ce que je préfère ce sont les recoins, les rues oubliées, les squares perdus, les docks de Rotterdam et de Conakry, ces Tetris insensés. Si je m'étais vraiment trouvé devant cette même brume tenace ou cette affiche du parti au pouvoir au Tadjikistan, j'aurais à coup sûr été envahi par la mélancolie, mais à l'écran, représentés, ces lieux perdent leur charge émotionnelle et deviennent à mes yeux des objets d'étude qui ne m'affectent pas autant que si je les touchais.

Je mens – un rien me bouleverse, si le café était serré et la nuit bancale, une inscription sur un mur, un garçon qui s'égare dans une fête foraine, un hôtel aux vitres fines dans une ville périphérique peuvent me faire chavirer. Le filtre de l'écran cesse alors de me protéger.

Le monde est là comme ailleurs. Mes amis partent en voyage, vont voir des pays, en vérifier les couleurs. Ils s'allongent sur les mêmes plages alignées, boivent les mêmes cocktails, s'endorment dans les mêmes hôtels. Le monde moi je l'imagine et je ne le vois pas moins que vous, ma fiction n'est pas pire qu'une autre.

Oh putain le donneur de leçons, pense Adam Thobias en refermant la petite fenêtre. Elle est pourtant passionnante, cette mission, si seulement il évitait d'en tirer des conclusions.

Adam appuie sur un petit point rouge perché en haut de l'Himalaya.

Kirsten Butler, posté le 23 avril 2017
sur le réseau Télémaque

Je suis arrivée il y a maintenant une quinzaine de jours dans la vallée de V., en contrebas de l'Annapurna. Il n'y a personne ici, c'est parfait. Il n'y a que le silence des pierres, le fleuve glacé et moi.

J'ai commencé par les oiseaux. J'ai plongé dans leur chant qui chaque jour variait et se ramifiait, j'ai essayé de dessiner leurs territoires. Il m'eût fallu une vie pour cela. Ils en changeaient tant que mon croquis était parfaitement illisible. J'aimerais comprendre comment ils habitent l'espace et pourquoi. Il y a certainement quelque chose à tirer de cela, pour nous, là-bas.

J'ai continué avec les champignons. Il y en a ici aussi. On sait l'admirable architecture qu'ils bâtissent sous la terre, les labyrinthes que leurs racines dessinent pour les relier à leurs congénères et aux arbres. J'ai plongé mes mains dans la terre.

Elles sont toutes noires à présent. Je les ai posées sur ma tête. J'attends.

Je vais poursuivre avec les léopards. Je veux les pister, humer leur pelage, mettre mes pas dans les leurs. Si je ne vous réécris pas dans la semaine, c'est que je suis devenue l'un d'eux.

Adam Thobias repose son iPad sur la petite table et part pour son rendez-vous.

Chloé Tavernier le voit arriver dans l'open space, attraper quelques papiers et redescendre. Par une impulsion qui la surprend elle-même, elle décide de le suivre.

Dans les rues pavées, sombres à l'âme, Adam marche. Chloé observe ses bras joints dans le dos de son pardessus beige, dont les pans s'ouvrent au gré du vent, elle suit son pas régulier, soumis à une parfaite métrique, se perdre dans les entrelacs humides de la capitale belge.

Qui est ce type ? se demande-t-elle en le suivant le long des grandes artères du quartier d'Art-Loi. Un bourgeois désœuvré. Un humaniste désespéré. Un antispéciste. Un transhumaniste. Un savant fou. Un génie. Un utopiste. Un charlatan. Un scientifique extralucide. Un maniaque. Un vendeur de tapis. Le seul être responsable et conséquent qui soit. Le plus grand arnaqueur de l'histoire. Un visionnaire. Un clown.

Il n'y a qu'une chose dont elle soit sûre : son ambition. Il semble prêt à tout pour réussir dans la mission qu'il s'est lui-même fixée. Est-ce parce qu'il a déjà trop attendu ? Chloé hésite entre la mégalomanie et la naïveté. Parvenir à changer les choses de fond en comble : il faut être un enfant ou un fou pour le croire.

Travailler avec Adam Thobias est plutôt agréable au demeurant : il regarde ailleurs, il vous laisse faire ce que vous voulez. Il est toujours un peu plus loin ou à côté. Bon, il vaut mieux pas déconner non plus, quand il s'énerve, pour un rien, quelque chose qu'il n'avait pas dit mais pensé et que vous auriez dû entendre, sa voix devient métallique, elle vous heurte, mais Chloé s'en fout, elle ne le prend pas pour elle.

Et puis la mise en place de la CICC est une réussite, les commissions fonctionnent, elles ont le soutien d'une majorité de chefs d'État, on sent une véritable prise de conscience. Évidemment, les décisions politiques tardent à venir, les émissions de gaz à effet de serre sont au plus haut, la fonte des glaces s'accélère, mais, pour autant, des lignes ont bougé.

Adam Thobias ne semble pas le voir. Il marche, le regard au loin, dépassant les boutiques de chaussures et les bars assoupis.

— C'est quoi la suite du programme ? lui a demandé Chloé quelques jours plus tôt.

— Convoquer des états généraux, mettre en œuvre ce qu'on a expérimenté, a répondu Adam.

— Ah oui.

— Et c'est pas gagné. Pas gagné, répète Adam, pris soudain d'un terrible rire, plus proche du spasme que d'une éruption de joie, pas gagné, eh eh – et il s'éloigne dans le couloir, secoué par ce hoquet qui résonne encore aux oreilles de Chloé, ce matin, dans les ruelles du vieux centre.

Elle s'arrête tout à coup. Qu'est-ce que je suis en train de faire. Elle laisse Adam s'éloigner dans les ruelles, s'achète une gaufre et regagne le bureau.

Lorsque Adam revient chez lui, à la lueur des réverbères, c'est enfin l'heure du whisky. Comme tous les soirs, dans son immense appartement dont il ne sait que faire, il va s'asseoir sur le fauteuil, là-bas, devant la fenêtre, il pose ses pieds sur le reposoir prévu à cet effet, il éteint les lampes et il plonge. Trente-trois jours déjà que l'astronaute Camila Pontucci flotte dans la Station spatiale internationale et dépose sur le réseau Télémaque des centaines d'images. Adam regarde par le trou de souris, à la faible lumière du dehors, les cratères en fusion des déserts d'Arabie, les mers australes piquetées d'îlots de granit et de roches fendues, les alluvions s'insérant en bandes sinueuses dans les terres cultivées. Il voit les éruptions gazeuses d'un rouge lie-de-vin du bush australien flottant dans des placentas, les deux côtes de Lisbonne cherchant vainement à s'emboîter, les nuits cinglantes du Groenland, celles orangées de Dacca, la pointe aiguë du cap Vert perçant l'océan, le fleuve Dniepr qui moutonne ses rubans de neige dans un éternuement de bêtes, les délires de glace et d'eau, les profusions de granit sonnant la charge muette, une croûte noire sous la canopée de sable bleu, il voit les ruines, la chair et le feu, les rivières de sel, les routes sinueuses du pétrole, les forêts ravagées, il voit à l'œil nu ce que l'on ne voit pas, ce qu'on ne veut pas voir, il voit où ça se fissure, les plaques souterraines emportant avec elles mers et volcans, il voit les sondes, les crevasses, les pierres, le cap de Bonne-Espérance s'achevant en trompe d'éléphant dans les eaux vertes, des miettes de terres au milieu des alizés bleu givré, le quadrillage des champs de colza, les mers qui rognent l'archipel des Vanuatu, les tracés géométriques des machines dans la neige, le trou de caramel mou dans l'océan de chocolat saupoudré de neige, volcans d'Hawaï, giclée cendreuse vers le ciel, Adam est en apnée, il monte dans les airs et il flotte avec Camila, la lunette de la Station spatiale dépassant de la Terre, derrière lui l'immensité noire dans laquelle il aimerait tomber pour voir, simplement voir ; mais il remonte dans la cabine et plonge à nouveau dans les rectangles alignés, il s'endort et rêve encore des camaïeux de violet à l'embouchure de ce fleuve néo-zélandais, les géométries tracées par les hommes dans leur délire, cases de couleurs ordonnées dans l'océan du rien, la feuille zinzolin perçant le fleuve jaune impérial des côtes du Turkménistan, la croûte de glace de la Terre de Feu, l'île déchiquetée au milieu de l'océan vert pomme, où est-on, Adam perd le fil, il s'endort à nouveau, mais le fil lui ne s'interrompt pas, vertige des heures en équilibre, l'immense rouleau le berce, il ne voit plus les côtes en relief de l'Irlande, les excroissances de granit, les sables d'écorce louvoyant dans le désert de Mauritanie entre les amas de roches bleu roi.

L'iPad glisse vers l'accoudoir. Le visage d'Adam Thobias repose sur le côté.

6

Nathan ne pense plus qu'à ça : entrer dans la nervure des plantes pour en décoller le mystère. Comment font-elles pour absorber le soleil et le transformer en sucre, en énergie, on ne le sait toujours pas vraiment or tout vient de là, tout ce que l'on voit devant nous est né de cette miraculeuse alchimie. On comprend, en s'approchant bien, et longtemps, que la plante réalise, grâce à son écheveau de tissus et de nervures, une opération proche de la mécanique quantique, empruntant tous les chemins possibles de l'énergie pour n'en laisser échapper aucune partie, fût-elle minime. Cela, on le devine mais on ne peut le prouver, ni localiser précisément le parcours de l'énergie et de la photosynthèse. Si on en était capable, pense Nathan sur sa terrasse de Montréal (il est congelé, mais bon), on pourrait calquer le processus, le reproduire, et potentiellement capter l'énergie du soleil comme le fait la plante. On n'en perdrait plus 75 % en chemin comme le font les panneaux solaires. En découvrant le secret de l'apparition de la vie, on serait capable de saisir la seule énergie entièrement pure et infinie (le Soleil ne disparaîtra que dans cinq milliards d'années, ce qui nous laisse un peu de marge). On deviendrait plante, dépendant uniquement du soleil, de l'eau et du vent – on aurait enfin la solution à nos problèmes.

Il s'agit de capter ce qu'il y a de meilleur dans la nature, pense Nathan, à savoir la libre efflorescence des plantes, leur manière d'être constamment offertes aux choses. Elles ne cessent d'inhaler et de relâcher, elles laissent courir le monde en elles et c'est bien cela qu'il nous faudrait, installer dans nos corps cette interaction perpétuelle.

Tout est là, en elles, Nathan le sait. Il les observe nuit et jour. Il ne pense plus qu'à ça. Il dormait déjà mal, avec la tache, mais c'est encore pire maintenant. Il voit les ramifications infinies, les racines qui naissent aux aisselles des plantes, les baies charnues, les corolles orangées, les feuilles lancéolées, l'extrémité pédoncule, les pétioles en forme de queue, les glumes où naissent l'épillet, le jaillissement du cotylédon, la première feuille, les bulbes et les nervures – il est dedans.

Nathan ne regrette pas, au contraire, les douleurs partout, qui se sont dernièrement un peu éloignées, comme sa tache dans l'œil, mais il regrette ce qu'il y avait encore avant, les jambes courtes et les sprints entre les roches, c'est si loin maintenant, où tout est lourd, empesé, vain. L'âge adulte, c'est cinq minutes de légèreté pour trois heures de pesanteur. Il n'a certes plus les genoux sales et sanguinolents, mais il a, c'est sûr, perdu au change.

— J'ai envie de pâtes aux truffes.

— Hein ?

— J'ai envie de pâtes aux truffes, répète Léa. On va chez Geffard ?

— Euh demain plutôt ? Là j'ai des trucs à finir.

Il a toujours des trucs à finir, il est penché comme une bête sur son établi soir et matin. Léa va dîner avec des amis, qui savent boire et s'amuser.

Adam a envoyé à Nathan ses billets d'avion. Il part dans trois jours. Quand je reviendrai, pense-t-il, Léa ne sera peut-être plus là. Elle m'aura laissé un mot sur la table, comme on fait dans ces cas-là. Je n'ai plus rien à faire ici. Je te laisse les meubles, les posters, je ne les aimais pas de toute façon. Ne cherche pas à me recontacter. Voilà les clefs. Adieu. Léa. Oui, quelque chose comme ça, c'est probable, mais je dois quand même y aller. Cette plante, c'est la clef.

Le lendemain, il attrape son sac rouge informe dans lequel il peut jeter trois fringues, une trousse de toilette et un bouquin dans n'importe quel sens, ça rentrera toujours. Pourquoi est-on obligé de passer par ces horribles sas de décompression qu'on appelle bus, taxi, aéroport, heures d'attente, altitude, mal de crâne, douanes, bagages, attente, taxi, bus, train, 4×4, pirogue, tente, bivouac, pour aller là où on veut, avant de devoir tout refaire dans l'autre sens ? Est-ce vraiment nécessaire ? Il serait bien mieux allongé ici à tracer des conjectures. Mais puisque personne n'est capable d'aller chercher cette putain de plante, eh bien il est 19 h 15, il se lève, il faut y aller.

Mia Casal, posté le 9 juin 2017
sur le réseau Télémaque

Je suis arrivée hier soir à Manaus, depuis Barcelone, via Rio. Je me demande ce que je fous là, dans cette moiteur à faire mal. Un type m'attendait à l'aéroport qui m'a emmenée ici, dans cette auberge en lisière de la ville. Il m'a donné une enveloppe.

Le lendemain matin est arrivé mon binôme, un mec carré au visage blanc-d'œuf et à l'œil inquiet. Il m'a dit je m'appelle Nathan, on est censés partir ensemble. Je connais le terrain, il ne le connaît pas. Il n'a pas dit grand-chose, il est allé se pieuter avec une bière en me soufflant à demain.

Nous voilà dans cette bagnole qui cahote sur le chemin de terre. C'est l'heure rose à peine, on file dans le matin. Voiture jusqu'à Anamã puis pirogue jusqu'au soir. On est là pour la plante, c'est ça ? je demande à Nathan. C'est ça, dit-il. Des plantes il y en a pas mal, c'est laquelle ? Celle-là elle est unique, dit-il, elle est capable de capter mille fois plus d'énergie solaire qu'un thuya, un manguier ou un orme. Elle a dû mettre au point une technique nouvelle de photosynthèse. Comment, je ne sais pas. (Le mec regarde par la fenêtre pendant qu'il me parle.) Peu de gens l'ont vue. Mais il y a une scientifique anglaise qui vient de la décrire dans un article. C'est incroyable. (Il a l'air de s'en foutre.) La voiture file.

On a roulé des heures, je me suis endormie. La main du chauffeur m'a réveillée, on est montés à bord d'une pirogue qui a filé sur les eaux boueuses. Une fille d'une tribu voisine nous a rejoints, on était quatre à filer à présent dans le courant sous les larges frondaisons. J'étais déjà venue dans cette partie de l'Amazonie septentrionale, un peu plus au sud, vers Humaitá, pour un reportage qui avait foiré sur ces tribus qu'on croyait disparues et qui avaient, par l'intermédiaire d'un de leurs membres, visiblement affolé, fait une réapparition spectaculaire sur les rives du Rio Madeira. La vidéo réalisée par un touriste sur son portable avait bien évidemment *fait le tour du monde* et les journalistes et chercheurs affamés, comme ma pomme, avaient accouru pour ne trouver que des traces tièdes de pas. J'avais filé vers l'Orénoque me perdre quelques semaines dans la rumeur oblique. Déjà la mélancolie m'avait prise ; je la retrouve intacte aujourd'hui, bloc de terre qui me bouffe le visage. Cette épaisseur du paysage, ces regards lointains qui nous accompagnent, la touffeur qu'on devine, tout cela me crispe, alors que l'Amazonie sans bords s'ouvre devant moi. Pourtant, j'ai un peu voyagé – mais cette jungle n'est pas pour nous.

On a accosté à la lueur de nos torches sur un rivage de pierres. Après une courte marche, un campement s'est dessiné, on s'est installés pour la nuit.

On en avait à peu près pour deux jours de marche jusqu'à Codajás, plein ouest vers l'intérieur des terres. J'ai fermé ma gueule et on est repartis. Nathan disait rien lui non plus. La nuit il gardait les yeux ouverts. Ça sifflait partout autour de nous. On a marché trente bornes par jour, on arrivait lentement au pic. J'avais eu beau insister, Gilson et Cauã portaient tous les sacs. On a dormi sous la voûte qui craquait de toutes parts. On a dépassé des rivières de jade, on a entendu plier le bois mort sous nos pas, on a dormi contre des arbres inconnus qui étendaient leurs longs bras au-dessus de nous.

Ce matin-là, autour de la casserole qui faisait claquer les grains de café comme du pop-corn, Gilson a déplié le plan. On n'est plus très loin. Le seul problème c'est ça, a-t-il dit en montrant quelque chose du doigt. C'est quoi ? a demandé Nathan. Une mine d'or. Il faut l'éviter.

Je les connaissais, ces pilleurs, ils avaient tué l'ancêtre de la tribu des Hualus, 84 ans, pour une poignée d'or fin, ils pourrissaient la région, déforestaient à l'aveugle, répandaient le vice et la mort. J'avais voulu enquêter sur ce trafic, on me l'avait déconseillé. On est obligés de passer par là ? j'ai demandé à Gilson. Il a fait oui de la tête. Sinon ça rallonge de trois jours, c'est pas possible.

C'est dans l'après-midi qu'on a entendu les premiers bruits, quelque part entre le marteau-piqueur et la roche qui craque. On a rampé jusqu'aux abords de la fosse. Il y avait plusieurs silhouettes qui s'agitaient autour de la pierre à découvert.

On a attendu que la nuit s'empare des massifs, et alors, à pas serrés, courbés comme les goyaviers, on s'est approchés.

On a contourné le campement. Cauã nous montrait le chemin. J'ai fait un pas sur le côté. J'ai vu les formes sous les tentes. J'avais un couteau sur moi, ç'aurait été facile. Quelques coups nets et on n'en aurait plus parlé. J'ai regardé les toiles, les carrières de pierre, les autres qui filaient devant. J'ai respiré longuement. Et je les ai rejoints.

À l'aube on s'est écroulés contre un arbre, à distance choisie des serpents corail.

Le lendemain après-midi on est arrivés. C'est là, dans ce coin, a dit Gilson. On s'est tous mis en quête de l'Echomocobo, des croquis froissés sous les yeux. Le soir, toujours rien. Avec Nathan on s'est lavé les pieds dans la rivière et on a bu de l'eau à pleines mains. Son corps était beaucoup plus résistant que son attitude du début ne me l'avait laissé penser. On a mangé les feuilles que nous a tendues Gilson, on n'a pas fait la fine bouche.

Le lendemain matin j'ai entendu un cri. Nathan est revenu en courant au campement, le visage dégoulinant. Je l'ai trouvée, je l'ai trouvée. Il a ouvert la main, on s'est tous penchés sur la plante. Super, j'ai dit. La plante ressemblait à n'importe quelle autre. La seule différence, a dit Nathan, c'est que celle-ci va changer le monde. J'ai essayé de sourire mais je n'y suis pas arrivée. C'est bien, j'ai finalement réussi à articuler. On peut y aller alors.

7

Et puis il y a ce type étrange. C'est sans doute lié à son œil plus haut que l'autre, et plus fermé aussi, comme mi-clos. Pour un photographe, c'est moyennement pratique. Mais c'est précisément parce qu'il rentre dans le cadre, puissant et trouble, que son œil, par protection peut-être, par réflexe, a dû se fermer. Les couchers de soleil à flanc de falaises, ça n'a jamais été son truc. Le type s'appelle Arthur Bailly. S'il pouvait changer ce nom de merde il le ferait. Il a un âge indéterminé, disons entre quarante ans et l'infini. On le voit zoner dans tous les recoins interlopes du globe. Dès qu'il y a entrepôts, docks, quartiers rouges, ruelles torves, hôtels de passe, petites frappes aux poches pleines, dès qu'il y a pipes, pochons, flingues, roues qui crissent, descentes de flics, odeurs de pisse, de luxure, il est là. Il a la gueule de l'emploi. Les traits déjà raides, les mains calleuses, l'œil sec et jaune.

Arthur est photographe, donc. Il dit qu'il est là pour ça. Il observe tout ce qu'on ne voit pas, toutes les misères et les flux qu'on s'échange pour deux sacs, toutes les têtes qui tombent en arrière, les quartiers des vagues à l'âme et des regards absents, les mains qui se tendent et prennent, il voit ce qui s'y échange, quelques grammes d'infini, la mer noire derrière, tous les petits trafics sans nom, boulons, flingues, speed-balls, capotes, vitres, les visions et les rêves qu'on garde serrés dans la paume.

Arthur nage dans ce monde-là, il n'en connaît plus d'autres. Il descend méthodiquement vers les impasses du globe qui sont en réalité ses autoroutes souterraines, ce qui soutient tout le reste, sans ces soutiers, ces mécanos, ces crackés, sans ces ouvrières, ces menuisiers qui suent dans l'air moite, sans ces mineures et ces putes, l'édifice s'écroulerait.

Bénarès, c'est à Bénarès qu'il a commencé à faire des photos, dans les palais abandonnés les singes hurlaient à la mort et il les suivait, décadence sublime sous les pierres lasses, c'est là qu'il a appris à saisir ce qui tombe et ce qui grandit dans la même image, mêler les couleurs et les textures, faire entrer pulsions de vie et pulsions de mort dans un seul cadre ; à Bénarès il a marché longtemps, des semaines il s'en souvient, on se détache lentement de soi ici, on peut facilement en perdre la raison, étonnamment il l'avait trouvée ; la sienne était faite des jasmins et des chrysanthèmes qui courent dans les ruines des temples, des cendres et des cerfs-volants sur les *ghats*, près du Gange, des regards rieurs, des baigneurs, quelque chose ici coïncidait avec sa joie et sa mélancolie. Et ce quelque chose si volatil, il tenterait de le saisir par l'image. Arthur apprit à composer, à cadrer, à laisser en dehors ce qui sera suggéré (presque tout). Il apprit ça et le reste. Ses photos furent immédiatement achetées, et à sa grande surprise, par des collectionneurs d'art, lui offrant argent et célébrité. Évidemment il n'en voulait pas. Il les prit quand même, imaginant que cela le ferait vivre. Il n'avait pas tort. Depuis, il continue à s'enfoncer, envoyant parfois des signaux de fumée aux journaux du monde entier ravis de s'offrir un frisson à moindre prix.

Il se trouve aujourd'hui, vendredi 3 mars 2017, à l'hôtel Penpark Place de Bangkok, face au fleuve. Son téléphone a sonné un peu plus tôt.

— Bonjour. Vous êtes Arthur Bailly ?

— Oui.

— Enchanté, Adam Thobias. Je suis directeur d'une commission à Bruxelles, votre agence m'a donné votre numéro. Je vous explique.

Arthur n'écoute pas tellement.

— Mais voyons-nous, c'est plus simple, dit Adam Thobias, devant le silence d'Arthur. Où êtes-vous ?

— À Bangkok.

— Ah parfait. On peut se retrouver la semaine prochaine. Je vous paie le whisky.

Ce mot-là, oui, Arthur l'a compris.

Ils sont assis dans un bar patiné du haut Chinatown, les bouteilles d'alcool luisent sur leur tourelle, le serveur leur sourit derrière le comptoir en rotin. Les Supremes répètent *Stop in the name of love*, et pourquoi pas après tout. Le whisky est là et le gars aussi, qui manque de place pour glisser ses jambes sous la table en bois. Adam Thobias détaille le fonctionnement de la commission et les tâches qu'ils se sont fixées. Très bien, Arthur trouve ça très bien. Sauver le monde, en effet, c'est important.

— Et vous avez besoin de moi pour quoi ?

— Pour une mission essentielle.

Adam Thobias étale une grande carte sur la table. Dessus, une dizaine de lieux ont été entourés d'un rond jaune, en Arabie saoudite, en France, en Australie, en Chine, au Brésil, aux États-Unis.

— On a besoin de photos de ces lieux-là.

— C'est quoi ?

— Il y a une raffinerie, un centre d'élevage, une mine de charbon, des usines, des sièges d'entreprise.

— C'est pas des trucs simples à photographier, ni des coins faciles à atteindre. Pourquoi il vous faut ces photos ?

— On essaie d'accumuler un maximum d'informations sur le système économique, politique et énergétique.

— Pour ?

— En changer.

— Mais on les connaît ces entreprises.

— Il faut qu'on en sache plus.

Ils commandent un deuxième verre. Dehors, le ballet des voitures fuselées reprend. Adam observe le crâne rasé d'Arthur, dont la phrase sort naturelle et libre, en un flot minime, flûté, aucune intonation de discrétion ou de prétention.

Après tout pourquoi pas, Arthur n'a pas vraiment de principes. Ça l'intéresserait presque d'aller voir ces lieux qu'il n'aurait jamais pensé photographier.

— Votre organisation, elle sert à quoi en fait ?

Adam Thobias sourit.

— À imaginer comment résoudre la grande crise.

— La jolie fin du monde.

— Le début d'un nouveau. Vous recevrez une belle enveloppe pour ça.

— Il vous les faut pour quand ces photos ?

— Au plus vite.

Un autre whisky, la nuit est violette à Bangkok, la lune absente.

— Je dois d'abord finir ce pour quoi je suis venu ici. Après je pourrais attaquer.

— Vous pourriez les avoir quand ?

— Dans deux mois, c'est jouable, au moins une grande partie. Je vous les enverrais.

— Non, je viens les récupérer, c'est mieux.

— Comme vous voulez.

— Je vous retrouve où ?

— Ici. Oui, je devrais être ici, à Bangkok. Enfin je vous redis.

Un dernier verre, sans glaçon, et puis la nuit les gobe comme le reste.

Ça avait commencé au Nicaragua.

Arthur y était arrivé par hasard, il lui fallait quitter Marseille, Madrid, trop d'années dans la rue. Pas une thune en poche, quoi faire ? Il part sur un cargo. 1987, il débarque à Managua, après une halte à Panama où il achète son premier appareil au fond d'une boutique poussiéreuse. Un Nikon pourri avec lequel il commence, lentement, à reprendre le dessus sur les choses.

Arthur rencontre, lors d'une de ses errances nocturnes, une bande de sandinistes. Il se lie avec la cheffe de la fraction armée, qui se fait appeler Almada, comme pour contraster avec sa kalach en bandoulière. Un matin ils se lèvent à l'aube, elle doit partir en sous-marin dans les montagnes voisines. Il s'approche d'elle. Elle est d'une beauté fulgurante et chaude, sa frange, ses lèvres charnues, ses pommettes rebondies vers lesquelles il avance la main, qu'il caresse. Elle ferme les yeux. Il la regarde devant le mur sale. Il n'y a rien à dire. Il sort son appareil et la prend en photo, avec son bras qui entre dans le cadre jusqu'à sa joue. Il n'y avait jamais songé auparavant. Elle entend le clic, se fige. Elle finit son café, lentement, puis elle se lève, lui dit, je vais pas casser ton appareil, tu n'as que ça. Je te fais confiance. Il lui dit tu peux. C'est pour moi, c'est juste mon travail à moi. Si cette photo sort de cette boîte, elle lui dit, tu es mort. Elle disparaît dans les montagnes.

Almada est abattue, peu après, par les troupes du gouvernement sur les hauteurs du Mombacho. Une embuscade, une rafale dans le dos, ils l'ont piétinée ensuite avec leurs rangers. Cette photo, la première d'une nouvelle vie, la dernière de la sienne, Arthur a fini par la publier. Elle est morte après tout, et cette photo est tout ce qui reste d'elle. Elle est là dans sa main, c'est la plus belle qu'il ait jamais faite. D'un noir et blanc à vous broyer l'âme.

Tout recommence là pour lui. Cela ne différerait pas tellement, en réalité, de son ancienne vie, mêmes décors, même plongée, simplement l'appareil serait là, comme une lame de plus pour ouvrir les peaux.

Brésil, Sénégal, Viêtnam, Russie, il trace.

Une agence de photo le contacte, il refuse leurs avances, finit par les accepter.

Il publie ses premières images, âpres, tremblées, qui fascinent et dérangent. Il continue à descendre. On ne peut pas aller plus loin. Aucun calcul, aucune stratégie, c'est son biotope, c'est là qu'il vit.

En 2004, il entre chez Magnum. Certains s'étonnent que ce camé cramé fasse son entrée dans le cercle des meilleurs, puis ils regardent les photos et s'inclinent.

Il plonge dans les cercles de Mexico D.F. et de Bogotá. Il n'y a plus aucune distinction entre sa vie et ses photographies. Arthur observe de très près (si près qu'il est dedans) les êtres qui crient dans la nuit et il peint leurs corps pour dire qu'ils existent.

2010, il se perd dans les cercles de l'enfer de la méta-amphétamine. Il aurait voulu être curé. Un fou de Dieu aux mains serrées. Dans les planques, la poudre ou la jungle, c'est le même absolu qu'il cherche.

Magnum lui propose, fin 2013, d'effectuer un tour du monde des zones grises et contaminées, comme un état des lieux de la dévastation. Il part arpenter les villages irradiés aux alentours de Fukushima et les plaines d'Ouzbékistan noir pétrole, il photographie les îles aux fondements rongés par les vagues, les visages de sidération des paysans qui voient leurs champs infectés, les marins dépassés par la vague, les corps décharnés, les assemblages sans haut ni bas des handicapés bouffés par les venins de Monsanto, leurs yeux exorbités, les bouches sans dents, il capte l'horreur quotidienne de l'homme mourant sous ses propres coups. Il photographie des étangs comme des toiles de Malevitch saturés d'orange saumon et de merdes, de plastiques, de crosses de fusils, de tout le génie possible mis à disposition de l'invention de formes ; il était parti pour regarder, simplement regarder, ne pas juger, mais c'est impossible, la boussole est devenue folle ; il essaie de ne pas perdre le cap et de cadrer les poissons gorgés de pesticides, les oiseaux qui tombent, les glaciers qui craquent, dernières traces de ce que nous fûmes.

Il revient avec seize caisses pleines de rouleaux de négatifs (il tenait absolument à faire ce travail en argentique) et une détresse plus grande encore.

Quatre ans plus tard, il accepte la mission d'Adam Thobias : aller voir cette fois d'où partent les fleuves noirs. Il se rend en Australie photographier une mine de charbon, au Brésil un centre d'élevage, au bord du golfe Persique un gisement pétrolier.

Il s'approche des usines, des boutons rouges, des longues fumées.

Visage défraîchi, crâne rasé, un œil plus haut et ouvert que l'autre, ses vêtements lâches et agencés sans soin, Arthur est d'une confondante banalité, on ne le distinguerait pas au sein d'une foule.

Arthur Bailly, posté le 16 juin 2017
sur le réseau Télémaque

J'ai les photos de Galice.
Je pars pour Moscou.

Le garde russe, pourtant particulièrement attentif, ne voit pas la silhouette grise, oscillant de gauche à droite, se glisser entre les entrepôts et disparaître derrière les masses de béton.

8

June arrive un soir à Calcutta. Quelque chose l'agrippe tout de suite au collet. C'est une flambée des sens en elle, une ruée de couleurs, un mouvement qui la bouscule et la bouleverse. Elle est sur le point d'éclater, tout la brusque, les déplacements des gens, le bruit, la folie, le nombre, la pression thermique, elle a la sensation d'être trop près du centre de la Terre.

Elle s'est installée dans un joli appartement qu'elle a loué sur Airbnb, de grandes chambres donnant sur une rue calme du quartier de Kalighat, elle s'est dit qu'elle pouvait se le permettre, merde.

Elle se consacre à regarder passer les gens.

Il y a ces porteurs qui trimballent des dizaines de tonnes de marchandises dans les rues de la ville, il y a ces taxis jaunes aux banquettes d'arrière-monde, il y a ces marchés de viandes étalées au-dessus desquelles rôdent les vautours, il y a ces visages de filles reflétés par l'écran de leurs portables. Il y a un monde et June s'y jette.

Le voyage évidemment se joue aussi immobile, assise allongée des mois, des années, quand le mouvement des jambes longtemps insufflé se prolonge, on sent que ça bouge encore quand ça ne bouge plus, et on entame alors la meilleure partie, le délire statique.

June a le visage à peine plus marqué, les cheveux toujours courts qu'elle rase régulièrement, ici en Inde on la prend parfois pour l'une de ces saintes aux cheveux pareillement ras qu'on voit passer dans les rues et les trains.

Elle se sent instable et légère, Calcutta entre dans sa chair.

Elle s'assoit en fin de journée sur un banc du parc Maidan, où des jeunes en short tapent dans des balles de cricket sur une pelouse jaunie constellée de trous. Quelques amoureux peuvent enfin s'enlacer dans la pénombre naissante. June observe le ballet. Elle s'emploie surtout à puissamment s'ennuyer. Elle s'emmerde avec méthode : il y a des manières, des codes précis, on ne fait pas ça n'importe comment, il s'agit de regarder aussi longtemps que possible les choses jusqu'à s'en dépassionner, ne rien sentir, surtout ne rien sentir, et persévérer alors davantage, se fondre dans les éléments, jusqu'à ne plus faire qu'un avec l'ennui, qui cesse dès lors de l'être. (C'est précisément le contraire de ce que la société lui a toujours enseigné : nourris-toi, bois, regarde, ne sois pas inactive, réagis, informe-toi, remplis-toi, absorbe.) Quand on s'y est bien installé, quand l'ennui coule sur nous comme une eau fraîche, alors une sensation proche de la plénitude s'installe, quelque chose comme une trouée pleine et entière dans la toile, on est là, on ne fait plus que ça, être là.

— Salut.

Ça pourrait être une autre définition de l'existence : lorsque vous parvenez enfin au moment de la plénitude (ou disons d'un certain bien-être, n'exagérons rien), quelque chose (un accident, un animal, un être humain) vient l'interrompre.

Elle se tourne lentement, et à regret, sur sa droite : une fille est assise à côté d'elle, jeune, quoique moins qu'elle, les cheveux canari en pétard. Elle était si proche du but pourtant.

— Je suis désolée de te déranger, mais j'aime pas boire mes bières toute seule. T'en veux une ?

Qu'est-ce qu'on peut répondre à ça ? Existe-t-il une manière, dans quelque société que ce soit, de dire non ? Peut-être avec la tête, immobile. Elle essaie. La fille interprète son absence de réaction comme l'effet d'un coup de chaleur et lui tend une Kingfisher. June l'attrape. (Les bières, surtout fraîches, sont une denrée si rare ici qu'elle serait bien bête de ne pas l'accepter.)

— Je sais, ça se fait pas trop de boire dehors, mais bon.

La fille dit je m'appelle Mia, puis elle se tait. Elles observent toutes les deux le manège des dernières lueurs. Les voitures crissent sur l'asphalte autour du parc. Une famille passe, longs pantalons beiges et ballons de baudruche à la main. June se tourne vers la fille. Elle porte un tee-shirt troué de deux épingles, un jean aux coutures apparentes. Ses pommettes sont comme surélevées. Son silence l'étonne tout de même, quelqu'un vous tend une bière et vous impose sa présence taiseuse – enfin, c'est mieux comme ça. Elle finira bien par s'en aller.

Elle ne s'en va pas.

— T'es en voyage ?

Oh putain ça commence bien. J'ai l'air d'être quoi, au boulot ?

— Oui, ça fait deux semaines que je suis là. Et toi, tu vis ici ?

— Non, je viens d'arriver, je fais que passer. Je pars dans quelques jours pour la Birmanie.

La meuf attrape une grande bouteille de Kingfisher du sac plastique entre ses jambes.

Quelque chose s'installe finalement. C'est lent, c'est lourd, dans la rue le murmure monte et oscille en rythme, il n'y a rien d'autre à faire sur la Terre.

C'est une autre solitude qui s'est assise à côté d'elle, qui n'impose rien, qui alterne, d'une voix fêlée d'avoir trop ri ou fumé, la délicatesse et l'outrance, la nervosité, elle parle de pays lointains mais sans cet air entendu qu'empruntent habituellement les terribles voyageurs à fond de cale, vous imposant d'une voix lasse leurs horrifiques traversées de fleuves et autres duels à mains nues contre des bandes de caïmans. Elle parle de choses qui importent sans doute avec l'air de s'en foutre, dans un français presque parfait, seulement chahuté parfois de sonorités que June peine à localiser sur une carte. Dans sa voix passent d'amples caravansérails, des étendues salines, des punks à chien dans les squares de Londres et d'ailleurs.

Il y a des bières.

L'heure bleue lentement les prend. L'instant précis où tout s'offre, où le tunnel et ses outrances s'annoncent au loin.

Elles parlent, ne disent pas tout.

Il y a des bières. (Le sac magique de Mia ayant fini par se vider, elle est allée en rechercher.) On plonge comme dans une mer de glace, l'ivresse fine à la bière est la plus belle qui soit, pense June, duveteuse, infiniment accueillante, on pourrait boire ça jusqu'à la fin des temps, s'y glisser jusqu'au bout.

Finalement June se lance aussi. Ça la dépasse, l'alcool certainement. Elle parle de sa vie d'avant, ça l'étonne elle-même, de Marseille, de la vie verticale et des promontoires d'où on se jetait, ce ne sont que des petits mots mais ils sont posés là.

Le soir s'étale comme ça, chargé de girofles, d'excitation discrète, de silhouettes qui glissent sur les trottoirs. Elles ont la même audace face aux choses qui viennent. Les corps se reconnaissent.

Les minutes passent, les bouteilles aussi. Mia regarde la peau de cette fille, elle regarde son crâne rasé. Quelque chose d'animal émane de ses bras, de ses jambes, quelque chose de puissant, comme lorsque vous marchez sur des fruits trop mûrs qui explosent sous vos semelles et giclent sur le côté.

Elles entrent dans la nuit longue.

Elles sont dans un bar à présent, derrière le parc, un de ces endroits improbables où l'on sert – enfin – de l'alcool et qui ressemblent à des tripots, à de vieux saloons suintants au bout desquels clignote un flipper oublié. Ça leur va.

Elles se connaissent depuis toujours. Elles se méfient, bien sûr, elles savent l'illusion qu'il y a derrière les rencontres de compatriotes, ou presque, dans des pays lointains, cette sensation trompeuse de proximité, qui n'est forte qu'en comparaison à l'éloignement ressenti face aux autres ; bien sûr elles la connaissent, mais le savoir n'est rien face au sentiment même illusoire, les peaux règnent, les neurones rétablissent les connexions anciennes, et la langue, la langue dans sa sonorité et sa plasticité nous rapproche, mes mots sont ma maison, entre.

La nuit s'étale. Elles parlent encore.

Et puis les phrases s'arrêtent. Le noir ce soir est un infernal tourbillon. Elles sont pleines de vertiges tout à coup – huit heures qu'elles boivent tout de même. Elles n'ont pas les clefs. Elles les ont toutes. Mia se lève, June la suit. Elle ne sait pas si elle marche ou si elle tombe. Elle touche enfin sa peau. Ça doit se passer dans le couloir de l'hôtel de Mia, ou peut-être dans la chambre déjà vers laquelle elles ont couru, June touche la peau de Mia et ça la bouleverse, toute cette étendue, elle glisse dessus, tout valse autour d'elles, ce sont des quantités de mer sur lesquelles elles se lancent tout à coup, Mia mord dans sa lèvre, June esquive, puis c'est elle qui croque à son tour, lèvre d'en haut, lui bouffe la joue, le creux du cou, là où ça sent les greniers de l'enfance, c'est ton champ ou est-ce le mien, elles s'abandonnent, June n'a jamais connu ça, elle a mal partout, dedans, elle veut rentrer dans ce corps devant elle, tout chavire, litres d'alcool et déflagration, ça bascule, elles tombent sur une succession de sols, l'un s'ouvrant sur le suivant, infiniment, elles roulent et toujours sur le corps de l'autre, la peau pâte à pain, mâcher, avaler, plonger, sous elles c'est immense et elles tombent.

Elles se réveillent côte à côte.

Elles se rendorment, ouvrent un œil, s'embrassent, la bouche de l'autre grand hâle d'hier, elles font l'amour et se rendorment.

Le soir arrive et les reprend.

Des journées passent.

Elles ont fermé les rideaux.

Calcutta se lève comme si elle ne s'était jamais couchée.

Mia et June sont assises à leur balcon du Middleton Inn qui s'ouvre sur une petite cour intérieure. Elles écoutent un moment la complainte des oiseaux recouverte par l'immense rumeur. Puis :

— Tu te souviens, dit Mia.

— Quoi, dit June.

— L'histoire des missions dont je t'ai parlé.

— Oui.

— Non rien, je m'étais dit que ça pourrait peut-être t'intéresser. Du fric, des voyages, c'est pas si mal.

— Mais je comprends pas l'idée. Ils vous paient, vous voyagez, et ?

— On raconte ce qu'on a fait et ce qu'on a vu, c'est tout. Si je comprends quelque chose à ce que le type qui chapeaute tout ça raconte, il veut *des nouvelles cartes et de nouveaux récits* (c'est ce qu'il écrit) pour pouvoir agir ensuite. Moi par exemple je suis allée dans le Pacifique, en Amazonie, et maintenant en Birmanie.

— Honnêtement j'ai autre chose à foutre.

— Je comprends.

— On part, c'est tout. Y a pas de raisons. S'il y en a une, ça fout tout en l'air.

— Je suis d'accord, j'ai besoin de thunes c'est tout.

— C'est une bonne raison.

— Je pensais que je détesterais ça, mais finalement, être envoyée quelque part, c'est pas si désagréable comme sensation.

Un long parfum de bois de santal entre dans les narines de June. Elle regarde passer un serveur dans la cour, se tourne, marque une pause. Putain mais quelle conne.

— Ah OK c'est ça, dit June. C'est lui.

— Quoi ?

— C'est Adam qui t'a envoyée me chercher.

— Non, dit Mia, les yeux fixes.

— C'était une mission en fait, me séduire, baiser avec moi. T'es venue pour ça. C'était pas un hasard. Tu m'as cherchée.

— C'était pas prévu. Il m'avait juste dit –

— Te casse pas j'ai compris.

June se lève, prend ses affaires et claque la porte.

Quand Mia l'a rattrapée en bas, elle a essayé d'expliquer : oui, Adam voulait la retrouver, qu'elle participe au réseau, c'était visiblement important pour lui. Oui, elle a raison, elle aurait dû lui dire la vérité tout de suite, mais quand on rate le coche ensuite c'est trop tard. Mais non, ce qui s'était passé n'était pas feint, ni faux, elle avait aimé ce qui avait surgi, ç'avait été beau, ça l'était encore. Voilà en tout cas ce que Mia aurait voulu dire à June, si elle avait pu. Mais d'un geste de la main, en tournant dans la rue, un geste simple et sans équivoque, June l'en a empêchée.

June a réapparu à la nuit tombée. Mia était sur son ordinateur. June n'a rien dit, elle lui a fait comprendre avec la seule position de son corps qu'elle ne voulait rien entendre. Elle s'est allongée sur le lit. Elle a fumé une clope, puis une autre, en fixant le détecteur de fumée.

— Comment tu m'as retrouvée ?

— Tu as posté sur Instagram une photo de ton appart à Kalighat. J'ai zoné dans le quartier. Une jeune Blanche à la tête rasée, c'est pas si difficile à trouver.

— Merveilleux XXIe siècle.

June a écrasé sa cigarette dans le petit cendrier en métal.

Elle s'est endormie. Mia, un peu plus tard, aussi.

Lorsque Mia se réveille au son des tuk-tuks et des corbeaux, June est sur le balcon. La ville a entamé sa danse de chaque jour. Mia fait glisser la porte-fenêtre.

— Alors dis-moi, lance June sans se retourner.

— Quoi.

— La mission qu'Adam avait pour moi.

— Il pensait que tu aurais pu aller au Bangladesh, dans les terres bientôt immergées du Sud, observer les barrages et les îles qu'ils sont en train de construire.

— Que je foute mes pieds dans la boue. Bien sûr.

— Il t'a écrit un mot, le voilà, dit Mia en lui tendant son téléphone.

— J'en ai rien à foutre de son mot. Des barrages aussi d'ailleurs.

Elle porte sa tasse de *chai* à ses lèvres. Elle s'est allumé une nouvelle clope, de bon matin c'est pas dans ses habitudes, mais elle a tellement fumé la veille qu'il faut qu'elle reprenne assez vite.

— Et toi, c'est quoi ?

— Moi je vais aller enquêter sur un oléoduc qui traverse la Birmanie pour relier l'Arabie saoudite et la Chine. Je n'en sais pas plus, Adam doit me réécrire une fois que je serai sur place.

June se tourne finalement vers Mia, debout dans l'encadrement de la porte-fenêtre.

— T'y connais quelque chose en oléoduc ?

— Je dois juste trouver où il passe et lui envoyer des infos.

— Et en quoi ç'a à voir avec votre grand projet ?

— J'en sais rien.

June écrase sa clope dans le cendrier en verre, c'était une mauvaise idée finalement.

— Allez viens, je t'offre le petit-déj' pour me faire pardonner, dit Mia.

— Il est inclus avec la chambre – tu me prends vraiment pour une conne.

Elles s'installent dans la grande salle aux murs tapissés d'un crépi marron. June ne parle toujours pas mais elle a accepté la main tendue, elle est un peu coincée maintenant, tenue de rentrer au moins en partie les crocs.

— Tu sais quoi, je vais venir aussi, dit June.

— Elle t'arrache pas la gueule l'omelette ? demande Mia.

— J'ai rien d'autre de prévu.

Et puis c'était ce qu'elle voulait, non, aller jouer à *Platoon* dans la jungle ?

— Parfait, dit Mia.

— Mais je fais pas ça pour Adam ni pour votre commission à la con, je fais ça pour moi.

— Bon, comme tu l'imagines, ça s'annonce pas spécialement facile.

— C'est pas la facilité que je cherche.

Au cinquième *chai*, elles se lèvent pour aller prendre l'air. Elles avancent dans les travées du grand marché, passent devant le restaurant Nizam's et ses effluves de poulet masala.

— Je vais me balader toute seule, dit June. On se retrouve plus tard.

Et Mia la regarde s'éloigner entre les récipients en plastique et les fringues à deux balles.

9

Nathan s'était trompé : Léa était là quand il est rentré. Pas *directement* là, mais pas si loin, à quelques blocs, en train de faire l'amour avec Marc. Étonnamment, ça ne lui a rien fait quand il l'a appris – enfin disons pas autant qu'il aurait imaginé (il lui pétera quand même les dents s'il en a l'occasion). Léa le lui a dit sans détour, un verre de rouge à la main (elle avait dû finir le blanc), ça ne semblait pas un problème pour elle non plus. Alors si ça ne l'était pour personne, pourquoi s'en faire. Marc, quand même, elle aurait pu trouver mieux, enfin. T'es jamais là, a dit Léa. Même quand t'es là, tu n'y es pas. Je l'ai trouvée, a dit Nathan. Je l'ai. Quoi, a dit Léa. La plante. L'Echomocobo. Tu vois, dit Léa, c'est ce que je te dis. J'ai une vie moi, j'ai trente-quatre ans, une carrière, des amis, j'suis pas fanée encore. Elle va tout changer, cette plante, a dit Nathan. Léa a soufflé, elle a levé le bras vers le serveur, et la suite peu importe.

Nathan est rentré seul et il est monté tout de suite sous les toits, dans son atelier où un fatras sans nom se répand comme une marée noire sur les étagères, le bureau, les tables entièrement recouvertes, le laboratoire séparé du reste où l'on ne distingue plus ni éprouvettes, ni tubes à essais, ni microscopes, mais un amas iridescent menaçant à chaque minute de chavirer. Il parvient allez savoir comment à se frayer un chemin jusqu'à la chambre froide, ou plutôt naturellement glacée, où il ouvre la porte du frigo. Elle est là, dans sa boîte, sous le film plastique fin dont il l'a recouverte le soir même et qu'il a changé tous les jours depuis.

Pourrais-tu s'il te plaît m'envoyer comme convenu la plante ?
Merci.
Adam.

Nathan la sort délicatement et la dépose sur ce qu'il appelle la *table d'opération*, et qui consiste en une table haute, blanc crème, sur laquelle se dressent ses outils majeurs, une loupe binoculaire et deux microscopes Bresser, les plus performants qui soient. Il place son œil sur la loupe et s'approche des dentelures, des filaments, rigoles d'eau et de soufre, rideaux de pluie vermeille, nervures, cascades perroquet, cette feuille est une folie, il passe à l'autre, dont il glisse un morceau de tissu sous le microscope ; il oublie son corps dans celui, si délicat, de cette plante aux mille reflets. Surtout, il essaie de remonter la piste : comment fait-elle pour saisir l'intégralité de l'énergie solaire, quels chemins suit-elle, comment bouffe-t-elle les rayons ? Il lui faut pour cela revenir comme à la source d'un fleuve, tracer sur la réplique qu'il a fabriquée, et qui se trouve là, sur le côté, les combinaisons possibles, les chemins empruntés, et c'est une cosmogonie sans fin, des architectures folles, comment s'y retrouver, il faudrait numériser tout cela (ce à quoi il s'attellera ce soir même) et tracer les possibilités, parce qu'elle ne peut pas, ce n'est pas possible, comment pourrait-elle emprunter tous ces chemins *à la fois* ?

J'insiste, Nathan : peux-tu m'envoyer la plante au plus vite ?
Voici l'adresse :
Commission internationale sur le changement climatique
9, rue du Vallon
1210 Saint-Josse-ten-Noode, Bruxelles
Belgique

Adam Thobias a insisté mais ça n'a pas suffi, Nathan n'a rien envoyé. Cette plante est à lui, son vieux professeur lui a peut-être payé le billet, organisé le voyage, trouvé les guides, mais l'idée était la sienne depuis longtemps. Il a du boulot encore, Adam attendra – il doit replonger dans le vert carbone, trouver les combinaisons, la vitesse aussi, comment fait-elle pour engranger en si peu de temps toute cette énergie et en faire instantanément du sucre ? La lumière orange s'élève du parc voisin sans qu'il ait pu apporter une réponse.

Il faut être autophage comme les plantes. Nous devons inventer notre manière de saisir l'énergie du soleil sans intermédiaire, sans devoir passer par tous ces échelons qui l'ont, eux, ingérée. Nous devons manger le soleil, écrit Nathan un soir dans son carnet.

Il travaille sans trêve pendant deux semaines, il ne sait même plus si quelqu'un vit en bas dans son appartement, Léa, un voisin ou son chat, il ne descend plus, il a un frigo là-haut aussi de toute façon, qui normalement est à usage scientifique mais accueille surtout maintenant des salades et des fruits, il faut qu'il avance, il doit circonscrire le miracle avant qu'il ne s'échappe. Il ne sent plus la tache dans son œil ni le malaise dans son corps, il n'en a plus le loisir. Il ne lit pas les messages d'Adam Thobias qui s'accumulent, en même temps que les comptes rendus d'autres missions, sur l'application Télémaque.

Et un matin, après une nouvelle nuit sans sommeil rythmée par les nappes de James Blake et les distorsions électroniques de Thom Yorke, Nathan arrive enfin quelque part. Ça n'a pas de nom, plus rien n'en porte ici, mais c'est un endroit.

Il a dessiné l'ensemble des chemins qu'emprunte l'énergie solaire sur une seule feuille. Voilà à quoi ça ressemble :

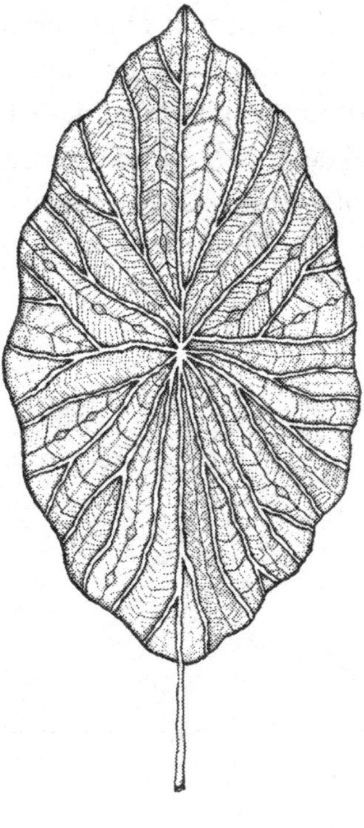

Nathan voit dans ce labyrinthe des recoins infinis et des formes jamais dites, il reconnaît le dessin du Grand Tout ; a priori c'est pas son truc les majuscules, mais là, pas le choix. Il a synthétisé en dix pages de notes l'éthique et le mouvement de cette plante. Tout est là. Il tient dans ce carnet la formule de la photosynthèse, ce qu'aucun être humain n'a jamais réussi à faire. Il peut aller se coucher maintenant.

Surtout, cette formule est potentiellement reproductible, et si c'est vraiment le cas, s'il est bien parvenu à saisir et concasser ce mystère de la photosynthèse, alors on devrait pouvoir saisir nous-mêmes le feu du ciel. Pas comme des branques avec des panneaux solaires, pas de manière détournée et absurde avec les hydrocarbures, vieux restes d'énergie foutue, non, vraiment et entièrement, la totalité de l'énergie solaire. Et alors tout serait résolu.

Nathan fait un pas en direction de l'étagère – pas le temps d'attraper la bouteille de rhum pour fêter ça, il s'est déjà écroulé sur le canapé.

Et puis Nathan a fini par répondre. Il a d'abord, avant cela, dormi quatorze heures, pris une douche (dont il a retrouvé assez facilement le chemin), relu ses notes (qu'il a jugées, en toute modestie, éblouissantes), et puis seulement alors il a écrit.

J'étais occupé, Adam. Tu comprendras ça, je le sais. Ça y est, la plante est partie. Elle arrivera dans une caisse en métal ventilée en permanence, qui maintiendra une température stable pendant tout le voyage, ça vous coûtera une blinde mais je ne vois pas d'autre possibilité.

Je n'en vois pas d'autre non plus, cher Nathan. Ah si : me l'avoir envoyée il y a un mois.

Nathan laisse à contrecœur ce qu'il reste de la plante s'envoler vers de plus orientales contrées. Il rappelle Léa plusieurs fois par jour, sans succès. Il ne sait pas quoi faire avec ce carnet noir à bande grise. Il le regarde, le tourne, l'ouvre, il relit : oui c'est ça, tout est là. Et maintenant quoi ?

Adam Thobias, posté le 22 juillet 2017
sur le réseau Télémaque

Cher Nathan,

La plante est bien arrivée, je t'en remercie. Elle est dans un état déplorable. Nos botanistes vont commencer à travailler dessus. Mais je ne t'écris pas pour ça : je voudrais te proposer un nouveau projet. Voilà. Il y a un immense atoll de corail en mer de Chine, au large de Shanghai. Au milieu de cet atoll, on a découvert un trou. Oui, un trou, une cavité, la plus grande du monde. Personne n'est encore allé voir dedans, mais on présume qu'il y aura là de nombreuses nouvelles espèces de poissons, de coraux, d'algues. Il faut que tu ailles voir. Il y a là, j'en suis sûr, quelque chose de décisif à apprendre sur la manière dont la biodiversité se régénère.

Comme ça s'est bien passé la dernière fois avec Mia Casal, vous repartiriez ensemble.

Dis-moi ce que tu en penses.

Nathan a relu le message. Il a regardé son carnet, ses mains, la fenêtre, puis à nouveau les pages noircies. Alors il a repris son téléphone pour répondre à Adam.

10

Arthur Bailly est de retour à Bangkok, dans son QG aux couloirs blancs et au toit ardent.

Il fait une pause avant de repartir en Chine pour sa dernière mission, photographier la raffinerie d'Anning dans le sud du pays, et puis ce sera fini.

Il est là, allongé sur son lit, les yeux dans le plafond qui vrille au rythme du ventilateur puissance 5.

Trois heures plus tard, il s'assoit au comptoir du Wallflowers et commande un cocktail Louise. (Ma nouvelle vie me monte peut-être un peu à la tête, pense-t-il en laissant glisser dans sa gorge le mélange de bourbon, martini blanc, gingembre et jus de pomme Fuji.)

— Bonsoir.

Une voix chaude, il se retourne : Adam Thobias est devant lui.

— On s'installe là-haut ?

Ils montent au deuxième étage, envahi comme le reste du bar de plantes grimpantes, meubles branlants et objets foutraques. Ils s'assoient sur les deux fauteuils noirs. Arthur regarde cet échalas avec qui il a passé une soirée deux mois plus tôt secouer son pantalon en velours et sa chemise comme pour en extraire quelque chose.

— Vous avez pas chaud comme ça ? demande Arthur.

— Si si, un peu. Mais l'air me colle à la peau alors je préfère des couches, comme ça, de vêtements, ça me maintient à l'écart, dit Adam.

— Ah d'accord.

— Vous, je vois que vous êtes en tee-shirt.

— C'est ce qu'on porte en général ici.

Les cheveux d'Adam Thobias tombent en bataille sur le côté. Il tient ses soixante-cinq ans avec une élégance légèrement désuète et un flegme international dans ce bar à la mode de Bangkok qui ressemble à une maison hantée.

Arthur lui tend une clé USB.

— Merci, dit Adam. C'est mieux que les envois par WeTransfer, on sait jamais.

Arthur hoche la tête.

— Je vais regarder ça tranquillement. Voilà l'argent. Et votre billet pour la Chine.

— Bonjour Arthur.

Une femme s'assoit sur le fauteuil à côté d'eux. Arthur la reconnaît : c'est Pauline van der Bloom, des services secrets français, avec qui il a dû vaguement coopérer il y a quelques mois sous peine d'être expulsé du pays. Elle l'avait retrouvé dans un bordel du quartier de Soi Cowboy, défoncé et en assez mauvaise compagnie, il n'avait eu d'autre choix que d'aller prendre quelques photos de gros poissons chinois et malaisiens perdus dans les eaux troubles de la ville.

— Ah tiens, Pauline, dit-il d'une voix calme. Je te présente Adam Thobias, directeur de la Commission internationale sur le changement climatique.

— Enchantée, dit-elle en lui tendant la main et un large sourire. Je connais vos travaux bien sûr. Je passais par là, mais je vous dérange peut-être ?

— Non non, on buvait un verre, dit Arthur.

Adam range la clé USB dans son sac.

— Arthur fait de belles photos, n'est-ce pas ? dit-elle.

— Ah oui, dit Adam, absolument.

— Vous êtes un amateur de photographie.

— On peut dire ça. Ses photos m'intéressent, on y voit des choses qu'on ne voit nulle part ailleurs.

— Ça c'est sûr, dit Pauline en souriant.

Elle se tourne vers Arthur.

— Tu veux boire quoi ?

— Un gin tonic.

Elle lève le bras vers le serveur.

— Je me présente, je m'appelle –

Pauline van der Bloom, quarante-deux ans, d'une intelligence saisissante, laquelle, si elle se diffuse dans son corps entier, est condensée dans des yeux fil de rasoir et un visage allongé en constante ébullition. Elle a gravi rapidement les échelons de l'administration française, à sauts et à gambades, jusqu'à ce poste prestigieux de responsable de la délégation de la Direction générale de la sécurité extérieure, les services secrets français. Elle écume, depuis sa tourelle de Bangkok, tout le Sud-Est asiatique, de Manille à Djakarta. Son boulot, c'est de laisser une oreille traîner partout, de faire fonctionner son flair hors normes et une connaissance sans cesse réactualisée de la géopolitique locale et mondiale. Ça tombe bien, elle a tout ça.

— Je suis enchantée, monsieur Thobias. Vous connaissez Arthur depuis longtemps ? demande-t-elle.

— Non, deux mois.
— Vous travaillez dans le secteur ?
— Le secteur ?
— Vous êtes dans le renseignement.
— Non, je dirige cette commission autour du climat à Bruxelles. J'ai passé quarante ans à informer le monde à ce sujet, maintenant j'agis.
— Oui, vous avez joué un rôle important, ça je le sais, dit Pauline, qui a fait des études.
— Je vais vous laisser, dit Adam. J'ai été ravi. Arthur, on se revoit bientôt. Chère madame, une belle soirée à vous.
— Vous partez déjà ? C'est dommage. À bientôt – en lui serrant la main.
Pauline van der Bloom se rassoit, fait tourner dans sa bouche une rasade de vin chilien.
— Hum, il y a du… clou de girofle, un peu de vanille aussi. Il est plutôt bien ourlé. Ravi d'avoir rencontré ton ami, Arthur.
Elle repose le verre.
— Qu'est-ce que tu fais là en fait ? demande Arthur.
— Je te suis depuis des jours, dit Pauline. Les services secrets australiens ont signalé ta présence aux abords de leur mine de charbon la plus sensible. Tu as pris un vol Sydney-Bangkok. Je prends le relais. Je connais les endroits où tu traînes ici.
— Tu les aimes plutôt bien aussi.
— J'y cherche les gens comme toi.
— Tu vas faire quoi maintenant ?
— J'ai un agent qui va intercepter Adam Thobias à sa sortie du bar. On va regarder les photos. Si elles sont, comme on le présume, de haute sécurité, on va l'arrêter.

— À vos risques et périls.
— Tu pars en Chine, dit Pauline.
— Oui.
— C'est un pays passionnant tu verras.
— Je connais déjà.
— En ce qui concerne Adam Thobias, dit Pauline, en général les intellectuels de son genre ne se baladent pas à Bangkok avec des clés USB comme celle que tu lui as donnée dans la poche et des "recherches" à faire. (Elle marque les guillemets avec ses doigts, geste qu'Arthur n'a jamais pu supporter.) Ou alors moi je suis Virginia Woolf.
Elle se lève.
— À bientôt Arthur. On se croisera dans le coin. Ton gin tonic est réglé.

Deux heures et demie plus tard, devant son refus de collaborer, Adam Thobias est emmené de force par deux hommes de main vers la cellule de la DGSE. L'interrogatoire mené par Pauline van der Bloom et son collègue Patrick Censier, dans la salle sans fenêtre réservée à cet effet, au bout du couloir, ne mène à rien : Adam Thobias est invité à dormir là, dans la salle d'à côté, sur un matelas défraîchi.

Le lendemain, Pauline entre à 8 h 30 dans la pièce avec un café fumant.
— Vous avez bien dormi ?
— Très bien, dit Adam. Malheureusement, je vais devoir rentrer.
— Je comprends votre impatience, comprenez la mienne.
— Je vous ai tout dit. Vous êtes en train de faire une belle erreur.

— Mon boulot est d'éviter qu'on me prenne pour une conne. C'est ce qu'on fait tout le temps, c'est normal, ça fonctionne comme ça. Les contre-espions, ça court les rues. Vous n'avez rien d'exceptionnel vous savez. Du sucre ?

Sa bouche est fine, surlignée d'un trait pourpre. Elle a attaché ses cheveux ce matin.

— S'il y a quelque chose d'exceptionnel en moi, ce n'est pas du tout comme vous l'entendez, dit Adam Thobias. Je suis très occupé en ce moment à changer le monde, voyez-vous. Je sais, ça doit vous faire rire, mais c'est ainsi.

— C'est très beau d'avoir de l'ambition.

— Vous ne comprenez pas et c'est normal, vous avez les deux pieds dans la fange, vous ne pouvez pas voir le ciel. Je ne vous en blâme pas. Laissez-moi simplement reprendre mon travail. Les responsables politiques qui nous financent ne vont pas tarder à crier dans vos téléphones quand ils vont apprendre ce que vous avez fait, dit Adam Thobias d'une voix calme.

— Ils peuvent y aller. Vous me dites si c'est le MI6 ou la CIA et je vous laisse partir. Vous continuez avec vos putains de salamalecs, vous restez là.

— J'espère que vous ne tenez pas trop à votre poste.

— Mon collègue a regardé le contenu de la clé USB qu'Arthur Bailly vous a donnée. C'est passionnant toutes ces photos d'usines et de bâtiments sous haute sécurité. On a regardé votre ordinateur aussi, avec tous ces jolis dossiers : plante miracle en Amazonie, situation géologique en Iran, agriculture bio au Bhoutan.

— Tous issus du groupe Télémaque, qui dépend de notre commission, oui.

— Des choses captivantes visiblement. Ça forme une jolie somme.

Adam Thobias attrape sa tasse.

— Écoutez, je vous laisse boire votre café tranquillement et réfléchir à tout ça, je reviens dans une demi-heure. J'espère qu'on aura avancé.

Thobias lampe son café crème en silence.

Pauline revient quinze minutes plus tard. Elle s'assoit sans un mot.

— Je ne sais pas ce qui s'est passé, dit-elle. Je vous présente toutes mes excuses. C'est un terrible malentendu.

— Ne vous inquiétez pas, dit Adam Thobias en se levant. Ça peut arriver. Merci pour le café.

Pauline a pris sa tête entre ses mains. Un appel de la Commission européenne pour lui dire de libérer sur-le-champ Adam Thobias, c'est pas une super nouvelle. Elle observe ses pieds. Et pourtant. Elle était sûre d'avoir vu quelque chose. Merde. Son flair s'est envolé. Qu'est-ce qu'elle fout là, alors, dans ce taxi qui se fraie un chemin dans le trafic touffu de la Sirat Expressway ? Devant la Nissan cahotante, un autre taxi à l'arrière duquel on distingue la figure de Thobias. La voiture s'arrête finalement dans Sukhumvit, quartier d'affaires, de centres commerciaux et de tours fuselées vers le ciel. Thobias descend. Il entre dans le luxueux Market Café, s'assoit à une table du milieu. Pauline dit au taxi de s'arrêter sur le côté, d'attendre là. Des minutes passent. Thobias lit quelque chose. Elle va se faire virer, c'est certain maintenant. Sa mère déjà lui disait qu'elle ferait mieux de *lâcher l'affaire de temps en temps*, que ça finirait par lui attirer des ennuis. Sa mère est morte depuis mais Pauline est toujours là, debout présentement au milieu de ce trottoir. Un type s'approche de Thobias, ils se serrent la main. Pauline sort du taxi, fait un mètre vers le bar, s'allume une clope. Le type parle. Il a un visage taillé dans le granit. Et brusquement, un geste, une attitude, elle le reconnaît. C'est Richard Pike, le responsable de la cellule sud-asiatique du MI6, les services secrets britanniques. Le fils de pute, crache Pauline. Pike et Thobias, autour de leurs bières, continuent joyeusement à converser. Pauline écrase sa Marlboro de la pointe de sa basket. Elle passe une main sur ses lunettes de soleil, ne lâchant pas, dans l'angle mort, ces deux salopards. Elle connaît évidemment Richard depuis des années, les collègues, même de camps opposés, se croisent souvent. C'est, sous son vernis d'élégance et d'obséquiosité, un requin de la pire espèce – comme à peu près tout le monde dans cette profession. (Pauline se considérant, elle, pour une raison qui lui échappe, légèrement à part.) Les deux hommes se lèvent. Pauline se rallume une clope. La porte d'entrée est là. Thobias monte dans un taxi pendant que Richard longe le trottoir vers la voiture assermentée (elle la reconnaît) qui l'attend plus bas. Pauline dit à son chauffeur de démarrer. Ils collent au taxi, Banyat connaît parfaitement la circulation à Bangkok, il anticipe les mouvements, les glissements, les accélérations. Le taxi de Thobias prend la direction de l'aéroport. Elle laissera pas s'envoler ce fils de pute. Faux témoignage, recel d'information, collaboration avec des agents du renseignement extérieur : elle dit à Banyat d'accélérer. Il double tuk-tuks, motos, voitures, et arrive finalement au terminal 1. Adam Thobias sort du taxi. Pauline s'approche, lui tape sur l'épaule. L'homme se retourne : ce n'est pas lui. Elle tape sur la vitre de la voiture, il est où, IL EST OÙ CE CONNARD ? Le taxi redémarre sans un mot. Pauline s'élance dans le grand hall amidonné du terminal international, dépasse des valises, *putain il est passé où, merde !* On la regarde. Elle retrouve le type qui était sorti du taxi : vous êtes qui ?! L'homme la dévisage, loin déjà, et lui dit *I don't understand, I'm sorry* en filant sur les dalles vinyles. Un cri rauque s'élève du hall d'embarquement du terminal 1 de l'aéroport Suvarnabhumi de Bangkok.

Six appels en absence. Arthur Bailly a fait sa valise lentement, personne ne sait qu'il est dans cet hôtel du sud de Chinatown où il peut se mêler aux petits stands de rue et aux réparateurs de bagnoles sans crainte d'être vu.

Cela fait trop longtemps qu'il zone dans cette ville, il est temps de partir. Nouvel appel de Pauline van der Bloom, le téléphone vibre sur le lit. Il faut qu'il finisse le boulot. La Chine, OK, et puis qu'on n'en parle plus.

Après trois heures de forage dans la montagne de fringues et de tirages accumulés, scandées par des bières et des cigarettes, Arthur a fini.

Il a plusieurs heures devant lui. Le téléphone vibre. Il se fait couler un bain.

11

Mia et June sont montées dans l'avion d'Indigo Airlines, elles se sont assises aux deux extrémités, chacune son hublot.

Au-dessus des nuages, June repense aux images de ce livre qui traînait à la maison, pagodes, jungles bruissantes et temples perdus, mystérieuse et terrifiante Birmanie qui la faisait rêver à la tombée du jour. Remonte en elle un mélange de peur et d'attirance étrange pour ce pays dont elle avait toujours eu, sous l'effet de la distorsion des images et des discours politiques, une vision trouble et certainement faussée, peuplée de fous à kalachnikovs et de moines glissant au milieu de la brume. Sur son iPhone, cabossé mais bien vivant, elle capte la connexion d'un voisin, qui a dû, lui, siphonner la 3G de la compagnie. Elle regarde les photos de Rangoon (qu'il faut visiblement appeler Yangon désormais), du beau lac Inle, les mille pagodes et montgolfières émergeant de l'aube de Bagan, elle se faufile, éléphants, Rocher d'or, militaires (les revoilà), le visage d'Aung San Suu Kyi, et rapidement June tombe sur cette brève de l'AFP reprise par tous les journaux : *Troubles dans l'État de Rakhine, dans l'ouest de la Birmanie. Des postes de police auraient été attaqués par les séparatistes de l'ARSA, membres de l'ethnie des Rohingyas, sans grands dégâts. Dès le lendemain, l'armée a répliqué en attaquant plusieurs villages de cette ethnie minoritaire de religion musulmane, d'un pays qui en compte cent trente-cinq.*

June lit encore quelques articles, confusions, incertitudes, poudres et tirs. Quelque chose lui picote la poitrine.

Quelle détestable petite Occidentale, pense-t-elle en détaillant les cumulonimbus, attirée par le feu et les larmes, en manque de drames. Elle n'en a pas eu assez avec sa petite vie sage de nantie, elle veut aller voir où ça crie. Elle se dégoûte elle-même.

June ferme les yeux, tombant dans de petits limbes poisseux sans grand intérêt – mais ça y est, on descend déjà, Yangon se déroule par la fenêtre.

— T'as vu ce qui se passe dans l'Ouest ? dit June.

— Quoi ? dit Mia.

— Une rébellion. Des attaques militaires.

— C'est la Birmanie, meuf, dit Mia. Ça fait un siècle que ça dure.

Elle a la marque du hublot imprimée sur le côté droit du visage. Elles prennent un taxi jusqu'au centre. L'air est sec et gorgé de bétel, dont l'âpre arôme les renvoie immédiatement en Inde, où l'on ne cesse de mâcher cette plante. Mia a trouvé sur Booking un hôtel à l'angle de la 15e Rue, qui semble un coin animé. Après avoir posé leurs sacs dans les deux chambres légèrement humides, elles descendent voir de quoi sont faites ces rues. De taxis et de chiens, semble-t-il, d'une ambiance lourde comme celle qui précède une pluie de printemps. June et Mia dépassent les vendeurs ambulants de Chinatown, les mille et un visages des mille et une ethnies sous les façades lépreuses entourées de barbelés.

Dans l'avenue embouteillée, Mia se souvient par flashs des années 1990 telles qu'elles passaient à la télé, toujours légèrement délavées et effrayantes, déjà on avait commencé à nous balancer de la peur et du mépris, on nous jetait des scuds à la gueule, guerres pétrolières et dictateurs, du chômage et des imbéciles sanguinaires et cravatés – et au milieu de tout ça, le pire c'était la junte militaire birmane, Mia revoit distinctement les barbouzes effrayants à machette qui terrorisaient le monde entier ; et puis, pris dans cette folie, on évoquait l'audace française, Total, qui continuait à forer les sols, à en extraire gaz et pétrole, au milieu de chantiers horrifiques, travaux forcés et morts accidentelles. Depuis, la junte est partie, la démocratie revenue, et avec elle Aung San Suu Kyi, grande égérie de la révolte enfin aux commandes, mais la violence rôde et l'armée contrôle le pouvoir.

Mia et June dépassent les ruelles fendues par les banians et les frangipaniers.

Elles passent deux jours à Yangon dans la poussière et le grésillement des lumières jaunasses. Elles ne se parlent pas tellement, c'est très bien comme ça. June a détesté la ville au premier regard ; au deuxième aussi. Peut-être est-ce simplement la fatigue, mais elle trouve les rues et les immeubles d'une grande laideur, l'atmosphère étouffante. Mia attend le message d'Adam avec les précisions, lequel arrive enfin. Il y a les coordonnées, le lieu où arriver, les personnes à contacter. June a demandé à Mia de ne rien dire de sa présence. Elle ne fait pas partie de la mission, elle veut s'épargner des explications, et elle n'a pas spécialement envie de lui parler. Mia écrit à Adam :

Et c'est quoi l'idée exactement ?

Tu trouves le pipeline. Tu nous dis si le pétrole coule déjà dedans. Puis tu contactes cette personne, Nyan. Tu lui donnes la localisation. C'est fini pour toi.

OK. Ils en ont besoin pour quoi ?

Peu importe. Bonne chance.

Mia et June reprennent toutes les deux le fil des rues de Downtown, contournant les barbecues amovibles et les joueurs de foot qui s'échangent leur balle de rotin tressé. Elles essaient de s'enquérir de la situation politique dans le reste du pays, se heurtent à des murs.

— Alors ? demande June.

— On part demain, dit Mia, si on a l'autorisation. On va à Sittwe, au nord-ouest. Il faut reprendre un avion, les routes sont bloquées. Là, on explore les environs. On trouve le pipeline, on donne ses coordonnées à un type, on repart.

June ne répond rien.

— Je suis moyennement motivée à vrai dire, reprend Mia, mais j'ai déjà dépensé tout le fric qu'ils m'ont versé pour cette mission en frais d'hôtels et de bouche, je suis obligée d'y aller maintenant. Merci de venir avec moi, franchement.

— Moi je veux voir ce peuple qui brûle.

Mia se tourne vers cette jeune fille au visage dévorant, à la peau si délicate. Elle ne saisit pas toujours le ton de sa voix, est-ce de l'ironie, une franchise brutale, en tous cas quelque chose dans cette fréquence lui plaît – elle est encore plus dingue que moi. Les deux silhouettes avancent, crâne rasé et toupet jaune, sur le trottoir aux dalles renversées de Pansodan Street.

Elles arrivent le lendemain à Sittwe, l'autorisation officielle en poche, après une heure d'avion.

Dans leurs sacs à dos, tout l'équipement acheté la veille dans le marché de Chinatown : hamacs, sacs de couchage, trousse de survie, de la bouffe pour trois jours, des boîtes de conserve et deux couteaux passés inaperçus au contrôle de l'aéroport.

Cela fait longtemps que June n'a plus peur d'arriver dans une ville inconnue le soir et de devoir se faire sa place dans une chambre d'hôtel possiblement marronnasse, poisseuse, chargée de moustiques ou de mélancolie, une nouvelle chambre d'hôtel, une de plus, qui sera peut-être celle dans laquelle elle craquera, tombant à genoux vers le vide, ou la vasque du lavabo, surprise par l'irruption d'un serpent dominator. Mais non, elle a vingt-trois ans, le monde est vaste et démentiel, obscur, ardent, terrible, fascinant, et elle n'a pas peur. Elle a bien pleuré dans une rue d'Auckland, s'est sentie au bord de l'implosion sur une autoroute de Delhi, cernée par les corps, les motos, les nerfs, elle a bien senti que ça débordait dans cet hôtel borgne de Manille mais toujours elle s'est tenue en équilibre, presque toujours. Là, pourtant, à Sittwe, dans cette ville sans intérêt, sans charme, sans rien, cette ville immonde et détestable, cette chambre d'hôtel dans laquelle elles arrivent à 18 heures, devant elles plusieurs heures encore à liquider, elle sent qu'elle pourrait vaciller. Mais elle s'est fait cette promesse, alors non, hors de question, elle ne tombera pas. Et puis elle n'est pas seule, et même si la présence de Mia l'incommode plus qu'autre chose, elle est contente d'avoir un corps pas loin du sien ce soir.

Elle se lève finalement le lendemain dans de meilleures dispositions, et elles partent toutes les deux pour la gare routière.

Là, June demande à un type accroupi à quelle heure part le prochain bus pour le nord, il lui répond qu'il n'y en a pas. Elle demande à un père et sa fille sur leur vélo : ils tournent la tête. On ne veut rien leur dire. Un vieil homme leur fait un geste de la main, venez. Elles s'approchent. Il est assis sur le perron de sa maison, les pieds nus creusés par les ans.

— Vous allez où là ?

— Vers Maungdaw.

— Non.

— Quoi.

— On ne peut pas y aller.

— Oui mais on essaie quand même.

Le vieil homme dit quelque chose en birman en secouant la tête. Puis il se verse un sachet de bétel dans la bouche et reprend son masticage.

Elles font le tour de la ville. Mia trouve finalement un tuk-tuk qui veut bien remonter un peu le chemin de terre en échange de 4 000 kyats. Elles s'assoient toutes les deux à l'arrière et regardent les bords de route cahoter.

Le conducteur s'arrête déjà. Il dodeline de la tête dans le rétro. Elles comprennent et descendent.

Elles marchent jusqu'au soir sur le chemin qui serpente autour des collines.

Elles s'arrêtent dans un village sans lumières. Mia s'approche d'une petite maison, la femme aux dents rouges leur dit de s'asseoir, là, sur les tabourets. Elle revient quelques minutes plus tard avec deux bols de soupe fumants, que Mia et June avalent sans un mot.

Il y a une chambre au fond, avec deux lits dans lesquels elles s'endorment.

Au matin, elles s'assoient quelques minutes avec la famille réunie sous le porche. June voit la larme qui lentement sillonne la joue de la femme. Elle ne pose pas de questions. On se serre la main, on repart dans le matin déjà enveloppé de brume.

Devant, au loin, la forêt s'annonce à l'odeur. June et Mia marchent entre les roseaux des rizières. Leur pas naturellement s'accélère, l'air est plus lourd aujourd'hui, elles avancent une heure peut-être avant que la végétation se densifie, que la lumière s'atténue et l'étau se resserre ; ça y est, elles sont dedans.

June sait qu'elle ne devrait pas, que c'est même certainement une belle connerie, mais c'est ce qui l'attire justement – toujours être là, à sa place, ne pas bouger, ne pas s'écarter du chemin, elle n'en peut plus. Oui mais quand même. La lumière décline, avalée par l'épais branchage, on échange quelques mots, à peine, on mesure ses gestes.

Elles marchent tout le jour. Les plantes les griffent, leurs pieds sont trempés, les insectes leur mangent la gueule. Pas de trace d'oléoduc.

— Il faut qu'on trouve un endroit un peu à l'abri pour tendre le hamac, dit Mia.

— Un endroit à l'abri. Dans la jungle.

— On va trouver.

Une petite cabane défoncée apparaît une heure plus tard derrière la colline. Ça sent l'humidité dedans et l'animal mort mais pas le choix, elles se préparent un recoin et se nichent là.

Elles dorment à peine, aux aguets, emplies par la grande houle, assemblage insensé de stridulations d'insectes, de hurlements d'animaux inconnus, lourd battement de toute chose, plantes, oiseaux, formes obscures, comme un long ruban dans l'oreille.

Elles se lèvent avant les premières lueurs, se regardent, les traits lourds, la peur collée au visage, elles plient leurs sacs de couchage et repartent.

Quelques heures plus tard, alors que le rugissement se fait plus strident encore, elles atteignent le sommet d'une nouvelle colline.

— Tu sens ?

— Oui.

June ne saurait nommer cette odeur, comme un mélange de braises et de fruits pourris, de plastique qui aurait brûlé trop longtemps ; en tous les cas, une rupture dans l'ordre des choses s'est produite. Le terrain aussi se modifie, s'arc-boute, elles grimpent sur une butte, sous leurs pieds brusquement l'immensité de la jungle d'où s'élève une longue colonne de fumée. Tout un pan de la masse vert perroquet est mangé par le feu. Elles abordent la face sud, les mains serrées sur leurs sacs à dos, tassées sur leurs jambes, à l'affût. Elles marchent un moment, jusqu'à ce que l'air commence à leur mordre les yeux. La forêt s'éclaircit, annonçant au loin un village. Une rumeur s'en élève. Il est encore temps de partir. Elles voient des formes, là-bas ; elles se jettent à terre. Dans le nez toujours plus l'odeur de viande brûlée.

— Il faut qu'on contourne ce village, dit Mia.

Elles font marche arrière, redescendent la colline et repartent vers la gauche.

June tousse puis crache dans les fourrés.

— Écoute, dit Mia.

Elles font quelques pas, accroupies, en direction du bruit, et alors ça arrive. Ça fond sur elles comme une mer, une houle indéterminée dont on ne peut détacher l'humain de la bête, la terre de la poussière – elles sont emportées vers l'arrière.

Dans sa chute, June parvient malgré tout à distinguer quelque chose comme des bouts de corps, des vêtements déchirés, des sandales, elle entend des cris, des détonations, des hurlements d'enfants.

Après plusieurs tours sur elle-même, June atterrit sur son cul. Elle se jette sur le côté pour s'extraire du flux. Là, au milieu des branchages et des ronces qui lui déchirent la peau, elle essaie de reprendre son souffle, un, deux, un, deux, la tête dans l'odeur âcre de l'humus. Elle cherche Mia du regard. Des silhouettes courent en tous sens devant elle, femmes, enfants, hommes, vieillards. Ils tombent. Se relèvent. Se jettent au sol. Les balles strient l'air. Derrière eux des cris de militaires en treillis. Gestes poudre hurlements – June fout sa tête dans la terre. Putain qu'est-ce que – une fille tombe au sol. June s'élance. Jambe déchirée. Bourdonnement dans son oreille. Une charge. Le corps de la fille immobile.

Sifflements de balles. June se rue vers l'arrière. Pas le temps d'avoir peur. La gueule dans la terre. Elle voit. Les formes se ruant entre les arbres. Elle voit. Le corps de la fille toujours là-bas. Jaune-vert des sarongs déchirés. Odeur âcre de la fumée dans la gueule. Elle vomit sur le côté.

Elle relève la tête et aperçoit Mia. Hé ! Elle est à dix mètres peut-être, accroupie comme elle. Elle lui fait un signe que Mia ne voit pas.

June se lève et court vers elle. Une détonation l'arrête. Elle se jette à terre et voit les militaires. Elle rampe jusqu'au fossé, se redresse et se remet à courir. Des buissons, vite. Elle s'effondre derrière. Son épaule se plie. Elle retient son cri. Ses poignets la lancent. Colonne de fumée. Crépitement de la tôle et du bois dans la vallée. June regarde le village qui s'envole vers le ciel noir. Là-bas, sur le côté, un sommet. Elle reprend son souffle le nez dans la mousse. Des corps courent devant elle. La houle lentement s'apaise. Seul demeure le bourdonnement dans son oreille. Mia a disparu.

June attend que le tumulte se dissipe. Elle se lève alors et se met à chercher.

Elle regarde son téléphone : elle a encore de la batterie mais plus de réseau bien sûr. Où est passée cette conne. Elle rôde la journée entière dans les environs. Rien d'autre que des cendres et des silhouettes en fuite.

Dans tous les sens des groupes de Rohingyas, enfants, vieillards, filles enceintes, adultes appuyés sur des bâtons, le pas véloce, hésitant, marchant tout droit. June n'essaie pas de parler, elle regarde, en silence, ils ne voient pas la fille au crâne rasé et sac à dos devant eux, ils lèvent à peine la tête et continuent leur route. June s'arrête devant deux enfants seuls, la fille a le visage parcouru de tremblements, June prend sa main, viens, dit-elle, le garçon montre du doigt le bas de la vallée, June regarde, il n'y a rien, elle tient la main de la fille, qui la retire pour la glisser dans celle du garçon, ils repartent tous les deux sur le chemin.

Elle ne retrouvera pas Mia. Elle aura tracé sa propre fuite au milieu de cette horreur, ce serait un miracle de tomber sur elle. Elle n'a pas besoin d'elle. Cette femme ne lui aura apporté que des emmerdes. Elle va se débrouiller toute seule maintenant. Ça ne pourra pas être pire de toute façon.

La nuit arrive. Elle doit rester loin des restes de villages et des attroupements. Elle se trouve un coin sous les frondaisons, tend son hamac, se blottit sous le drap, attendant la fin. Les insectes parcourent son visage, tournent autour de son corps chaud pourtant recouvert par le drap du hamac.

La nuit efface les contours et quelque chose en elle déborde. Ce n'est pas de la peur, c'est un élancement plus large encore qui embarque tout son corps. Elle voudrait crier. Des pleurs viennent, d'abord doucement, puis à larges ruades, elle est envahie par l'effroi. Elle tourne et retourne l'erreur terrible qu'elle a commise, et le regret, sentiment inconnu pour elle, la bouffe. Elle voudrait se cogner. Elle hurle comme une possédée.

Elle est seule dans la jungle d'un pays inconnu, avec son couteau suisse, pauvre gosse infoutue de trouver de la nourriture, urbaine ignare et affolée prise dans une guerre qu'elle méconnaît entièrement et qui n'est en aucun cas la sienne. Il fallait vraiment être très conne pour se foutre là-dedans de son plein gré – elle l'a été.

Elle essaie de se calmer un peu, tout ça ne mène à rien si ce n'est à attirer les bêtes. Ses muscles lentement se détendent ; l'effroi, lui, demeure.

Elle s'endort malgré tout, comme frappée par l'immense fatigue.

Elle se réveille à plusieurs reprises, s'assure que le bruit montant dans l'air n'est pas celui d'un animal. Tapie dans l'ombre, retenant son souffle de peur de se trahir, elle regarde longuement autour d'elle, le poing serré sur le bâton affilé qu'elle s'est taillé quelques heures plus tôt. Puis, à peine rassurée, elle s'enveloppe dans la rumeur qui la berce, l'écrase, l'emporte.

Lorsque l'aube monte, quelque chose de nouveau l'envahit. La terreur s'est atténuée. Il y a de la colère, contre elle-même, contre l'autre, mais il y a aussi l'idée d'une chance. Si elle se trouve là, si elle a rompu un à un les liens qui la retenaient, alors il faut peut-être y aller.

June se remet en route. Elle trouve, un peu plus haut, une famille qui veut bien lui donner à manger et à boire. Elle avale le litre d'eau et la platée de riz. Dans leurs yeux à eux il n'y a plus rien. Pourquoi restent-ils ? Elle boit encore, son ventre tout à coup plein la lance. Elle se lève, leur dit merci, les mains jointes, et repart.

Son effroi a été remplacé par un autre bien supérieur qui, ne lui appartenant pas, l'entraîne vers autre chose qu'elle-même. Elle n'a plus le loisir de se préoccuper de son propre sort.

Puis c'est un nouveau village, là-bas devant. Elle s'approche, rampe jusqu'aux abords. Cette fois, non. Elle arrive devant les arbres qui bordent les quelques baraques. Elle entend des bruits secs. Elle lève la tête, d'où ça vient. Une fumée s'élève d'un fossé. Soudain elle a peur. Il y a quelqu'un. Elle ne peut pas être vue. Il y a ce cri. Quelqu'un. Où. Elle cherche du regard, se lève à demi. Là-bas. Un pas, à peine, ne pas faire crisser la terre. Une forme sur le petit muret. De la fumée autour. Au loin, dans la forêt, des bruits de pas qui s'éloignent. Un reflet de soleil sur une kalach. Et ce cri, étouffé, mais qui s'élève en cadence. Il faut partir, pense-t-elle, vite. Oui mais ce cri. Elle fait encore un pas dans la terre. Cette fois elle voit. Soldat. C'est un soldat. Il est contre le muret. Devant lui. June écrase son souffle dans la terre. Devant lui une forme. Il s'enfonce dedans. C'est la forme qui crie. Son arme est posée contre le muret en pierres. June se relève à peine. Il ne peut pas la voir. La forme halète comme un porc qu'on égorge. June attrape une pierre à ses pieds. Elle est debout à présent. Le soldat continue à s'enfoncer. June est juste à côté maintenant. Elle voit la femme sous lui. Ses cris, plus possible. Pour lui non plus, qui la frappe. La main de June se lève. La pierre s'abat sur le crâne. Grognement de bête. June frappe à nouveau. Le soldat met un genou à terre. Mais – le soleil dans la gueule, le visage d'horreur de la femme – elle hésite un instant. Elle regarde sa main et la pierre dedans. Le soldat n'est pas tombé. June lâche la pierre et se met à courir. Elle évite un muret, slalome entre les arbres. Elle entend un cri derrière. Elle accélère. Un bruit la rase. Elle entre dans une masse sombre, attendant le coup de grâce. Elle lance ses jambes vers l'avant comme jamais. Le bruit ne vient pas.

Elle court sans reprendre son souffle pendant dix minutes, puis s'écroule sur le côté, la bouche béance immense pour faire rentrer plus. Lorsqu'elle se retourne c'est pour vomir. Elle s'allonge ensuite les bras en croix, son cœur bat sur ses tempes, sur ses bras, partout.

Lentement, le bruit mat de la jungle l'entoure et la ceint d'une ouate.

Quand June se relève, elle est recouverte de libellules aux ailes grenat. Elle les vire d'un revers de main et se jette dans le massif devant elle. Elle marche pendant une heure à l'aveugle, écartant broussailles et branches qui s'épaississent à mesure qu'elle pénètre dans les zones plus profondes. Elle ralentit le pas ; si quelqu'un était parvenu à la pister au début, il est impossible qu'il ait pu la suivre jusqu'ici. Elle reprend à peine son souffle quand ses deux pieds atteignent une surface marécageuse que l'obscurité ne lui avait pas permis d'anticiper. Elle saute sur la rive pour éviter que ses chaussures soient avalées. La nuit approche mais il faut qu'elle avance. Elle sent bien qu'elle s'enfonce dans quelque chose de nouveau. C'est infiniment lent et poisseux, les minutes s'étirent, se distendent, il n'y a rien d'autre ici que la stridence des insectes, la torpeur vague et lourde de toute chose, des palmes, des branches, de l'excès de CO_2 dans l'air qui fait tourner la tête, les écorces des troncs sont gorgées d'eau noire, la mousse plie, les bêtes rampent, tout craque de toutes parts, tout craque et pourtant se plie, elle s'enfonce dans une zone âpre et malléable où tout s'intègre et communique, dont elle n'est qu'une excroissance négligeable, tentant malaisément de passer le cours d'eau qui sépare le plateau d'une colline plus mousseuse encore. De la canopée au-dessus d'elle s'écoule un immense murmure. Elle franchit finalement la fange et rejoint l'autre rive.

Là, elle s'assoit sur la petite butte au-dessus de la rive. Elle fouille dans ses dernières réserves, avale un vieux samosa, deux épis de maïs, une barre de céréales tout écrasée.

Le glouglou l'apaise. Elle n'est pas suivie. Elle a traversé la chose sans nom.

Elle repart.

Elle marche des heures dans cette large rumeur, elle s'habitue à la lumière ténue et à la clameur sans bords. Le jour a été avalé par le plafond tissé de branches, elle continue pourtant à voir. Lorsque le noir finit par tout bouffer, elle se décide à allumer sa lampe. Il lui faut trouver un recoin sec et à l'abri. Elle délimite son camp, considère que c'est un accord plutôt avantageux pour la jungle, un mètre carré pour moi et le reste pour elle : on pourrait dire, du coup, que chacun respecte l'espace vital de l'autre ?

June tâtonne dans les environs à la recherche de quelque chose de mangeable. Elle trouve des formes qui ressemblent à des fruits, des baies peut-être, qu'elle met dans sa bouche. Elle mâche, c'est horrible mais rien d'autre. Elle s'allonge dans le hamac qui est bien proche du sol cette fois-ci, faute d'arbres rapprochés. Elle ferme les yeux. Rien ne repose sur rien ne s'oppose à rien. Elle s'efforce de calmer son souffle, de rentrer dans son espace à elle, noir pareillement et sans limites, mais enfin silencieux.

L'aube chargée de l'odeur des hévéas, caramel chaud, la prend dans la même position.

Arrivée en haut du monticule, elle se repère grâce au soleil, se dit que c'est peut-être une bonne idée, le sud – en tout cas tout sauf l'ouest, c'est de là qu'elle vient. Elle observe l'horizon. Pas de percée, tout semble muraillé de vert à l'infini.

Lentement elle apprend à se taire et à voir. Elle trouve régulièrement des sources d'eau glacée où plonger ses mains et recharger sa gourde, elle cueille les feuilles à mastiquer, le bétel qui accélère le cœur. Elle le fout dans sa bouche, manque vomir, continue à mâcher, son corps se redresse, son ventre se serre, elle peut repartir.

Elle n'est plus en colère, elle ne pense plus à Mia ni aux soldats, elle finit par aimer ce silence en elle et cette houle. Elle est seule. Les choses sont là autour.

La peur ne l'a pas quittée mais elle s'en est fait une compagne qui l'aide à avancer. Elle oublie un instant son ventre qui lentement se creuse. Elle écarte les lianes, dépasse les cœurs battants, les immenses pourritures, les troncs morts fendus où fourmillent et croissent les bêtes – elle pousse les portes et entre de l'autre côté.

Ce qui au début la brusquait et l'envahissait, cet espace où la mort saisit le vif, l'accueille à présent. Elle se fait mousse, chose rampante. On apprend comme naturellement à ne plus regarder par éclipses mais tout le temps, à ce que tous les membres soient actifs et aux aguets, à ce que rien de ce qui nous constitue ne soit déconsidéré et inutile dans un ensemble aussi vorace. Elle apprend à penser avec ses bras, ses pieds, ses poumons. Son corps mute à mesure qu'elle avance. Des jours passent, elle s'enfonce toujours plus dans cette masse d'où ne perce aucun écho du monde du dehors, lequel a échoué sans un mot sur le rivage humide.

C'est un matin, plusieurs heures déjà après l'irruption, violente aujourd'hui, du soleil à travers le rideau tissé de la canopée, à des dizaines de mètres de hauteur, que quelque chose se fait entendre. C'est loin, très loin de tout le maillage audible ici, et pourtant June entend distinctement quelque chose qui se détache de la masse cotonneuse. C'est strident, décalé, arythmé ; c'est humain. Elle s'accroupit un moment, essaie, grâce à son audition qui semble s'être décuplée au cours des derniers jours, de percer les couches. Elle se relève lentement sans que rien ne craque sous ses pieds.

Elle est en contrebas d'une sorte de colline. La faim la tenaille depuis des heures maintenant, elle ne parvient plus à penser à autre chose. Il faut qu'elle s'extraie de la nasse. Après quelques détours aux flancs de l'excroissance, June parvient en haut, les ongles plus terreux encore.

Et là elle voit.

Elle se laisse tomber au sol. La tête dans la terre, elle essaie de ralentir son souffle.

Elle reste là un moment, être certaine que rien, pas vue, pas de mouvement rien, comme ça sûre. Puis, lentement, elle relève la tête. Elle distingue à travers les feuillages et au creux de la vallée un long tube, une percée, des silhouettes autour se déplaçant à une vitesse qui semble d'ici minimale, tout cela mêlé en un indéchiffrable ballet.

June demeure là de longues minutes. Une procession. Le mot c'est ça. Elle s'est redressée à présent. Elle avance d'un pas mesuré le long de la crête qui ceinture l'espace du milieu. Une odeur stagne. Là-bas, en contrebas, une tache.

Elle l'a trouvé.

Elle boit de petites gorgées, comme elle a appris à le faire. Elle reprend ses esprits, troublée par cette déchirure dans l'ordre du réel. La cuvette est ceinturée de massifs qu'il s'agit à présent de suivre pas à pas. Mais le soleil, la tension, quelque chose, elle est obligée de s'accroupir un moment pour calmer la houle. Il vaut de toute façon mieux attendre la nuit pleine maintenant.

Lorsque les mouvements au loin semblent s'être apaisés, remplacés par le murmure animal, elle se relève et se met en route.

Ne pas faire de bruit, aucun. Lorsqu'elle atteint le bas, il n'y a plus personne. Deux tuyaux en acier courent côte à côte entre les arbres. Le voilà, ce putain de pipeline qui l'a foutue dans cette merde.

Elle se rend compte brusquement qu'elle est à bout. La faim et la fatigue lui broient l'intérieur. Elle suit l'oléoduc qui trace son chemin dans la forêt, avant de bifurquer sur la droite et de disparaître.

Elle est parvenue à ce stade de l'effort où il n'y en a plus, état second où l'on marche comme on flotte. Elle ne pense à rien, des jours déjà qu'elle ne pense plus à rien, mais là, alors que les dernières lueurs tombent, son ventre se retourne. Elle cherche à tâtons, courbée, des fruits à hauteur de genoux : rien. Si ce n'est un petit lac égaré dans lequel elle trempe quelques minutes ses pieds gonflés, avant de remonter un peu plus haut tendre son hamac.

Son estomac se tord et la réveille. June se tourne et vomit de la bile. Elle se lève. Peu de forces, il faut aller vite. Elle regarde les bouts de ciel que laissent passer les cimes des palétuviers. Elle avale des feuilles pour mâcher quelque chose. Elle sait ce qui lui reste à faire. Pour l'instant elle ferme les yeux et inspire.

Dix minutes plus tard, June se lance. Elle concentre tout ce qui lui reste sur des pas vifs, comme si elle glissait sur le tapis d'herbes.

Il faut qu'elle retrouve ce pipeline et ces gens. Ils ont des vivres, elle n'en a pas. Où est passé ce putain de tuyau. À une inflexion légère qui en annonce une plus grande, June plonge vers la droite. Elle comprend que depuis le début elle puise dans les réserves de graisse de son corps, vides à présent. Elle est au-delà de la faim, il n'y a plus en elle que cette douleur dans le bas-ventre qui la cloue.

Avancer pourtant encore.

Le terrain lentement s'évase à nouveau, cette fois vers une large plaine. Les tubes doivent passer là. June parvient au dernier monticule : pas une couleur qui tranche avec le reste à l'horizon. Elle cavale malgré tout dans la pente et atteint la plaine.

Elle marche deux heures, buvant de petites et calculées gorgées d'eau, avant de le voir. L'acier bleu pique au loin le vert hurlant. Elle y est déjà. Elle pose sa main dessus, mais elle a du retard : elle se remet à courir.

On voit son crâne ras filer entre les arbres le long de l'oléoduc.

Elle fouille pour la vingtième fois dans son sac, au cas où miraculeusement quelque chose apparaisse : toujours rien.

Et là un bruit. Presque rien, mais elle sait maintenant reconnaître lorsqu'un élément se démarque de la lame de fond. C'est loin encore. C'est là-bas. Elle a de la terre sur la gueule et les bras, ses vêtements sont des blocs de sueur sur elle. Il faut qu'elle tienne.

June marche à présent d'un pas d'amazone ralentie. Elle sent la présence humaine, elle sent que ces tubes ont été touchés il y a peu, elle sent les mains passées, dans une nostalgie soudaine et inattendue de la peau.

Elle marche des heures encore. L'obscurité est proche quand elle aperçoit des formes au bout. Une grande lassitude s'empare alors d'elle comme une vague, aussi lente qu'inéluctable. Elle se remet à courir. Et alors elle entend ce râle. Qui n'est pas humain, qui flotte longuement à ses oreilles, comme d'une bête tapie tout au fond, corde sèche et inflammable. Ce râle c'est le sien, et c'est la dernière chose qu'elle entend.

IIe MOUVEMENT

1

Tout est noir. Au fond des océans, là tout en bas, l'infini prend comme dans l'espace une teinte d'ébène absolu. Ça frémit de toutes parts, tout vit partout mais dans l'obscurité à nos yeux, quand les poissons voient à plusieurs mètres grâce à leurs rétines hypersensibles. Ici, au plancher des mers, du plancton vient toutes les minutes se déposer, mort, rejeté par les courants. Il s'accumule là, patiemment. La Terre est jeune encore. Lentes couches, après couches, après couches. Des poussières de poissons morts, des milliers d'organismes en décomposition viennent s'ajouter chaque jour, se mêlant aux sédiments argileux des fonds marins ; se déposent aussi des bactéries vivant sans oxygène dans ces abysses et qui se ruent, voraces, sur cette masse de plancton et de restes de poissons, jusqu'à former une grande pâte visqueuse. Des milliers d'années passent, et cette masse est lentement avalée par les mers, s'enfouissant dans les profondeurs, loin, à des kilomètres sous le sol. Plus la masse épaisse s'approche des tréfonds de la Terre, plus elle brûle ; la couche terrestre la chauffe à deux mille degrés. Le kérogène, c'est le nom de cette pâte, glougloute des années dans ce grand tremblement. Des fleuves souterrains traversés de laves lentement se forment sous la croûte et les kilomètres épais de roches, de sédimentation, de matière solide. Les lourdes molécules du kérogène, sous l'effet de cette chaleur infernale, se transforment en molécules d'hydrocarbures.

Une gigantesque mélasse s'accumule là, dans les recoins, hors d'atteinte.

Le même processus se produit sous la terre, ici ou là, dans des endroits éloignés, sous l'action conjointe et aléatoire de la chaleur, des dépôts de sédiments et de morts, des réactions chimiques.

D'immenses poches se forment aux quatre coins du monde.

Des milliers d'années passent. La vie apparaît dans les mers sous la forme d'êtres unicellulaires de la taille d'une épingle, qui deviennent multicellulaires. Des mammifères apparaissent à leur tour. Puis ce sont les australopithèques, les homo habilis, les homo erectus, les Néandertaliens, et enfin les homo sapiens. Lesquels s'établissent, forcissent, se déplacent. Ils chassent, enfantent, meurent. Lentement ils colonisent la planète.

Un jour, accroupi, un homo sapiens assiste à l'affleurement d'une matière obscure à la surface de la Terre. Il trempe le doigt, le porte à ses lèvres. Le goût est infect. Qu'est-ce que c'est ? Il essaie de s'en servir pour réparer des objets. Échec. Il le passe sur une plaie : elle cautérise. Le liquide noirâtre, qui apparaît ici ou là sur le globe, va lui servir dans les siècles qui suivent à s'éclairer, à faire la guerre, à se soigner, à fabriquer du goudron et du lubrifiant, du bitume pour raccommoder les épaves. Il en tire mille usages, de Sumatra à Pékin, d'Athènes en Mésopotamie, lesquels demeurent, au bout du compte, secondaires.

Des milliers d'années passent ainsi, dans cet intérêt mesuré, puis lentement indifférent, pour le poisseux liquide.

Et puis tout à coup on s'agite.

On est en pleine révolution industrielle.

On est, pour être plus précis, le 27 août 1859, et il fait une chaleur du diable à Titusville, Pennsylvanie, sur la côte est des États-Unis. Ce jour-là débute notre histoire à tous, et celle-ci en particulier. Un large vallon est ceinturé de collines boisées. Edwin Drake, trente-neuf ans, est ingénieur, chimiste, conducteur de locomotive à l'occasion. Il s'est fait passer auprès de sa banque pour un colonel de l'armée américaine afin d'obtenir un (et du) crédit. Sa stature altière, sa barbe taillée et son haut-de-forme assoient la confiance qu'il inspire et son titre usurpé ; il obtient un permis de construire. Depuis longtemps, il ne pense plus à ses wagons mais à une seule chose : forer. Il veut extraire du pétrole des sols, il sait qu'il y en a ici, sous ses pieds. On a longtemps épongé les terres et exploité les affleurements naturels mais Drake et ses congénères veulent maintenant s'enfoncer *sous* la croûte à l'aide de grues et de derricks pour voir ce qu'il en est. Edwin Drake a mis au point, ces derniers mois, un puits de forage qui plonge dans la terre à plus de vingt mètres. Le trépan qu'il a patiemment construit est prêt. Il s'enfonce présentement dans le grès. La terre émet un tremblement sec puis se tait. Drake lance à nouveau l'hameçon. Rien. Puis, grâce au mouvement de balancier que lui insuffle une machine à vapeur, le trépan finit par défoncer la croûte : la terre craque. La masse lourde de l'instrument de forage à percussion atteint vingt et un mètres de profondeur. Il est 14 h 15, ce samedi 27 août 1859, on s'éponge le front. La terre éructe, à peine, puis retrouve le silence. Dans le puits ceinturé de planches en bois, les hommes de main d'Edwin Drake s'accrochent aux parois. Ploc. Ploc. Baaaam ! La terre s'ouvre, du noir en jaillit. À peine, puis fort, très fort, ça éructe encore. Pétrole ! crie un des hommes. Pétrole ! Pétrole ! Drake retient ses sauts de joie, il est colonel après tout. Le liquide jaillit de toutes parts.

Le lendemain, Edwin Drake reçoit une lettre de la banque datée de quatre jours qui le somme d'arrêter le chantier. Son commanditaire, à court de liquidités, se retire du projet.

Mais la lettre arrive trop tard, la région entière bruisse déjà de la rumeur, on a trouvé, les collines autour de la rivière se couvrent de derricks cabossés, d'hommes d'affaires courtauds dont les mains moites s'agitent, des puits sont creusés chaque jour, des ingénieurs, des ouvriers, des rêveurs d'or venus des quarante-neuf États se ruent en Pennsylvanie dans l'espoir de faire jaillir à leur tour le liquide auquel on ne cesse de découvrir de nouvelles propriétés ; tout un commerce s'organise, businessmen et prostituées, ouvriers vendant leurs bras et receleurs de whiskys, petits voyous et désespérés, artisans et tenanciers de bordels qui prennent le train et arrivent dans des villes à peine sorties de terre, lesquelles y reviennent bien vite une fois les sols épongés ou la fausse alerte passée.

Edwin Drake poursuit son entreprise tout seul, pas besoin d'un banquier, il a des fleuves sous les pieds. Mais son puits brûle quelques semaines plus tard : la folie règne à Titusville et quelque maraudeur a foutu le feu au derrick du miracle afin d'éliminer un concurrent. Devant les cendres chaudes, au matin, Edwin Drake tient son haut-de-forme dans sa main. Les grues pullulent entre la rivière et son affluent, il est doublé de toutes parts. Il a perdu la partie.

L'ensemble du pays rugit. Mille candidats à la fortune et *oil men* déclarés essaiment les États-Unis d'Amérique ; car, c'est désormais certain, chaque parcelle de terrain recèle potentiellement d'infinies richesses ; on quadrille le territoire, on rachète leurs terres aux paysans, on installe derricks, puits, équipes de travailleurs acharnés aux mains calleuses, qui tombent parfois au combat, la tête arrachée par une roche de granit, les membres broyés par une poulie s'étant détachée de la structure, et on creuse, on fait craquer la terre, on l'éventre, le pays entier résonne des billets qui se froissent et se glissent dans les poches.

La guerre civile accélère les choses : le Nord utilise massivement le pétrole pour son industrie, qui lui offre lubrifiants et solvants pour ses chemins de fer et ses usines, éclairant, chauffant, produisant sans trêve.

Rien ne semble mieux incarner ce que tous reconnaissent comme la beauté et la folie du rêve américain : rien ne s'enflamme et ne s'éteint aussi vite que le pétrole ; on fait fortune dans l'heure et on perd tout en une minute ; ici ça gicle, et puis ça ne gicle plus ; les prix flambent avant de retomber au plus bas ; tout est possible, offert à tous, puis se refuse ; c'est la liberté extrême que prône cette nouvelle terre, aussi égalitaire qu'aléatoire ; c'est la violence des jours et la grande chance.

Toutes choses qui font rêver un homme, lequel ne rêve pourtant pas si souvent. Tassé, sec comme une lime, il trouve dans cette incertitude et cette égalité supposée les moteurs parfaits pour briser les lignes et s'adjuger le magot. Il veut entailler l'idéal d'un pays pour y creuser sa statue.

La rumeur du divin liquide s'est répandue comme une mer incandescente dans toute la confédération, jusque dans l'Ohio où ce jeune diplômé en comptabilité, John Davison Rockefeller, tend vers le bruit une oreille intéressée et pointue. Le front lisse, de petits yeux étirés de siamois, il marche d'un pas sec et rapide dans les rues de Cleveland bien étroites à son goût. Il a commencé, il y a quelques mois, à se laisser pousser la moustache ; il la porte lourde et épaisse comme un cintre. Il tire chaque matin ses cheveux sur le côté, laissant la raie bien visible. Son nez est aquilin, son œil vif, il mesure 1 mètre 54.

Il entend d'ici la terre qui craque. Il sait son triomphe à venir. Rien ne pourra s'opposer à sa volonté. Il investit tout ce qu'il a, pas grand-chose, 4 000 dollars, dans un puits de forage comme celui d'Edwin Drake. Mais tout s'agite en Pennsylvanie, le terrain devient périlleux, Rockefeller veut déjà se distinguer, et cette histoire de forage lui semble trop incertaine, trop *directe*, se planter dans la terre et attendre que ça vienne – non, il a une meilleure idée. Les gros bras se chargent déjà de faire jaillir le liquide, lui, il va s'occuper du reste.

En 1867, il fonde sa propre entreprise de raffinerie. On y transforme principalement le pétrole brut en kérosène, source de lumière inépuisable et bon marché. La Standard Oil of Ohio devient vite la plus grande au monde. La moustache de John Davison Rockefeller s'est encore épaissie au-dessus de ses lèvres qui effraient ses interlocuteurs – et encore, ils n'en voient qu'une. Dans les travées de Cleveland, Rockefeller double son effrayante ambition d'une habileté hors pair et d'une idée de génie. Se limiter à la raffinerie est d'une bassesse qu'il laisse aux amateurs ; il va plutôt, lui, contrôler l'ensemble de la chaîne. Mais pas seulement dans un sens, ça aussi c'est pour les gagne-petit – non, il va se répandre à la verticale *et* à l'horizontale.

De l'extraction du pétrole jusqu'au raffinage et à la distribution, du transport au marketing, dans tous les sens il va s'épandre comme une pieuvre. Il sait moduler ses gestes et ses stratégies, il se sent irrésistible quand il se tient là devant ces gens, producteurs, ouvriers, syndicalistes, avocats, législateurs, politiques, peu importe, il reste en retrait un instant, il mijote sa manière et bing ! il abat le poing sur la table, tous restent figés, puis il relève la tête et laisse s'écouler du miel, qui les berce, avant de frapper à nouveau et ça y est, il les tient. Il garde toujours une carte dans sa poche, il contrôle, on ne voit pas où il veut en venir, les interlocuteurs pensent donnons-lui cela puisqu'il le veut, or bien sûr il est déjà ailleurs. L'idée est d'être parfaitement mobile, infiniment malin, louvoyer, garder un coup d'avance, et toujours chercher plus. À ce jeu, John Davison Rockefeller est un dieu. La Standard Oil rachète toutes les autres raffineries, d'abord de Cleveland puis de Pittsburgh, Philadelphie, New York et enfin du pays entier. Tout y passe, par le poing ou par la ruse, Rockefeller intègre au groupe les entreprises de fabrication de barils, les ponts d'extraction, le commerce de détail, les transports, la vente, l'industrie entière passe sous sa coupe. Il rase finalement sa moustache, et ses employés découvrent horrifiés les deux lèvres scellées, aussi tranchantes que du papier de verre.

Il invente le capital libre, cru, sans éthique, trouvant dans le pétrole son allié le plus sûr. Comme lui l'argent est mobile, liquide, louvoyeur, sans limites ; ensemble, ils envahissent tout. On ne peut rien contre le liquide, qu'il soit noir ou vert. Un nouveau monde naît de cette union du chevalier avide et de sa fidèle monture.

Au bord de la mer Caspienne aussi, à Bakou, la terre a craché sa noire semence, divine ou maléfique on ne saurait dire, des seaux ont recueilli les noirs crachats, on s'est excité follement, les travailleurs et les entrepreneurs de toute la Russie se pressent dans cette ville jusqu'alors paisible et morne qui devient un terrain de lutte acharnée. L'écho fabuleux de Bakou, de la Pennsylvanie, du Texas se fait entendre partout. Quelles merveilles a bien pu sécréter la Terre dans l'ombre depuis des millénaires ? On la fait craquer de toutes parts pour le savoir.

Rockefeller poursuit, lui, son saisissant travail de sape. Il monte, démonte, avale les adversaires, baisse les prix, les remonte, fixe sa loi.

La rencontre du capitalisme et du pétrole est explosive ; c'est un amour fou, immédiat, la rencontre du glaive et du soufre, la réunion des deux affluents en un fleuve torrentiel. Ces émouvantes fiançailles se font par l'entremise d'un maître absolu, d'un homme sans foi ni loi qui pose les bases du système économique à venir et de sa morale (à savoir aucune) : monopole, entourloupe, esbroufe, habileté, violence, malhonnêteté, sous le regard bienveillant et terrible de Dieu. En tout cela, Rockefeller est exemplaire.

Il n'a presque pas eu à investir pour extraire du pétrole, lequel jaillit sans fin. Il n'a rien inventé. Il n'a produit aucune richesse. Il est l'homme le plus fortuné qui ait jamais foulé la Terre.

Le liquide irrigue brusquement l'ensemble de l'économie. Visqueux, fuyant, il se glisse dans les moindres recoins (et à nous d'être aussi malléables que lui pour voir ce qu'il a à nous dire) : la pharmacie, la peinture, le maquillage, les chewing-gums, mais surtout l'éclairage, le chauffage (où il détrône le charbon) et, grâce à l'immense puissance générée, du béton coule à volonté pour bâtir les routes, les villes, le monde moderne. On se demande comment on a pu vivre sans si longtemps.

Et alors, comme chaque fois, arrive l'invention ultime qui justifie a posteriori l'apparition d'une nouvelle énergie, l'effet qui rencontre sa cause, l'œuf qui trouve sa poule, les deux bouts qui se rejoignent, on vous laisse le choix de la métaphore ; arrive la bénédiction, pour l'homme comme pour son vigoureux liquide ; débarque, donc, triomphale, svelte et pétaradante, l'automobile. C'est prodigieux d'être votre propre métaphore : le moyen de transport qui va désormais emmener l'homme d'un point à l'autre du globe le conduit aussi vers la vie moderne, heureuse et automatique. Et ce sublime carrosse, cet échafaudage insensé de câbles, de pistons, d'huiles et de moteur nécessite un carburant, or ce carburant coule précisément à flots, et on ne sait qu'en faire ; l'Histoire a de ces rencontres merveilleuses et uniques.

On transforme aisément le pétrole en essence : le brut est chauffé, ou distillé, ce qui permet de séparer le diesel, le fioul, l'essence et le gaz de pétrole liquéfié.

C'est si simple, génial, rêvé : allons-y.

1902, le siècle commence dans la joie. On cavale vers le futur. Partout, du Mexique à la mer Caspienne, le pétrole coule à flots. Ici aussi, dans le golfe Persique, on creuse, on fore, on cherche – mais les sols résistent.

Les Anglais, qui ont fondé leur règne sur leur flotte et leurs mines de charbon disséminées aux cent coins de la mappemonde, des Indes au Canada, se trouvent bien embêtés : les yeux sont désormais rivés sur le pétrole dont on ne cesse de vanter les incroyables vertus, or eux n'ont pas d'accès direct à ce mirifique liquide. Dieu ou la nature ont été bien injustes dans leur répartition des sous-sols : les États-Unis et la Russie se frottent les mains, les Anglais et les Allemands commencent à s'inquiéter. Et alors un homme apparaît, William Knox D'Arcy. D'une constitution imposante, proche de l'obésité, le veston délicat laissant apparaître breloques et montre à gousset, les favoris habilement reliés à la moustache, le crâne dégarni mais le sens des affaires affûté, le Britannique a fait fortune dans une mine d'or en Australie. Le shah d'Iran et le grand vizir lui cèdent la prospection de pétrole sur une immense concession située en Perse. William

Knox D'Arcy se met en route avec ses hommes. Les conditions sont infernales, la terre infiniment dure et stérile, mais il y croit. Il est soutenu par le gouvernement britannique qui lui fournit chevaux, main-d'œuvre et valises de billets. Mais Knox D'Arcy ne tient pas la cadence et rentre chez lui, dans sa luxueuse maison londonienne où il avale en frais de bouche et de chair une bonne partie du capital qui lui a été accordé.

Et finalement, le 26 mai 1908, au bout de sept longues années de corps fauchés dans le désert, la terre s'ouvre. Les hommes de Knox D'Arcy viennent de buter sur un des trente systèmes pétroliers au monde, là où se sont accumulés suffisamment de kérogène et de sédiments pour former une immense nappe de pétrole ; ils viennent même de trouver la plus grande qui soit, un trésor, 40 % des réserves mondiales.

Les Britanniques et les Allemands se pressent vers le magot. Ces derniers ont lancé au début du siècle un grand chantier en même temps qu'un vieux rêve, un chemin de fer qui relierait Berlin à Bagdad, leur donnant une voie d'accès rêvée au golfe Persique et son pétrole. Mais les Anglais leur ferment la dernière porte en mettant la main sur le Koweït et son littoral ouvert sur le golfe.

La Première Guerre mondiale renforce encore la place du pétrole, dont l'accès est un enjeu central des batailles, alimentant armées, avions, chars, précipitant aussi l'entrée en guerre des Américains, en avril 1917, pour répondre au pilonnage systématique de leurs sous-marins par la flotte allemande, qui complique l'approvisionnement des Alliés en pétrole.

Clemenceau écrit au président américain Wilson pour lui demander 100 000 tonnes d'or noir, sans quoi tout est fini : "Si les Alliés veulent encore gagner la guerre, il faut que la France combattante, à l'heure du suprême choc germanique, possède l'essence aussi précieuse que le sang dans les batailles de demain." Wilson, devant tant de lyrisme choisi, ne peut que s'exécuter.

C'est 1918 déjà, et la défaite ôte la mappemonde des mains des Allemands pour l'offrir aux Britanniques, aux Français et aux Américains. Leurs grandes compagnies, qui portent les jolis noms de Shell, Mobil, Esso, BP, Compagnie française des pétroles, vont découper la région du golfe Persique de leur grand couteau dentelé sans laisser un gramme de sucre dans l'assiette.

Pendant des années on se dispute le plus mirifique butin de guerre, ce golfe doré. Trahisons, manigances, guerres, protectorats, tout est bon pour arracher le morceau. Les Anglais tiennent le dessus, mais ni les Américains ni les Français n'abandonnent la partie, alors que bon, ils devraient avoir compris. Et c'est alors qu'intervient Calouste Gulbenkian. Calouste Gulbenkian. Ce nom, déjà. Même s'il n'avait joué aucun rôle dans cette histoire, ses seuls nom et prénom nous auraient obligé à évoquer cet homme fat, lourd, aux favoris léonins, qui n'a eu de cesse, pendant des décennies, d'intriguer dans les antichambres et les salons surchauffés au son des petites cuillères dans le seul but de conserver sa part du gâteau, qui lui donnera son titre de *Monsieur 5 %*. En ne renonçant jamais à son pourcentage, sur le moindre contrat, la moindre concession, ce génie du dessous-de-table est parvenu à amasser une gigantesque fortune, qu'il s'emploie à dilapider méthodiquement en tableaux de maîtres, en nuits fastueuses au Ritz (où il finit par loger à l'année), accueillant chaque soir de nouvelles et affriolantes amantes de quatorze ans (en moyenne).

1928, son crâne s'est dégarni, il ressemble à présent à un morse au front large, que les sourcils blancs parachèvent de deux délicates virgules. Et ce 31 juillet, dans la fraîcheur d'Ostende, sur la côte belge, cet Arménien excentrique, qui est parvenu à faire s'asseoir à la même table du Royal Palace Hôtel toutes les forces en présence, obtient un accord inespéré : les Anglais, les Français et les Américains se partagent le gâteau du Moyen-Orient en trois parts égales, 23,75 % chacun, et 5 % pour lui, l'inénarrable Calouste Gulbenkian qui passe une main sur son crâne lisse. Il attrape un crayon rouge, s'approche de la carte et délimite un large territoire, qui recouvre presque celui de l'ancien Empire ottoman, d'un trait étonnamment souple et précis. Tout le monde se tourne. Voilà, c'est ça, dit-il d'une voix de colibri. Derrière cette limite rouge, là, il n'y a que vous qui pouvez entrer. Et vous tous, Anglais, Américains et Français, vous engagez aujourd'hui à ne *jamais* investir seul sur un nouveau champ pétrolier de ce territoire sans proposer aux autres d'y participer, dit Calouste Gulbenkian. Il brandit le crayon. On se regarde. On se lève. La division est achevée. Les mains se serrent.

De tels petits hommes hâbleurs, adroits et cupides, bien plus que les idées ou les héros, font avancer les choses vers leur inévitable cours, celui de la bêtise et de la destruction.

Dès lors le siècle se déroule, qui est l'histoire de cet or noir.

Bientôt, il n'y a plus un recoin des consciences, plus une terre, une ambition qui ne soient irriguées par l'inflammable liquide.

L'Arabie saoudite est née en 1932 sous étroit protectorat américain. Au début, tout le monde à Washington et ailleurs se fout un peu de cette terre saturée de soleil et d'analphabètes. Mais c'est avant que les derricks américains ne découvrent du pétrole, près de Khobar. Dès lors on trouve ce pays merveilleux.

Un pacte est établi en 1945 entre Roosevelt et Ibn Saoud, le père de l'État saoudien : en échange d'un accès continu au pétrole, les Américains offriront à l'Arabie saoudite la protection militaire. Cette nation à peine sortie de terre, isolée et d'une grande pauvreté, devient en quelques années le centre de gravité du monde moderne.

Les Américains accroissent leur mainmise sur ce pré carré, leur niveau de vie délirant les obligeant à pomper toujours plus de sols. On assiste à un sublime mariage de déraison : le wahhabisme et le capitalisme, conservatisme absolu et libéralisme occidental, s'allient dans de fastueuses noces. L'Aramco – la Saudi Arabian Oil Company – naît de cette alliance entre le glaive et la pompe.

Ibn Saoud avait vécu son existence dans une certaine austérité, mais il laisse, à sa mort, une pluie d'héritiers (53 garçons et 36 filles d'une trentaine d'épouses ; les guerriers ont eux aussi droit à un peu de temps libre) qui se ruent sur les rivières de brut.

Dès lors c'est la folie du cash. Une armée de Pakistanais, d'Indiens, d'Indonésiens et de Malaisiens viennent forer pour deux dollars la journée les mille et un trous de pétrole du sous-sol saoudien, lesquels appartiennent de facto au gouvernement. On construit un empire, on bâtit des palaces ; on ne sait quoi faire de ces montagnes de billets, c'est effrayant.

Les États-Unis, de leur côté, font tomber le président d'Iran, financent l'ascension du dictateur indonésien Suharto, s'infiltrent au Proche-Orient et en Russie, envahissent le Koweït et l'Irak ; partout, ils viennent pour creuser la terre.

Dès qu'une arme se lève, c'est qu'il y a un puits derrière.

Car il faut toujours plus de brut. On s'habitue à la vie grande, à la soie sur nos peaux, à la chaleur sous nos pieds. Tout ce qui se trouve devant nous est né du pétrole : villes, voitures, avions, industries, services, armée, luxe et nécessité. Il nous en faut plus. On avale 97 millions de barils par jour dans le monde. 179 000 litres par seconde. Encore plus. C'est si bon. On sait bien que ça nous flingue mais que voulez-vous – le retour à la bougie, c'est ça ? Le monde moderne est à ce prix.

Alors on épuise les sols, on accélère la fin.

Et nous voilà en mars 2017, à Riyad, florissante capitale du royaume saoudien. L'année passée a été particulièrement fastueuse : 345 milliards de bénéfices, c'est plutôt bien. Ça laisse une marge de plusieurs centaines de milliards pour l'État saoudien, afin de financer les écoles, les routes et le train de vie royal.

Le prince héritier, justement, reçoit aujourd'hui les émissaires d'Aramco, qui est devenue en quelques années la plus grande entreprise pétrolière au monde, aux côtés de la délégation présidentielle chinoise.

Xi Jinping et ses trois ministres sont arrivés la veille, ils se sont installés au Al Faisaliah Suites qui donne sur une fausse rivière de pétales jaunes. Les quatre hommes s'assoient devant le prince Mohammed ben Salmane, trente-deux ans, le corps massif et élancé, qui serre joyeusement les mains des Chinois dont il a dit tant de mal la veille.

Depuis des années, les deux puissances se rapprochent. Le plus grand marché du monde et le plus large puits de pétrole ont intérêt à bien s'entendre. On s'assoit dans des frottements d'étoffes. L'ensemble du hall royal baigne dans un rose de yaourt. On s'apprête à signer le plus grand contrat de l'histoire. Une servante aux bras fins leur sert une collation. Les papiers sont là. Dans la pochette que tient le ministre de Xi Jinping, président depuis 2013, reposent les 265 pages du contrat (enfin, son troisième volet), grâce auquel la Chine devient le premier consommateur mondial de pétrole, présentement assis à la table du premier producteur.

On est extrêmement avenant. Le bruit exquis du jet d'eau retombant en pluie dans le bassin accompagne les conversations. Le prince ben Salmane s'ennuie un peu aujourd'hui, il rajoute un zéro sur le contrat. Tout le monde rit. C'est un grand jour. Xi Jinping se lève. Il s'approche de Mohammed ben Salmane, lui serre vigoureusement la main. Il a appris à appuyer sur la paume de l'autre pour asseoir sa domination, mais le prince héritier est bien conscient, lui aussi, de l'importance de la poignée de main, il s'entraîne depuis des années, il parvient à redresser sa paume, mais le président chinois exerce une nouvelle pression, on sourit largement pour masquer l'effort, les photographes présents flashent, ben Salmane est furieux, il pose son autre main sur celle de Jinping, on ne voit plus qui est au-dessus, la large main gauche du prince a recouvert la poignée, il sourit plus fort encore, merci pour votre visite, monsieur le président, vous êtes ici chez vous.

Le grand flux d'est en ouest qui a irrigué le XXe siècle se retourne brutalement dans l'autre sens, en même temps que l'Histoire.

On ouvre de nouvelles grandes routes du pétrole pour irriguer le dragon chinois en or noir, comme celle qui s'élance du détroit d'Ormuz, dans le golfe Persique, jusqu'au Yunnan, dans le sud de la Chine. Ce n'est qu'une parmi d'autres mais elle est décisive car elle permet de relier le pays à la mère nourricière sans passer par le périlleux détroit de Malacca peuplé de pirates modernes prêts à fondre sur les marchandises.

Irriguer de tous côtés l'empire chinois en brut, voilà le plan.

Et voilà le liquide qui glougloute justement sous les mers, à quelques kilomètres de l'embouchure du détroit d'Ormuz. On fend le plancher. On aspire le pétrole. On le stocke dans de grandes cuves avant de le transférer dans des barils étiquetés. Ils sont là, flambant neufs, trois couches de peintures bleue et jaune fraîchement appliquées à leurs flancs, où l'on peut lire les numéros suivants : 2337, 2338, 2339, 2340.

Le baril 2341 vient se caler à côté des autres. Pas la moindre éraflure, il trône souverain. Le pétrolier

Aramco Blue démarre. Il navigue deux jours sur l'eau huileuse du golfe Persique en direction d'Ormuz. Les trois conducteurs du navire se succèdent à la proue, traînant sur les mers l'immense assemblage de barils alignés droit dans des containers jaunes, rouges et bleu céladon. Le pétrolier arrive le 10 juin 2017 aux abords du détroit d'Ormuz, où la pointe effilée d'Oman s'enfonce dans le golfe comme pour atteindre la côte septentrionale de l'Iran. Dans cette étroite frange de quarante kilomètres de long, où transite 30 % du pétrole mondial sur mer et que toutes les puissances du monde se disputent, le pétrolier *Aramco Blue* se fraie un chemin, montrant patte blanche aux cinq contrôles qui se succèdent. Il parvient finalement de l'autre côté : l'océan Indien s'ouvre devant lui. L'immense entonnoir d'eaux tumultueuses l'aspire. L'équipage se succède autour des containers empilés comme des cubes de *Tetris* et au-dessus des flancs du navire battus par les flots ; on s'accorde même, parfois, un moment de répit à la proue, on rêvasse sous la lune. Puis on reprend déjà le labeur : entretien des cales, mer agitée, manœuvres délicates sous les vents puissants. Le pétrolier trace son sillon.

Vingt-huit jours de traversée et l'on mouille finalement dans les eaux territoriales birmanes. Le chef de bord guette depuis une heure l'étoile jaune de la flammèche, elle ne devrait plus tarder ; à son bord ballottent 490 000 tonnes de brut, la mer est calme, il s'impatiente ; et finalement, au bout, là-bas tout au bout, un scintillement. Ils sont arrivés.

2

Sur ce bout de métal planté en pleine mer s'agitent une vingtaine de types dont l'âme dégouline en grappes. Leur chef s'appelle Tahir. Il crie de rage d'être sur ce terminal pétrolier où le liquide s'écoule déjà dans les immenses cuves. Il restera ici quelques jours, quelques semaines, le temps de finir, avant de reprendre, comme toujours, sa course. Qu'est-ce qu'il en attendait, un paradis peut-être, une ravissante île à bananiers ? J'suis bien con parfois, pense Tahir, je savais bien et j'y suis allé quand même – je me demande bien pourquoi je continue à courir sur cette Terre comme ça, pour bouffer bien sûr mais merde, j'pourrais bouffer ailleurs que dans cet enfer-là, sur une plate-forme en métal, devant cette flammèche qui brûle nuit et jour au-dessus de la baie et émet, toutes les cinq secondes, son rot immonde. Qu'est-ce que je peux bien foutre ici, pense Tahir, à suer sans fin sous ce ciel, je trime comme une pute, pire qu'une pute – j'ai les mains noires, l'âme encore plus, je dois sauter d'une structure à l'autre toute la journée, m'assurer des niveaux, ramper, crier des ordres – le soir je ne dors pas je tombe, sur ma couche improvisée à quai, dix kilomètres en bateau qu'on fait à la nuit tombée, les bras en feu, les yeux craquelés de cette croûte jaune qui s'accumule à l'angle des paupières, la chaleur, les émissions de cette putain de mélasse, le sel et le soleil, tout ça me crame la rétine, je ferme les yeux et c'est pire, je m'écroule sur le côté du bateau qui vrombit et je tombe, là où il ne fait pas noir mais pire. On est une dizaine à crier comme des chiens sur cette carlingue métallique pour le bien des accords collatéraux, terminal pétrolier en mer d'Andaman – dès le premier jour j'ai capté, la nouvelle route de la soie mais avec du brut cette fois, c'est ce fils de pute de Malik qui riait tout seul, ça ne faisait rire que lui, les Chinois, bien sûr, il a dit, c'est pour eux ce pipeline, putains de Chinois, direct de l'Arabie saoudite jusqu'à chez eux, tu vois, en traversant la Birmanie, 800 kilomètres d'oléoduc sur terre, 7200 kilomètres traversés – j'ai rien dit, je l'ai regardé, il y a des gens que ça épatait encore, les affaires, le commerce, les putains de manigances, finalement j'ai levé les yeux et je lui ai demandé : c'est quoi que tu cherchais ici, un superviseur ? Oui, c'est ça. T'as de l'expérience, non ? m'a demandé Malik. Regarde ma gueule, j'ai répondu. Regarde mes mains. OK mon vieux, ça fera l'affaire, il a dit dans un rire, ce mec n'arrêtait pas de se marrer, son crâne en forme d'œuf d'autruche hoquetait, puis il s'est repris : tu commences demain. Et depuis moi comme un con, ma peau en feu et mes trente ans qui en paraissent le double, sans tee-shirt et sans rien par-dessus, à hurler des choses que personne n'entend. J'ai demandé mon transfert sur un autre poste, Malik m'a dit que c'était impossible, qu'ils avaient besoin de moi ici, alors j'ai continué. Les cargaisons débarquent, il faut aller vite, et c'est pas vraiment la qualité première des couillons sous mes ordres. Ici, on est censés recueillir le brut, le foutre dans des cuves et attendre. Le raffinage, ce sera pour plus tard, là-bas, en Chine, ici on stocke et c'est tout. Mais putain décharger et couler des hectolitres de brut ça vous pète les bras comme rien d'autre. Alors on a travaillé comme des Nègres – ou des Chinois plutôt, tant d'années à trimer sur les chantiers que je confonds les insultes, peu importe – on a tant bossé que la plate-forme a commencé à tourner, et Malik m'a convoqué, c'était finalement pas le fils de pute que je pensais, et puis on se connaissait depuis tant d'années, il m'a dit il y a une mission sur terre pour toi. C'est quoi, j'ai demandé. Aller sécuriser le pipeline, d'ici jusqu'à la frontière chinoise. Vérifier une dernière fois que tout fonctionne avant que ça commence à couler dedans. Parce qu'il y a des problèmes dans l'Ouest et dans le Nord en ce moment, des groupes rebelles. Enfin tu verras. L'équipe part demain. Tu y vas si tu veux. J'ai dit oui, je veux. J'aurais accepté n'importe quoi pour me casser d'ici. Je me suis levé, j'ai rassemblé mes quelques affaires, et j'ai quitté cette plate-forme sans un regard ni un adieu.

— Viens, Tahir. Tu verras, c'est mieux ici.

La première fois que j'ai entendu ce mensonge, il venait de mon oncle qui m'appelait de Doha. J'ai laissé ma famille sous les tuiles ardentes d'Islamabad, j'ai pris des bus, des trains, et je suis arrivé devant des tours dressées, du sable soulevé par le vent, du vide à faire peur. J'ai commencé – on ne devrait jamais commencer – à trimer quinze heures par jour sur le chantier du nouveau stade d'Education City, une fournaise jamais vue, zéro mètre carré d'ombre, la Coupe du monde était programmée pour 2022 dans ce pays sans équipes, sans joueurs, sans la moindre infrastructure potable mais avec quantité de saunas, d'hôtels sept étoiles, de casinos et de putes épilées ras – les dirigeants de la FIFA qui avaient voté pour le Qatar buvaient les millions de dollars perçus en échange de leur soutien au bord de piscines à flancs de falaises pendant que les gars et moi on s'esquintait les bras sur les échafaudages de l'un des quatorze stades prévus pour cette grande fête du sport et de la fraternité. J'ai tenu cinq mois. J'ai envoyé du fric à ma mère pour qu'elle soigne sa cataracte et je suis parti un matin, j'ai laissé mon pantalon et mon casque, je suis monté dans l'avion. J'ai atterri à Lagos, Nigeria, un truc affolant qui crachait de partout. Kingsley m'attendait tranquille dans la salle de jeux où il passait visiblement ses jours de repos. On s'était connus au tout début, à Doha, il m'avait dit j'ai du boulot pour toi, viens voir. J'y suis allé : c'était Moloch ingurgitant ses enfants, dans une fournaise démentielle des dizaines de jeunes types aux bras épais s'agitaient entre les tables croulantes de fils, de plaques, de prises. Ici on récupère toutes les puces, m'a dit Kingsley, les batteries, les processeurs, les écrans, tout ce que la ville recrache, et cette merde, nous, on en fait de l'or. J'y connaissais que dalle à tout ça. Lagos était la nouvelle capitale africaine de l'informatique, quartiers high-tech et tours numériques, dans les rues on s'arrachait le téléphone dernier né, sous la voûte étouffante de l'entrepôt on démontait et remontait pour inonder de PC refaits les parkings, les marchés clandestins et les clubs de boxe illégaux. Et nous mec, m'a dit Kingsley, nous on va aller chercher le matos. Comme tu voudras, j'ai dit.

On est partis le lendemain vers la décharge d'Olusosun, la plus grande d'Afrique, 10 000 tonnes d'ordures par jour. Le cobalt, c'est notre objectif numéro un, on en a besoin dans tous les appareils informatiques, m'a expliqué Kingsley, le moindre téléphone, le moindre ordinateur tourne avec ça. Donc dès que tu vois que ça brille gris métallique, t'enfournes. Je faisais que ça de toute façon, pelleter, enfourner. Je me suis jeté dans les remblais, les tiges, les clous, les jantes de voitures, les carburants, les panneaux solaires, les fusibles, les câbles, tous les câbles, les métaux, les pierres, les seaux, les télés, les cristaux, les morceaux d'engins, de bétonneuses, de pare-chocs. Tout ça formait la vraie matière du monde, ce qui le faisait tenir debout : granit, métal, fusils, soudures, fossiles, aluminium, cobalt, fer, zinc frappé des cinq sceaux, les pays sont faits de cette matière rêche, malléable, carnivore, je plongeais là-dedans avec mes mains et ma pelle, des vapeurs innommables s'en élevaient, j'avais beau avoir un masque sur la gueule et des gants aux doigts tout entrait en moi, dans ma gorge, ma poitrine, ça montait en nappes, j'avais qu'à m'y faire. On ramenait ensuite toute notre moisson à la centrale où des mains plus habiles prenaient le relais. Moi j'allais épuiser les miennes ailleurs.

Je m'étais installé dans une piaule qui puait l'oignon, pas loin de l'usine, j'étais au frais et jamais là de toute façon, le soir je traînais dans les rues avec Mercy, une fille venue du nord aux tresses fines et courtes. On couchait ensemble parfois, sa peau était douce, mais l'odeur d'outre-monde collait à la mienne.

C'était ça ton paradis ? j'ai demandé à Kingsley.

Putain c'est un sacré biz, mon vieux. Et cette ville est une dinguerie.

Pire qu'une jungle oui.

J'ai tenu encore deux mois. J'allais prendre un billet pour Islamabad quand on m'a appelé. Toujours la même histoire. C'était Malik, un vieil ami de la famille, qui partait en Birmanie pour un grand chantier de raffinage de pétrole. Il m'a dit qu'il y avait de la place. J'en avais plein le cul de bosser, et alors dans la mélasse en plus, non merci, je lui ai dit. Tu vas pas rentrer au Pakistan, a dit Malik. Y a rien pour toi là-bas, personne qui t'attend. Ta gueule, je lui ai dit, et j'ai raccroché. J'ai dit au revoir à Kingsley, à Mercy, tout le monde avait l'air de s'en foutre de toute façon, je suis allé à l'aéroport. Au comptoir d'Air Nigeria je me suis planté devant l'hôtesse à la bouche précise, au teint de cire qui brillait sous la lumière du néon. Et devant son large sourire, dans lequel on aurait pu vivre, son arrogante fraîcheur, moi qui avais à peine un œil ouvert, à sa question si ouverte, *where are you heading to*, où allez-vous, je l'ai regardée droit dans ses pupilles d'un noir profond, je l'ai regardée, et je me suis entendu dire : Yangon. Yangon, Birmanie.

Depuis, j'avance avec une armée de types aux bras comme des rondins au milieu de la jungle, on suit le tuyau qui sort du sol et y entre, on écarte quelques santals pour se frayer un passage, des palmiers à sucre, un arbre à thanaka, celui aux fruits rouges qu'on appelle ici la fierté de Birmanie, fierté mon cul, on repart – on avance comme ça, aux aguets, puis on installe le campement quelque part, on s'endort sous une tente kaki au son du crépitement des braises.

On marche depuis trois jours. Devant nous une clameur infinie.

À côté de moi il y a Cai, un type chargé de vérifier les installations pour son pays, la Chine, Hsu, une jeune Birmane qui fait le même boulot pour son gouvernement et connaît le terrain comme personne, cinq barbouzes plus taiseux que les bambous, leurs armes en travers du torse, et trois porteurs chargés jusqu'aux yeux qui dégoulinent sur le petit sentier.

Je suis loin de la flammèche mais je sue pareil, et cette chose devant moi m'enveloppe et me terrorise.

Ils marchaient depuis dix jours quand c'est arrivé.

Une forme inerte, là, devant eux. Cai avance une main.

— Quoi ?

— Ben tu vois pas ? dit Cai.

— Non, dit Tahir.

— Là, regarde. Les cheveux.

— Quoi.

— Y en a pas.

Ce sont des murmures aux oreilles de June, au début, et quand elle ouvre finalement les yeux, les bruits sont accompagnés d'une lumière orange brûlé et de visages tracés à la serpe dans de l'huile. Elle a un mouvement de recul, mais quand on est déjà par terre on ne va pas très loin. Au-dessus d'elle, des visages ceints d'un liseré tremblant comme échappé du feu, qui semble s'élever en effet à quelques mètres – elle sent la chaleur contre ses jambes repliées. June distingue un visage taillé dans du marbre, un autre rond et comme rapetissé, puis elle referme les yeux. Une odeur vient. Ils lui murmurent quelque chose. Sa bouche est heurtée par un élément nouveau. Elle l'ouvre. C'est chaud et ça rentre. Savoureux morceau de viande qui réchauffe sa bouche, sa gorge, se glisse comme une eau de source le long de sa trachée jusqu'à son estomac – elle visualise tout son parcours en elle, ne pouvant réprimer un bruit de douleur. Un autre morceau suit. Tout s'agite en elle. Elle sent qu'un bout de gras vient buter contre sa bouche, qu'elle entrouvre avant de s'évanouir à nouveau.

Lorsqu'elle revient, les gens sont assis, elle est allongée, et les lumières ne tremblent plus. C'est l'aube ou à peu près, le feu s'assoupit dans un dernier crépitement. Il y a donc cinq hommes et une femme en cercle autour d'elle, qui la regardent. Il faudrait qu'elle dise quelque chose. Elle les observe aussi : il y a trois hommes au profil birman, qui semblent être des porteurs (leur chargement est à côté d'eux), un type peut-être pakistanais, ou indien, aux yeux noirs visage fermé, un autre un peu plus âgé qui pourrait être chinois, et une femme d'une trentaine d'années, aux cheveux attachés dans un catogan, d'une ethnie qu'elle ne reconnaît pas. Le Pakistanais fait un pas vers June.

— How are you.

— I'm fine.

— Vous êtes française, dit-il.

— Oui, répond June en détaillant le noir de ses yeux. Il a le visage tanné par les jours.

— Et qu'est-ce que vous foutiez toute seule ici ? demande-t-il dans un excellent français.

— Je sais pas.

Et là tout à coup elle voit. Derrière ces six silhouettes proches et définies se tiennent, fondus dans la masse verte, une rangée de militaires, debout, leurs armes plaquées sur le torse.

— Qu'est-ce que –

— Levez-vous, dit Tahir. On repart.

June s'exécute, tremblante. Son sac est là à ses pieds, qu'elle se fout sur le dos. Les questions elle les garde pour elle. La procession s'ébroue.

Ils marchent le long du pipeline.

Le Pakistanais fait un pas en arrière pour rejoindre June.

— Tu es tombée hier soir. On a entendu un cri, on est venus. T'étais par terre.

— Merci pour la viande. C'est quoi l'idée ? dit June.

— Pardon.

— Vous faites quoi ?

— Je peux pas te dire. Et tu peux pas rester.

— Tu t'appelles comment ?

— Tahir, lui dit-il.

Il a les yeux droits dans la terre. Il retourne vers l'avant du convoi.

June marche sans un mot. Devant, deux soldats, les porteurs et les autres. Derrière, fermant la marche, les trois autres militaires. Elle ne parvient plus à soulever sa poitrine pour y faire entrer de l'air.

L'oléoduc se lance à l'assaut d'une colline. Les kalachnikovs qui rebondissent dans un petit clic métallique lui rappellent les cris laissés dans la forêt. La femme, Tahir et le Chinois sont penchés vers l'avant, ils semblent guetter quelque chose.

— Vous avez à manger encore, demande June à Tahir.

— Non.

— Tu mens.

Il se retourne d'un geste brusque.

— Il y a des heures. Tu mangeras en même temps que tout le monde. J'sais pas si tu vois, mais on t'a sauvée comme ça, pour l'amour du prochain, pour tes beaux yeux, et on te lâche quand on veut.

June laisse échapper un rire, un de ces rires secs et ironiques qui mettaient en rage ses potes au lycée.

— J'ai pas besoin de vous. Je me barre quand je veux.

— Vas-y alors.

Pour l'instant elle reste là, légèrement en retrait du convoi, devant les trois barbouzes qui ferment la marche.

La journée passe ainsi.

Sans se l'avouer, ce chemin dégagé et tracé par d'autres, cette proximité humaine l'apaisent peut-être.

Vient le moment de préparer le campement et de manger surtout. Elle avalerait un bœuf, une citerne, une pierre. Ce seront plutôt des champignons trouvés pas loin et une bête difficilement identifiable proche d'un canidé.

Tous mâchent en silence, et puis c'est vite fini. Leurs corps ainsi rassemblés leur rappellent de lointains souvenirs de fastueux repas ; ils lèvent les yeux : il n'en reste rien.

June observe les gestes du Chinois qui se déplace comme une anguille dans l'espace, elle détaille la Birmane, dont la chemise kaki tombe parfaitement au poignet, qui mesure ses gestes, et boit actuellement sa soupe d'eau chaude sans rien dedans.

June s'approche de Tahir, occupé à tailler une pierre.

— C'est quoi votre convoi alors.

— Je t'ai déjà dit non.

Elle le regarde comme on regarderait un enfant nu dans une flaque.

— Vous vérifiez l'état du pipeline, ça j'ai compris. Il relie l'Arabie saoudite à la Chine.

Tahir ne répond rien.

— Mais vous avez peur de quoi ? Il y a eu des incidents ?

— C'est quoi ton nom.

— June.

— Je vais rien te dire, June. Je suis déjà assez con de te laisser à bord quelques heures, mais dans deux jours tu dégages.

— J'ai compris que c'était toi le chef du convoi, mais ce que je comprends pas, c'est pourquoi vous êtes aussi nombreux, et avec cinq militaires, juste pour un foutu conduit.

— Arrête avec tes putains de questions.

Elle va plutôt fumer une des clopes que le Chinois a bien voulu, après cinq demandes, lui donner. Elle l'allume et se glisse doucement dans le tabac sec, qui d'abord lui ravage les bronches, la plie dans une toux, avant de tant l'apaiser qu'elle s'allonge, et se love chaque fois plus profondément dans les volutes. La clope s'achève sur ses doigts.

Elle s'endort pour la première fois à l'intérieur d'une tente tiède, loin du frottement des insectes qui se cognent à la toile.

La procession reprend avant l'aube. Ils avancent en automates. Ils sont sortis de la forêt pour entrer dans une clairière. Le pipeline court sous leurs pieds.

Le soir ils répètent la scène de la veille, cette fois-ci sur un plateau plus élevé. June demande une clope au Chinois qui lui dit s'appeler Cai. Son visage flotte autour de ses dents vertes.

— Vous êtes là pour le gouvernement ?

Elle lui parle en anglais.

— Baisse la voix.

— Tu m'as comprise.

— Ce pipeline est à la Chine et à la Birmanie, c'est un consortium.

— Il y a eu un problème ? dit June en aspirant longuement la fumée du tabac.

— Non, mais il y a des conflits sur le tracé. Il faut vérifier que tout fonctionne avant que ça commence à couler.

Cai est tassé sous un arbre, ses doigts fins tapotent la terre.

La nuit avale June sans préavis.

June met la main dans la terre et elle comprend pourquoi. Il faut être rentrée une fois là-dedans pour savoir. À l'extérieur on le pressent, dedans on le comprend. Il faut sentir sur soi la pâte méthodique, le grand venin, il faut sentir l'écrasement, la puissance du vert qui vous submerge, l'admiration et l'horreur, pour comprendre ce qu'a senti l'homme. Tout, finalement, découle de ce sentiment de terreur qui submerge l'homo sapiens devant la nature qui tout à coup le dépasse, qu'il ne comprend plus : pris de rage et d'effroi, il se met à détruire. Il fait ça. Il domine, assiège et contrôle pour ne plus avoir peur. Pour oublier qu'il n'est rien. Lentement, il effacera ce sentiment et pensera qu'il est tout. Les mains dans la terre et la tête dans le vrombissement, June comprend cela. L'origine de tous les maux. Finalement, les femmes et les hommes n'ont eu de cesse d'explorer de nouveaux territoires, de plonger dans les forêts et les mers, les montagnes et les plaines, tout ce qui les dépassait, pour réduire l'ensemble en esclavage. Au début peut-être par curiosité, par appétit du prochain paysage, puis vite par goût du pouvoir, par ennui, par peur. Comment ne pas être terrorisés, pense-t-elle, par ce ciel de branchages, cette noire perspective, ce battement infini ? L'invincible mythe de la jungle, de Bornéo à l'Amazonie, est né ainsi.

Ici, encore, ce pipeline, ces militaires, ce quadrillage du territoire ne sont là que pour asseoir notre domination et chasser notre effroi.

June met ses mains dans la terre. La jungle, c'est notre folie qu'elle fait jaillir. June ferme les yeux. C'est pour ça qu'elle nous fascine, pour ce qu'elle montre de nous. Le pire. L'homme brusquement n'est plus à lui. Il redevient la bête qu'il n'a jamais cessé d'être. Aveugle, sanguinaire, imbécile, apeurée.

June inspire longuement l'odeur sucrée des hévéas. Puis elle se lève et rejoint les autres.

Ils marchent depuis quatre heures peut-être quand cela arrive.

June les a sentis plus tendus aujourd'hui. Ils se sont réunis à l'aube avant le départ autour d'une carte, la Birmane a pointé quelque chose, l'un des militaires aussi, ils sont partis.

Ils avancent au milieu d'un maillage serré de lianes et de palétuviers, forcés de plier l'échine ou d'enjamber des troncs se ramifiant en nœuds et en crevasses, quand brusquement quelque chose fend l'air. Une première fois dans les arbres, ils se jettent à terre. La deuxième fois ce sont des rafales croisées, et une peau éclate, June l'entend distinctement alors qu'elle rampe pour s'abriter. Un cri suit, quelqu'un tombe. Les soldats tirent.

— À terre !

Quelque part en face ça réplique.

Ça dure cinq minutes qui déchirent les tympans de June. Elle plonge la tête entière sous un tronc mort. Puis un silence long chargé de poudre. Tahir fait un pas vers June, s'assurer qu'elle vit. C'est un des militaires qui ne se relève pas. On s'affaire autour de lui. Sa tête est trouée de part en part, baignant dans une flaque auburn déjà. Ils essaient malgré tout. Les yeux sont fixes.

— Il faut emmener le corps quelque part, dit Cai.

— On est exposés, dit un militaire.

— Il faut qu'on –

— On n'a pas le temps.

Tous courent déjà sur le côté. Les échanges de balles reprennent.

— On fait comment, dit June.

— On attend la nuit, dit Tahir.

Ils se terrent comme des animaux.

Lorsque les couleurs deviennent moins vives, les quatre militaires se dispersent dans la forêt. Les autres sont priés d'avancer derrière, accroupis, sans bruit, le souffle coupé.

Vers 4 heures peut-être (June les reconnaît désormais aux ombres et à la texture des feuilles), les soldats relâchent leurs armes :

— On est sortis de leur territoire.

Tahir, Cai et Hsu se fraient un chemin à travers la forêt d'hévéas, les efflorescences de bambous et de palmes. Les branches et les bois des tuks, si précieux pour les meubles et les pontons, craquent sous leurs chaussures.

Les vivres commencent à manquer.

Le soir, Tahir apporte son plat de légumes bouillis à June. Il s'assied en tailleur à ses côtés. Il ne dit rien. Elle ne dit rien.

Les autres se lèvent et se rendent vers leurs campements respectifs. Sans faire un geste Tahir tout à coup lui dit :

— Ils se méfient de toi depuis le début. Comme moi. Qu'est-ce que tu foutais seule dans ce coin, on sait pas. J'ai cherché de mon côté. Il y a un avis d'enlèvement. La dernière trace que les autorités ont de toi, c'est dans un hôtel à Sittwe, dans l'État de Rakhine. À côté de là où ça a pété.

— Oui, dit June.

— Je te fais une fleur : pars ce soir. Sinon, quand le chef militaire apprendra ça, il t'arrêtera et affrétera un convoi spécial pour te ramener à la capitale. Où tu seras interrogée et possiblement torturée pour savoir ce que tu as vu. Car tu as vu, c'est sûr.

— Des enfants brûler et des femmes se faire violer, oui.

— Une Française qui a assisté à ça, c'est pas possible.

Tahir tire sur sa clope.

— Fais semblant de dormir, là tout de suite, et pars dans une heure.

— Pourquoi tu fais ça.

— Tu mérites mieux, enfin je crois.

Elle le regarde. Il y a de la fatigue et de la douleur dans ses yeux noirs, mais il y a quelque chose d'autre aussi, derrière, qu'elle ne parvient pas à saisir.

— Et pars vers l'est. Le pipeline remonte nord-est vers la Chine. En un jour de marche tu arriveras à Magway. De là, prends un bus pour Yangon et un autre pour la Thaïlande. Une fois de l'autre côté, tu es sauvée.

— Merci.

June finit lentement sa clope. Elle se lève et se glisse dans sa tente. De toute façon son sac est toujours prêt. Elle s'allonge. Il faut qu'elle chope de l'eau. Elle voudrait dormir là encore. Elle pourrait, elle partirait tôt le lendemain. Le monde bruisse dehors, elle se sent bien, loin de lui. Elle se lève lentement, attrape son sac, démonte la tente. Ils lui doivent bien ça. Elle prend le paquet sous son bras et disparaît dans la brume.

L'oléoduc en est à son kilomètre 275 depuis son départ de la côte lorsqu'il émerge enfin de la forêt. Les membres de l'équipe arrivent à Magway. Ils montent dans des jeeps et traversent toute la plaine du centre du pays. Une grosse journée de route jusqu'à Hsipaw, où ils ouvrent les portières et reprennent leur marche. Ils entrent en pays shan, du nom de l'ethnie majoritaire du nord-est de la Birmanie.

Personne ne parle.

Tous suent et maudissent la terre.

Cette expédition n'en finit pas. Et Tahir sait que le pire est devant eux. Cette partie du pays shan est en guerre contre le gouvernement central, ils pénètrent en territoire hostile. Il y a un problème sur le parcours, et ils doivent le trouver au plus vite.

Hsu marche à l'arrière. Elle serre les dents. À l'intérieur, du bétel lui rougit les gencives. Elle crache un jus épais sur les racines nouées entre elles.

— Laissez-moi.

Son père crachait aussi, vingt ans plus tôt, quelque chose de plus rouge encore. Enchaîné à la terre, il crachait et criait. Il n'y avait pas de fouet, pas de menottes, mais c'était pareil. Son corps se dissolvait dans l'étuve.

Il y a vingt ans, le père de Hsu tapait tout le jour sur le métal au milieu du chantier d'extraction de gaz, dans le sud-est de la Birmanie, à Yadana. Il avait deux chefs : l'armée et Total, le roi de l'énergie en France. On l'avait attrapé sur le bord de la route, viens là, tu veux bosser ? Il avait dit oui, une femme deux enfants, il avait commencé le lendemain. Mais pas de dollars, pas de kyats, rien. Il avait continué quand même. Le fric viendrait. Il n'est jamais venu.

— Je peux pas continuer comme ça –

— Ta gueule, hurle le chef de chantier.

Hsu a neuf ans et elle voit son père rentrer chaque jour un peu plus tassé. Un matin elle décide de le suivre. Elle se cache dans les herbes hautes, se tient à dix mètres de lui. Son père arrive devant un promontoire, hésite un moment, descend finalement. Elle y arrive elle aussi – et là elle met sa main sur sa bouche. En bas, tout en bas, des formes s'agitent et crient dans un tumulte auquel elle ne comprend rien. Elle descend de quelques pas. L'enfer. Des chaînes, des cris, des torses nus et huileux qui tapent en cadence sur des planches et des tubes en métal.

Un soir, quelques mois plus tard, son père ne revient pas. Sa mère est allée chercher le corps sans un mot, ils l'ont enterré vers la rivière, là où réside aussi son grand-père.

Quelques années passent. Partie étudier le commerce à la capitale, Hsu découvre dans des articles en ligne l'ampleur de l'horreur : pendant des années, Total a pratiqué le travail forcé, réduisant en esclavage des centaines de personnes, dont son père. Des milliards gagnés à la sueur et aux membres brisés des Birmans, et un soutien précieux pour la junte militaire au pouvoir.

Hsu marche, seize ans plus tard, sur les terres brûlées par le soleil du nord, qui lentement reverdissent. Elle se souvient du sourire et des mains sales de son père. Le jus rouge du bétel s'écrase au sol.

*

Hsu se lève sans un bruit. Elle effleure la toile de la tente, sort pieds nus dans la nuit. L'air est frais.

Quelque chose à sa main.

Hsu fait un pas vers la grande tente. Elle est prête. Depuis toujours elle est prête. La toile s'ouvre sans un frottement. Elle est dedans. Ronflements lourds. Elle se glisse sur le côté, le caporal est là. Son odeur animale, sa bouche grande ouverte, sur son torse les mains lourdes qui avaient battu son père. Hsu observe la bête tapie, l'obscurité autour. Elle lève le couteau. Elle ne pense plus au corps broyé de son père, à l'abricot sec qu'était devenue sa mère dans un angle de l'étable, elle plante la lame dans la carotide, les yeux s'ouvrent dans un cri qu'elle étouffe de l'autre main, elle a du sang plein la gueule, elle passe sa langue dessus, le caporal geint un peu, à peine, elle replante le couteau, plus bas, la gorge éclabousse la toile, c'est fini, elle retire la lame aux crans dentelés. Les insectes font vibrer leurs ailerons. Hsu repasse sous la tente. Elle jette le couteau entre les arbres. Elle attrape son sac et plonge dans l'obscurité.

On trouve le mort au petit matin.

On l'enroule dans la toile de la tente et on l'enterre ici, sous un palmier à sucre.

Hsu a disparu. On repart.

Tahir veut rentrer. Il n'a pas de chez lui. Il ne sait plus d'où il vient. Une fois arrivé à la frontière chinoise, il faudra repartir vers le sud, faire un compte rendu aux chefs du chantier et aux autorités, retourner à la plate-forme, s'user le corps à n'en plus finir. Il ne veut plus ça. Il n'a pas arrêté de courir depuis des années, il voudrait s'arrêter, s'enfouir sous la terre, regarder peut-être la télé, oui il voudrait être allongé dans un lit et que personne ne vienne plus jamais l'emmerder. Mais sa vie c'est pas ça, ça ne le sera jamais, sa vie c'est cavaler sans fin sur des chemins en pente, du répit il n'y en a pas pour les gars comme lui.

À moins qu'il ne retourne pas à la plate-forme, qu'il continue sa route vers la Chine. Après tout pourquoi pas, le caporal n'est plus là pour l'en empêcher. Les chefs du chantier l'attendront longtemps. Une fois en Chine, il verrait bien. Peut-être l'Europe, ou l'Australie. Peut-être la mer, calme, alanguie. Ses mains qui dedans se dénoueraient. Il a le droit aussi après tout. Il a donné pour l'apatrie. Il a le droit au silence, et à un peu de bleu.

Le lendemain, la procession reprend. Tout le monde s'observe. Depuis la mort du caporal, chacun se demande qui sera le prochain. Les trois derniers soldats ne lâchent plus leurs armes que pour dormir, Tahir s'assoupit avec sa main sur son couteau.

Il reste un peu moins de quatre-vingts kilomètres jusqu'à la frontière. Les yeux sont exorbités, les gestes las. La végétation a changé, ce n'est plus la jungle du début, c'est une forêt plus âpre et montagneuse, alternant les pins et les châtaigniers, qui résonne d'un autre éclat, moins large, plus délicat, mais rentre pareillement dans leur chair. Jour après jour, la forêt vous tasse comme un insecte, vous vous abandonnez, vous finissez par lui appartenir.

De cette puissance, Tahir, comme tous, se méfie. Il sait qu'on a inventé la serpe pour nous défaire de la certitude d'être inférieur. Mais peu importe, il brûlerait lui aussi toutes les forêts pour leur faire bouffer leur arrogance, comme l'ensemble du convoi, comme tous les hommes qui se sont aventurés là, il le ferait à l'instant même s'il le pouvait.

Tahir, Cai, les trois militaires et les porteurs ne parlent plus.

Ils suent en silence.

Ils mangent à peine, leurs estomacs réduits à la taille d'une noisette.

Tahir se mord les joues, ses dents grincent. Il a appelé Malik, lui a dit on a pris du retard. Tu te démerdes, a répondu son vieux collègue, on peut pas stocker tous ces putains de barils ici, il faut qu'on balance. Les Chinois veulent leur jus, les Saoudiens leur flux tendu. Demain ça coule, ordre du ministère. Vous vous bougez le cul, il faut que ce soit fait.

Le pétrole, deux mois après être arrivé sur les côtes birmanes, entame donc la suite de son parcours. Il faut imaginer un fabuleux fleuve noir qui rue dans un enclos d'un mètre cinquante sur deux, lancé à telle allure qu'il se heurte aux parois, ricoche, repart de plus belle, immensité visqueuse. Le brut fuse comme un torrent dans les tubes, il traverse la jungle, la grande vallée du centre, les quelques montagnes, plonge sous la terre, en ressort, se déplie comme la queue d'un dragon qui retombe au sol. Il remonte le pays, arrive en territoire shan, dépasse la ville de Hsipaw et entre dans la forêt.

Sur les flancs de ce même tube, deux cents kilomètres plus avant, de petits hommes courent. Ils arrivent à Kutkai.

— C'est quoi ça ? dit Cai tout à coup.

— Il y a eu un sabotage.

— Comment ça.

— Un morceau a été enlevé, dit Tahir.

Les têtes se penchent sur la béance.

— Et tu nous as rien dit ? dit Cai.

— Je viens de le savoir, dit Tahir. Une équipe devrait déjà être là avec le matériel.

— Je vois personne, dit Cai dont le visage s'est allongé comme celui d'un rat.

Effectivement, il n'y a pas foule.

Tahir ne précise pas que le pétrole a commencé à couler de l'autre côté et qu'il ne leur reste que quelques heures pour colmater la brèche.

Pour l'instant, tous s'assoient par terre. Devant eux, l'oléoduc saccagé.

Deux camions arrivent enfin. En sortent, avec une remarquable lenteur, deux types. Tahir court vers eux, ouvre la porte arrière et se jette sur le chargement. Il y a une vingtaine de pièces, d'environ trois mètres chacune, à placer bout à bout puis à fixer sur des pieds au sol.

— Et qu'est-ce qui s'est passé, demande Cai.

— Tais-toi, dit Tahir.

— Tu me parles pas comme ça.

— Je sais pas, dit Tahir après un silence. Peut-être l'armée de libération nationale Ta'ang, pour foutre le gouvernement dans la merde.

Cai s'assoit par terre.

— C'est pas mon boulot. Je vais pas me péter les bras avec ça.

Tahir le regarde. Il a raison. Ces tronçons sont plus lourds que des arbres morts. Faudra souder ensuite, fixer au sol. Ce sera jamais prêt à temps. Le soleil pointe au loin. Les soldats refusent eux aussi de soulever les pièces. Les deux nouveaux gars ne peuvent décemment pas le faire tout seuls. On s'observe. Ça dure une heure comme ça.

L'un des militaires se lève finalement et dit on vous aide, mais pour la moitié du matos. Et on veut des primes, dit l'autre, le caporal est mort, c'est trop dangereux. Une prime, ça je peux pas l'assurer, dit Tahir. Appelle le boss, dit Cai. OK, dit Tahir en prenant son téléphone. Il parle pendant cinq minutes à

Malik, raccroche et dit c'est bon, vous l'avez. Tout le monde se relève.

Ils s'esquintent les mains pour déplacer ces pièces en fer. Celles de Tahir sont en sang.

Au bout du jour, tout est en place, il ne reste plus qu'à souder.

Et alors Tahir se retourne. Il a entendu. C'était rien, presque rien, un murmure infinitésimal mais quelque chose a bougé. Tahir sent le pipeline s'emplir, il n'a pas le temps de lever la voix : il est emporté par la déflagration.

Une main tire Tahir sur le côté. Il se penche et vomit. Il essaie d'inspirer de l'air ; il vomit à nouveau.

— Attends, dit Cai.

Tahir sent quelque chose passer sur ses yeux.

— Bouge pas.

Il sent ses membres lourds. Après deux minutes, il ouvre finalement les yeux. Il voit. Les deux chauffeurs et un militaire comme lui entièrement recouverts. Cai et les deux autres restés, eux, intacts.

— C'est bon, c'est fixé, dit Cai. Il y a eu un reflux, on a pu souder. Ça coule dedans maintenant.

Tahir s'écroule à terre. Il a sur lui la pâte des morts.

3

Le fleuve noir poursuit sa route et arrive à la frontière chinoise. Entre sa lente métabolisation au fond des mers, son extraction il y a cinq mois et aujourd'hui, il n'a rien perdu de sa puissance potentielle, pas la moindre part.

L'oléoduc traverse la province du Yunnan, forêts de pierres, longues vallées piquetées de montagnes et de rizières en terrasses.

Et c'est là-bas, enfin, le bout du voyage. On voit la ville de Kunming grandir au loin comme un chancre, mais avant, il y a cette éruption de métal concassé au-dessus d'un parterre traversé de camions : le brut débarque en majesté dans la raffinerie d'Anning.

On le déverse dans de grosses cuves en fonte. Des centaines d'ouvriers s'activent en dessous. L'idée est simple : dans ces larges bacs, le liquide est chauffé à très haute température et distillé. Il se sépare alors naturellement en différentes entités : le gaz de pétrole liquéfié qui s'élève dans l'air, plus léger ; l'essence, le kérosène, le gasoil et le fioul, qui stagnent au milieu et se distinguent par leur matière ; et enfin, tout en bas, plus épais, le fioul lourd et le bitume. On stocke enfin ces produits dans des cuves séparées.

Et pendant ce temps-là, Arthur Bailly se cure le nez.

Il est assis, à quelques encablures de la raffinerie, d'où il observe le spectacle des ouvriers transvasant et transformant le brut.

Arthur vient de passer deux jours à photographier les installations comme le lui avait demandé Adam Thobias, il a presque fini.

La nuit s'étend sur l'usine, Arthur repart vers son hôtel du centre-ville.

Là, assis sur sa terrasse, il fait défiler les photos du jour. On y voit la raffinerie sous tous les angles, les employés qui montent et descendent, conduisent les camions, déversent le pétrole dans les cuves, surveillent les niveaux, actionnent, appuient. Les images sont plutôt réussies. À quoi serviront-elles ? Pas son problème, mais si c'est bien ce qu'il imagine, alors parfait pour lui.

Arthur envoie les photos à Adam Thobias en sirotant une Tsingtao glacée sur sa terrasse.

Demain, il rejoindra le fleuve Yangtsé, l'un des plus grands au monde, dont il aimerait photographier les berges bouffées par les pesticides, peut-être jusqu'au bout, jusqu'à Shanghai.

Il s'endort une bouteille tiède à la main.

Il est réveillé à l'aube par des coups à sa porte. À peine le temps de l'ouvrir, il est happé par une main.

On le jette à l'arrière d'une voiture. Les caméras de surveillance de la raffinerie avaient repéré dès le premier jour cet individu avec son appareil photo en bandoulière. Les policiers, prévenus, avaient visionné les vidéos. Ils ont attendu le petit jour pour intervenir. Arthur regarde les montagnes défiler par la fenêtre. Il s'est déjà fait arrêter à plusieurs reprises, au Nicaragua, au Gabon, à Djibouti. Il sait que ça ne dure jamais bien longtemps. Les autorités ont peur des types qui s'approchent trop près des lieux stratégiques mais il est toujours assez vite relâché quand ils regardent les photos et vérifient son identité. Même si là, bon, une raffinerie, ce ne sera peut-être pas aussi simple. Et puis ce qui l'inquiète le plus, cette fois-ci : qu'ils remontent la piste.

La voiture de police à l'arrière de laquelle est assis Arthur Bailly dépasse l'un des camions chargés d'essence et de gasoil qui sortent de la raffinerie d'Anning pour essaimer le pays entier. Les barils alignés d'essence sont déversés dans les pompes des stations-services, au chevet des industries lourdes et légères, des grandes et moyennes entreprises, dans le goulot de tout ce qui fait tenir l'économie. La Chine entière biberonne directement à la mamelle du brut. Son cœur bat. Les voitures giclent, les avions décollent, les usines fabriquent, les obus, les vêtements et les grues sortent des entrepôts. Le monde entier pompe le pétrole ramifié pour avancer, relâchant au passage des masses faramineuses de dioxyde de carbone, lequel s'élève dans l'atmosphère et vient s'agglomérer à l'épais ruban qui ceint la Terre. Le couvercle se referme.

Le chauffeur roule à 95 kilomètres à l'heure. Il arrive, trois jours plus tard, à Shanghai, où il dépose sa cargaison dans un centre de dépôt. Il a fini son boulot. Il va se reposer dans son hôtel du quartier de Gubei, où il s'endort avec ses chaussettes aux pieds.

Mia est assise, encore emmêlée de nuit, à une table du Mercure de cette même ville de Shanghai, il est 10 heures, elle vient de se servir une assiette au buffet du petit-déjeuner. Chaque matin elle se lève quelque part sur la Terre et c'est toujours le même dressage, les mêmes œufs durs et les thés Lipton, pas une fausse note, tout est légèrement sec et comme abandonné, les fruits sont coupés pareillement en cubes et les céréales gisent seules dans des bols blancs. Il n'y a rien de plus triste et de plus rassurant qu'un petit-déjeuner d'hôtel, la *globalisation*, qui jusqu'alors n'était qu'un mot vide de sens, tout à coup prend vie et la forme d'un buffet étiré sans passion sur une table basse d'où jaillissent en cadence solitaire des œufs qu'on voudrait à la coque et qui, oubliés, deviennent vite durs comme la pierre. Aujourd'hui, pourtant, ce buffet toujours recommencé la ravit. Elle retrouve le goût du pain oublié et le café long aux grains fraîchement moulus qu'elle a toujours eu la faiblesse d'aimer. Elle fait tourner sa cuillère dans la tasse tout en essayant d'ouvrir les yeux. Dehors, Shanghai rugit dans une brume crémeuse. Les passants vont d'un pas sec et véloce, leur sacoche à la main, un masque blanc sur la bouche dans le but vain de retenir une partie du gaz carbonique et des particules fines, dont chaque mètre cube d'atmosphère est composé à hauteur de trois cents microgrammes, soit environ un quart de l'air inhalé.

Lorsque les yeux de Mia s'ouvrent suffisamment, ils trouvent, sur son téléphone, l'image jaune et noir de la page d'accueil du *Monde*. C'est un incendie. Elle passe encore son poing droit sur son œil pour y enlever les derniers restes de nuit, et elle lit : *L'usine de raffinerie d'Anning, dans l'État du Yunnan, a été attaquée hier matin, mardi 24 octobre 2017. On ne connaît pas, pour l'heure, l'ampleur des dégradations.*

C'est une jolie photo sur laquelle on ne distingue absolument rien. Quelques flammèches, un entremêlement de lumignons et de croix dans le noir. Mia se lève pour reprendre du café et une tranche de pain. Elle a le temps, elle compte bien en profiter. Elle se rassoit, poursuit sa lecture. Le responsable de l'enquête parle d'un possible réseau d'*écoterroristes* qui aurait infiltré différentes strates de la société chinoise et mondiale, sans apporter plus de détails.

Le téléphone de Mia vibre : nouveau message sur le réseau Télémaque. Elle ouvre l'application.

À L'ATTENTION DE TOUS : où que vous soyez, disparaissez. Effacez ce message et effacez l'application. Si besoin, je reprendrai contact avec vous par d'autres moyens. Bonne chance, et désolé. Adam Thobias.

Mia trempe ses lèvres dans l'expresso Volluto force 4, arômes vanille et cacao (elle est finalement passée aux capsules, c'est bien aussi). À la télé, une bimbo chinoise se trémousse sur des rythmes trop rapides pour son corps. Mia relit le message, l'efface. Il suffit d'appuyer trois secondes sur l'icône de l'application pour que le globe percé rejoigne immédiatement les toilettes numériques, ces sous-mondes dans lesquels on ne sait jamais trop si les choses disparaissent à jamais ou viennent flotter dans des marécages de zombies en forme d'octets. Mia se relève pour prendre un bol de melons, elle a décidé de se faire péter le bide, elle remontera en rampant s'il le faut. Elle passe une main dans ses cheveux qui retombent sur le côté. Elle poursuit sa lecture : suite du XIXe congrès national du Parti communiste chinois, troubles politiques en Catalogne, l'armée philippine reprend le bastion de Marawi à l'État islamique, le baril de pétrole toujours à la hausse. En pages culture, un blockbuster féministe et un roman relatant de manière magistrale, quoique légèrement nauséabonde, le mal-être masculin contemporain. Mia sent son estomac se tendre comme un arc ; il est peut-être temps de remonter. Là, allongée sur son lit, devant le foutoir qu'elle ne manque jamais d'établir dans les chambres d'hôtel, elle sort son portable de sa poche et tape le numéro de Nathan. Ils sont censés se retrouver le lendemain soir pour conclure la mission. Ça sonne. Rien. Elle réessaie. Sonneries, messagerie. OK. Il faudrait qu'elle range tout ça, qu'elle plie un minimum ses tee-shirts et trie les trucs à jeter, range la salle de bains, ferme la valise et foute le camp d'ici, mais elle allonge plutôt les jambes et allume la télé. Pendant que le match de foot de la veille (Shandong Luneng contre Shanghai Shenhua) hurle dans le poste, avec, en gros plans, de vieilles gloires européennes et sud-américaines déformées par les yens en cascade et les séances d'UV, Mia zone sur son portable. Sur Instagram, toujours les mêmes photos de bouffe et de plages prétendument perdues. Elle cherche les infos, et elle trouve finalement ce qu'elle aurait préféré ne pas. Article du *Guardian* : *La plus importante installation pétrolifère du pays endommagée cette nuit en Arabie saoudite, à Abqaïq. Pas de morts ni de blessés, selon les dernières informations, mais les bâtiments ont été en grande partie détruits, et le pétrole brûle encore à l'heure qu'il est. On ne sait pas s'il s'agit d'un accident ou d'un attentat. Au Brésil, une usine* – Mia éteint son téléphone. Ça joue pas si mal au foot en Chine. Le Shanghai

Shenhua mène 2 à 1. Un certain Lü Zheng Li crochète et obtient un coup franc bien placé. Mia va se faire couler un bain.

À 13 h 42, devant les appels répétés de l'accueil, elle attrape ses lunettes de soleil et sa valise dans laquelle elle a finalement tout jeté en vrac. Elle descend par l'escalier de secours en faisant claquer à chaque étage ses roulettes jusqu'au rez-de-chaussée où elle passe, le regard lointain et teinté, devant l'hôtesse d'accueil et l'officier de police accoudé au comptoir. Mia pousse la porte-tambour, fait rouler sa valise jusqu'à l'angle, arrête un taxi de la main, puis disparaît dans l'étuve.

Au moment où son taxi tourne dans Nanheng Street, Nathan Régnier atteint un nouveau palier de décompression. Il a passé les quatre premiers sans encombre, il approche. Il se sent léger, aérien. Il a déjà plongé, aux Philippines, dans les Caraïbes, mais jamais il n'était descendu aussi profond. (Étonnamment, beaucoup de choses lui font peur mais pas ça.)

Nathan nage dans les eaux de la mer de Chine. C'est terriblement agréable de flotter comme ça dans le grand tout. Il observe les poissons nains qui plongent dans les abysses. Il est venu toucher du doigt ces coraux jamais recensés du récif de Scarborough, et les voilà, blanchis, morts : les particules de CO_2 les ont bouffés. Les milliers de coraux qui peuplaient ces mers ont été rongés vif par le dioxyde de carbone, et de leur squelette iridescent, qui a longtemps flotté jaune jupitérien et bleu limande aux courants du sud, il ne reste presque plus rien : ce sont désormais des enveloppes vides, squelettes blanchis à la chaux qui n'ondulent plus, raidis dans leur forme. Les particules de dioxyde de carbone tombées du ciel sont arrivées jusque-là. Les coraux râpent les mains de Nathan au passage, qui saignent.

Après leur émission dans l'air, leur élévation, leur concentration dans la couche d'ozone, le réchauffement subséquent, les particules de CO_2 sont lentement retombées, elles ont atteint toutes les mers du monde et les voilà qui chutent vers les ténèbres, à quelques kilomètres de la surface, là où d'autres particules, issues des animaux morts, avaient commencé à s'accumuler il y a plus d'un milliard d'années. Cette pâte née de la décomposition avait donné naissance au pétrole, et aujourd'hui, tout au bout du cycle, après tous ces kilomètres et toutes ces années, après avoir offert l'énergie pure, l'essence, la lumière, après avoir ravagé l'air, les écosystèmes, les coraux, c'est une mort chargée de mille morts supplémentaires qui revient se déposer ici, au plancher des mers, là où tout avait commencé – une mort devenue inexploitable, qui ne donnera plus que des cendres, du rien.

L'or noir était un leurre.

Il n'y en a presque plus d'ailleurs. Des millions d'années d'attente pour un liquide qui disparaît en trois cents ans, pense Nathan en essayant vainement d'attraper la plus petite et invisible pluie du monde qui ronge tout ce qu'elle touche.

Il observe aussi les étranges et nouvelles espèces qui prolifèrent, comme Adam Thobias l'avait deviné, dans cet atoll caché, poissons inconnus et algues courtes qui, à peine nées, s'en vont mourir déjà.

Nathan nage comme un enfant, ses membres flottent, c'est un délice, c'est une horreur.

Et alors il se passe quelque chose. Il y a des déflagrations subites qui concentrent en elles une quantité folle de savoir, il y a des accélérations pulsionnelles du temps et c'est ce que Nathan vit justement – il est 15 h 20, ce 25 octobre 2017, à vingt-trois kilomètres à l'est des côtes de Shanghai, et, dans ce bouillon glacé de la mer de Chine, Nathan brusquement voit. Pour la première fois de sa courte existence, tous les instants de sa vie passée, présente et future se trouvent réunis en un seul. Il comprend quelque chose de si large et profond qu'il ne peut le nommer. Submergé par la puissance de la vision, il se dit qu'il est peut-être surtout en train de faire un AVC. Oui c'est ça, le sang ne doit plus affluer dans son cerveau, il se sent partir, il ne peut plus respirer ; tout son corps se contracte. Il devient en quelques secondes un bloc de marbre impossible à déplacer en chute libre vers le fond. Il halète, l'eau se transforme en muraille. Il se tourne vers son accompagnateur, plongeur professionnel qui lui fait signe de se détendre, tout va bien, c'est parfaitement normal. Nathan parvient à se calmer en fermant les yeux et en visualisant l'air qui rentre et sort, rentre et sort, rentre et sort ; sa respiration reprend un cours plus normal.

Mais ça recommence dès qu'il ouvre les yeux : Nathan ressent avec une précision douloureuse qu'il ne sait pas évoluer dans cet espace ni dans aucun autre. Il l'a étudié toute sa vie et pourtant il méconnaît entièrement le vivant. En s'immergeant aujourd'hui comme un tank dans ce biotope, il le détruit un peu plus. Et rien, plus d'air qui rentre, un bloc infranchissable devant lui. Il ressent tout à coup une peur infinie. *Ferme les yeux, mec, calme-toi. Ne pense à rien.* La tache, le mal-être, la sensation visqueuse, tout ce qui l'avait accompagné et meurtri pendant des mois se concentre en lui, s'amplifie jusqu'à prendre la taille du monde. Tout déborde. Il voudrait mourir. Tout son être le brûle. Il ferme les yeux. C'est fini. *Respire, bordel. Ça va aller.* Il les rouvre et tout se dilate – il retrouve un semblant de calme.

À chaque exhalation, il se détend entièrement. Mais lorsqu'il doit inspirer, l'angoisse gonfle ses poumons, son cerveau l'alerte qu'il est impossible de respirer ici, un mur lui oppresse la poitrine, il va mourir, c'est certain.

Puis il expire, rouvre les yeux, tout s'apaise.

Le ballet devant lui reprend, il descend plus profondément.

Nathan a alors, devant les poissons Napoléon amochés, une vision qui prend la taille du monde. Ce qu'il sait depuis longtemps s'incarne pour la première fois : tout se meut dans tout, éternellement. Il n'y a pas de règle aussi simple et aussi puissante. L'air se meut dans l'espace qui se meut dans le temps, la plante crée l'atmosphère dont se nourrit le vivant : animaux, bactéries et humains. Personne ne vient rompre ce grand tout. S'il y a bien ruptures, luttes, virages, rien ni personne ne parvient à rompre la logique ni le mouvement. Si : l'homme seulement, Nathan le saisit alors parfaitement. L'être humain est parvenu à rassembler une telle force entre ses mains – une force unique dans l'histoire, qu'aucun élément naturel n'avait jusqu'alors acquise – qu'il a réussi à rompre unilatéralement cette loi pourtant universelle. Exploit sans pareil, incroyable déroute. Nathan se remet à haleter. L'immense pression l'asphyxie. On a brisé la chaîne. *Est-ce elle qui m'oppresse en ce moment même, en retour ?* Moi-même j'ai rompu la chaîne, je vais en mourir. *Respire, mec, c'est dans ta tête, c'est que ta tête.* Rétablir la chaîne. Redevenir un élément de plus. Brusquement il voit comment. Immense architecture dans laquelle il trouve sa place. Tout à coup c'est parfaitement clair – c'est sans doute l'air qui ne monte plus à son cerveau, on sait que les visions sont limpides avant la mort. *Arrête, Nathan, putain. Calme-toi. Tu es dans l'eau, tout va bien.*

Son existence, il le sait déjà, ne pourra plus jamais être la même.

Il sait qu'il lui faudra remonter à la surface, se détacher de sa combinaison qui lui ventouse la peau, déposer cette bouteille d'oxygène, il lui faudra reprendre son costume d'homme de terre mais il sait déjà l'entaille qu'aura creusée cette vision dans sa peau.

Devenir algue, plante, araignée, fluide et volatil, en gardant le meilleur de ce que l'on sait déjà ; le programme c'est ça.

Il voit. Et l'angoisse revient comme une déflagration, un bouillonnement chaud tout au fond de sa poitrine. Ça serre tout à coup plus fort, et ce n'est plus de la souffrance, c'est un vaste relâchement de toute chose.

Tout devient noir, entièrement ; son cœur s'arrête.

Il est entraîné vers le fond.

IIIe MOUVEMENT

1

June a pris un bus pour la frontière laotienne, puis un autre pour Luang Prabang. C'est une ville calme et ombragée dans laquelle elle essaie de repasser de l'autre côté du miroir. Elle loge dans une auberge au bord de la rivière, elle a trouvé des livres qui traînaient dans le salon commun, des romans drôles et anglais qu'elle lit le soir en fumant des clopes sous le grand bananier. La journée, elle marche. Elle ne veut plus entendre parler de quoi que ce soit. Elle veut retrouver une douche, un petit-déjeuner sans intérêt, des voix bienveillantes.

Fuir la Birmanie a été moins compliqué que prévu. Après quinze heures de marche, harassée, June a finalement mis un pas hors de la fournaise, le paysage s'est lentement clairsemé, la perspective ouverte, le feuillage distendu ; elle est sortie du cauchemar.

Deux collines plus loin, une route en lacets s'est dessinée, un bus est passé, elle était sauvée.

Elle est arrivée à l'horrible gare routière de Yangon en fin de journée.

La première nuit dans des draps lui arrache des larmes. Tenu jusqu'alors de ne pas baisser la garde, le corps brusquement se relâche et tout tombe avec lui. Elle ne s'était pas rendu compte à quel point il était en lambeaux. Ce qu'elle a vécu n'a pas de nom, elle ne lui en donnera pas.

Elle dort trente heures de suite, se réveillant parfois, se retournant dans le lit, les muscles lourds, le corps chaud, repartant dans un râle vers les étendues noires. Tous ses muscles lui font mal. Elle se douche à l'eau brûlante, se rendort. Quand elle se lève finalement, ses douleurs se sont apaisées, mais quelque chose en elle a définitivement changé. Elle est devenue un bloc de métal.

Cette nuit-là, elle boit tout ce qu'elle trouve, c'est-à-dire pas grand-chose, mais qui suffit à l'emplir d'étoiles et la clouer à terre. Elle se relève le matin à l'envers mais entièrement lavée. Elle fait un pas vers le miroir. Elle ne reconnaît pas ce qu'elle y voit. Le visage est dur, taillé au burin, les yeux sont droits. Quelque chose s'est déplacé. Elle se passe de l'eau sur les paupières, le front, le nez. Ses mains râpent ses joues. Elle lève les yeux à nouveau. Elle est prête.

Elle prend un bus pour Chiang Mai, dans le nord de la Thaïlande, puis un autre pour le Laos où elle s'emploie à renaître et oublier.

Et puis, un matin comme un autre, sur la terrasse, devant les silhouettes orangées des jeunes bonzes entamant leurs exercices physiques, June reçoit un message sur WhatsApp. Elle en a reçu des tonnes à vrai dire mais elle n'a pas pris la peine de répondre. Au loin la pointe blanche d'un stupa pique le ciel. June se sent bien dans ce pays sans heurts, sans tremblements, mais elle a l'âme en feu, les pieds encore tailladés de sa traversée. Au bout du neuvième message, elle répond finalement par un emoji bouche fermée et œil tiré.

June ! T'es là ! Ça va ?

Putain t'étais où quand j'avais besoin de toi.

Je t'ai cherchée partout. J'ai marché des jours. Je t'ai pas retrouvée.

Moi non plus. Peu importe. Je te laisse.

Attends, June. Je suis désolée pour tout ça.

Tout le monde est toujours désolé.

Écoute une seconde seulement. Viens ici, à Shanghai, je te prends un super hôtel, tu pourras te reposer, prendre des bains, ne rien faire. Je m'occupe de tout, je te promets. Réfléchis-y.

C'est déjà fait.

Adam a disparu. Apparemment il est lié à la série d'attentats de la semaine dernière. Il faut le –

Bonne nuit.

June ferme la petite application verte.

Elle part marcher sur les berges du fleuve.

Les jours passent.

Elle retrouve petit à petit l'usage de son corps. Elle ne pense plus à rien. Elle n'a envie de parler à personne, elle a la forme d'un sac troué.

Elle se souvient parfois d'Adam. Elle a bien failli crever à cause de cet enfoiré. Qu'est-ce qui lui sera arrivé. Des attentats, ça l'étonnerait. Elle a vu l'actualité. Un bordel international, état d'alerte maximum. Tout ça à cause de lui ? Impossible.

Elle s'endort, se réveille, lit allongée sur la couette.

Chaque jour ressemble au précédent.

Elle se sent sèche et triste, même si chaque soir un peu moins.

Et alors un matin, assise au bord du fleuve, elle repense aux mots *bain* et *hôtel*. Elle y accole le mot *mousse*. En existe-t-il de plus ronds ?

Oh et après tout pourquoi pas.

Elle descend lentement les marches.

À l'aéroport international de Shanghai, un vent chaud et épais prend June dès sa sortie des portes automatiques. Par la vitre du taxi, elle est submergée par l'afflux de tours, d'autoroutes à cinq voies et d'enseignes palpitantes qu'ici on appelle Shanghai. Elle se laisse aspirer comme à chaque nouvelle arrivée. C'est ce qu'elle a appris à faire, ne pas résister, se laisser envahir. Mais là, c'est encore différent – c'est ourlé et immense, fuselé, immaculé, recouvert d'une brume toxique comme du lait tourné. C'est d'une beauté rare et trouble. C'est du présent augmenté.

June laisse ses affaires dans l'hôtel que lui a réservé Mia et descend prendre la température. Elle a trois heures devant elle qu'elle compte bien utiliser pour dénicher les petites figurines de couleur qui la faisaient rêver enfant.

Lorsqu'elle retrouve Mia à une table cirée d'un bar du quartier de Huangpu, ses poches sont pleines mais de tout autre chose que de ces figurines : bonbons, vieilles cassettes, pénis démesurés en latex, tours en argent, gadgets ferraille et plastique, qu'elle abandonnera ensuite dans une chambre d'hôtel quelconque.

Elles se font la bise.

Mia note tout de suite le corps raide de June qui évite son regard et s'assoit.

Elles ne disent pas un mot. Chacune à son tour se lève pour commander une boisson, l'une jaune, l'autre vert fluo, dont elles seraient bien en peine d'établir l'origine.

— On va faire comme ça, dit June. Tu me parles le moins possible. On s'en tient aux choses pratiques. On retrouve Adam. Et voilà.

— D'accord.

Mia observe June qui aspire dans sa paille. Quelque chose a changé, ses gestes sont plus secs, plus acérés. Le jus qui monte à ses lèvres fait osciller son cerveau entre l'étonnement et l'abjection. Un carillon s'échappe de la rue.

Mia dit des choses que June distingue mal dans la grande rumeur. Elle penche sa tête et entend finalement. On est recherchés, dit Mia. Le groupe Télémaque est soupçonné d'être lié aux attentats. Et Nathan, le mec avec qui j'étais en mission ici, a disparu. Je m'en fous de ce type, dit June. Moi aussi, reprend Mia, mais je peux pas le laisser là. Ah et moi tu peux ? dit June. Je t'ai pas abandonnée, on s'est perdues, dit Mia. On pourrait dire aussi l'inverse, que tu m'as laissé tomber. Et puis personne t'avait obligée à venir, June, ça commence à me soûler cette histoire. Je te propose qu'on arrête de perdre du temps et de l'énergie avec ça et qu'on attaque.

June plante ses yeux dans ceux de Mia, qui en a vu d'autres mais pas vraiment des comme ça. Sans un sourire, les traits durs, June approche une main de son visage, qu'elle plaque contre sa joue, lentement, fermement. Elle reste comme ça, la paume tenant la joue, le regard dedans. La main se raidit.

Mia aussi. C'est quelque part entre la menace, la prise de pouvoir, la rage de toucher la peau d'un autre être humain. Personne ne bouge. Puis June relâche finalement sa main et se lève.

— Il va revenir, vous croyez ?

— C'est probable. L'arrêt cardiaque a été long, deux minutes environ, mais le cœur semble fonctionner à nouveau. Il faut qu'on le maintienne en observation un moment encore pour s'en assurer.

— Très bien, dit Karen Russel. J'attendrai.

Karen, quarante-six ans, le visage ferme, l'allure droite qu'équilibrent des talons mi-hauts, reprend sa place dans le hall. Sur son lit de la chambre 121, derrière les vitres légèrement teintées, Nathan Régnier a les yeux fermés. Il est plongé depuis vingt-huit heures dans le coma, d'abord provoqué par l'arrêt cardiaque, puis artificiellement prolongé par les médecins du centre hospitalier Jiahui, ici à Shanghai, où on l'a rapatrié d'urgence. Sa poitrine n'a pas résisté à la pression des moins 47 mètres. La paranoïa et l'hypocondrie ont la plupart du temps de bonnes raisons d'être.

Lorsqu'il a décroché et dépassé le cinquième palier de décompression, son corps a plutôt bien réagi. Il a poursuivi ses prélèvements et ses observations, alternant des phases de profonde lucidité avec de subites bouffées d'angoisse. Il les avait déjà à la surface, cela paraissait assez naturel qu'elles se prolongent en bas aussi. Mais le corps tenait, jusqu'aux 35 mètres, puis 40, et enfin 47, où il a lâché. C'est assez courant à cette profondeur-là, dit le médecin-chef en cardiologie.

— Qui lui a donné l'autorisation de plonger aussi profond ? demande-t-il.

Karen Russel secoue la tête.

— Je n'en sais rien et ce n'est pas mon problème, je ne suis pas là pour ça.

Pendant ce temps, Nathan flotte quelque part dans les limbes. La zone qu'il traverse présentement est d'un vert lichen plutôt tiède qui lui colle au corps, spécialement aux membres inférieurs. Il en sortirait bien. Il essaie d'avancer un bras, lequel ne s'accroche à rien. Il se laisse aller au courant, conscient, pourtant, que rien de bon n'en sortira.

Karen Russel, qui n'est en Chine que pour quelques jours, s'impatiente. Ce n'est pas son dossier, a priori, il va être confié à une cellule de crise créée de toutes pièces par Interpol en association avec les Nations unies, mais comme elle était dans le coin, elle file un coup de main. Celle qui a été nommée responsable de la cellule de crise, Pauline van der Bloom, ex-responsable de la DGSE à Bangkok, ne devrait plus tarder. Karen se lève pour aller acheter un sandwich dans la salle d'attente – à moins qu'il y ait une cafèt' ?

Elle revient, regarde un moment la télé qui est en face d'elle. Elle s'endort.

À son réveil, Nathan flotte toujours dans les marécages.

Les différentes sections antiterroristes des grandes puissances étaient en alerte depuis plusieurs mois déjà. Des soupçons d'attentats, principalement islamistes, pesaient sur plusieurs sites. Quelque chose stagnait dans l'air sans qu'on sache exactement quoi. Maintenant, on sait. Il y aurait eu neuf attaques en tout : contre le gisement pétrolier d'Abqaïq en Arabie saoudite, le siège de l'usine textile Zara en Espagne, un centre d'élevage intensif au Brésil, le siège de Gazprom en Russie, une mine de charbon en Australie, un oléoduc en Birmanie, la raffinerie de Kunming en Chine, la centrale nucléaire de Gravelines en France, un centre d'armement aux États-Unis. Certains sites ont été détruits, d'autres tranquillement démontés, la centrale nucléaire a été mise hors service. Des milliards sont partis en fumée.

De colossaux financements auront été nécessaires pour organiser des attaques conjointes d'une telle ampleur, absolument inédite.

Plusieurs mouvements sont à présent à l'œuvre : après la stupeur générale et la traditionnelle réaction d'autorité des différents gouvernements est venue l'heure du doute et de la colère. Les manifestations se multiplient, qui en appellent à la fin des violences mais aussi à un changement de régime. Certains voient dans ce coup de semonce une opportunité de faire basculer les choses. Les responsables politiques se crispent, mobilisant la police et l'armée. Les dispositifs antiterroristes sont déclenchés dans plus de quarante États. On se lève chaque matin le souffle court, les nerfs à vif, on sent que tout peut basculer dans un sens comme dans l'autre.

Karen Russel, elle, se plonge surtout dans le match de tennis parfaitement soporifique diffusé en ce moment sur ESPN Sports dans la salle d'attente.

Au tournoi ATP de Madrid, Raonic frappe comme une mule mais Simon renvoie tout.

Quand le break est finalement réalisé, au bout de dix interminables minutes, elle se retourne : la chambre 121 est vide.

— Enfile ça, dit Mia.

— Quoi ? dit Nathan.

— Enfile cette putain de blouse. Et essaie d'avoir la tronche d'un médecin.

— Ça va être compliqué. J'suis où là ? demande Nathan.

Mia ne peut pas lui donner tort : il a essentiellement la tête d'un cadavre.

Réveillé depuis une demi-heure à peine, Nathan est debout, tenu par deux infirmières dans un sas, devant l'escalier de secours du vingt-septième étage de l'hôpital Jiahui.

— Enchantée, je m'appelle June, dit l'une des deux.

— Je sais, c'est un peu brutal comme réveil, mais on n'avait pas d'autre option, dit Mia. Mets cette blouse, on descend.

Nathan passe un bras en geignant. Il a mal partout. Sa tête tombe sur le côté.

— Et merde, dit Mia. On va devoir prendre l'ascenseur.

Elles descendent les étages, tenant Nathan sous les épaules. L'ascenseur s'ouvre sur un hall bondé, elles évitent les patients, Nathan oscille comme un pantin.

Elles atteignent finalement un taxi, qui se faufile dans la cohue de Middle Ring Road.

— Allez, réveille-toi, dit Mia à l'arrière en couvrant Nathan de claques.

Aux abords de l'aéroport, le revenant ouvre enfin les yeux.

Lentement, à force de cocas frais et de lumière sur la gueule, Nathan se recompose, il est presque là à présent.

— On est où ?

— J'aurais aimé te laisser une semaine pour te remettre, malheureusement on n'a pas ce temps-là, dit Mia. Il faut qu'on parte. Tu dormiras dans l'avion.

— Pour ?

— Londres.

— Oh non.

Pour un peu, il en regretterait ses limbes.

Lorsque le Boeing 727 de British Airlines décolle deux heures et demie plus tard de la piste du terminal 2 de l'aéroport international de Shanghai, Nathan les retrouve instantanément.

2

Le texte a envahi les salles de rédaction, les sites d'informations, les bureaux, les bars, les salons, les couloirs des organisations internationales. Naturellement il est aussi arrivé jusqu'aux genoux de June, qui le lit en ce moment même sur le téléphone de Mia, assise sur le siège 23D (c'est pas son préféré, mais bon) de ce Boeing qui aurait mérité une aération un peu plus longue au sol.

Adam Thobias, directeur jusqu'à ce jour de la CICC à Bruxelles, et figure intellectuelle majeure de ces trente dernières années, a fait parvenir ce texte au site d'informations en ligne Libra *le 27 octobre dernier. Il est, depuis, porté disparu. Les chefs d'accusation retenus contre lui – incitation à la rébellion, participation à des actes terroristes – font suite aux attaques du "mardi noir".*

"J'écris ces quelques notes à propos des derniers événements avant de m'effacer.

Il y a une guerre à l'œuvre. Je ne l'ai pas choisie, tout comme vous ne l'avez pas enclenchée, mais nous en sommes tous les victimes. Nous avons décidé, en tant que société, de nous diriger vers un système économique fondé sur une prétendue abondance des ressources, la domestication de ce qu'on a appelé notre *milieu naturel* et un flot constant d'énergie. Nous avons très lentement pris conscience de notre erreur, et lorsque nous aurions pu embrayer vers un autre système, plus souple et moins avide, la poignée d'entrepreneurs à la tête des compagnies multinationales de pétrole, de gaz, de charbon, d'agro-alimentaire, d'armement et d'automobile ont tout mis en œuvre pour consolider cette société thermo-industrielle basée sur l'énergie fossile, sachant dès lors qu'elle conduirait très probablement à la destruction de la planète et du monde tel que nous le connaissons. Ils ont déclaré unilatéralement une guerre au reste des êtres humains et du vivant. *Ils*, ce n'est pas une nébuleuse indistincte née d'une pensée complotiste, ce sont les chefs d'une centaine d'entreprises principalement américaines, anglaises, russes, hollandaises, françaises et chinoises dont je vous joins ici les noms, lesquels sont responsables de 70 % des émissions mondiales de dioxyde de carbone et par conséquent des dommages aujourd'hui recensés. Je ne donne ici que des faits avérés. J'ai passé les quarante dernières années de ma vie à étudier ce phénomène, je pense pouvoir avancer, aujourd'hui, certaines choses avec certitude.

La guerre nous a été déclarée et j'ai essayé pendant toutes ces années, comme tant d'autres, d'y répondre par l'argumentation, la réflexion longue et posée, l'activisme, l'art, la controverse, la politique. Les résultats ont été, je peux le dire aujourd'hui, dérisoires. Je ne regrette rien mais je suis arrivé au bout de ce parcours et de cette logique. Nous savons tout à présent de la destruction des écosystèmes mais rien n'y fait, notre fonctionnement économique demeure exactement le même, et nous continuerons à produire, consommer et dégrader jusqu'à ce que les mers montent tant qu'elles nous empêchent finalement de le faire. Et ce n'est pas une image : ce n'est que lorsque nos pieds et nos mains ne pourront plus atteindre les leviers que nous cesserons de les actionner.

Notre modèle ne peut pas fonctionner. Tous les piliers sur lesquels reposent nos démocraties sont rongés : le pacte économique (la chance pour tous est un leurre), le pacte politique (la représentation est une farce), le pacte légal (la corruption est le mal universel), le pacte bio-écologique. Sur ces colonnes brisées, aucune société ne peut plus s'établir.

L'hyper-capitalisme est une guerre, avec plusieurs fronts, des batailles et des morts, une avancée tranquille vers le néant.

Je suis opposé à la violence politique. Je pense qu'elle n'entraîne, en retour, que de la répression, des reculs sociaux et des restrictions de liberté. Mais la violence exercée sur sept milliards d'êtres humains et sur l'ensemble du vivant est si puissante qu'elle ne peut rester sans réponse.

Le sabotage de ces neuf lieux stratégiques, le 24 octobre dernier, a été pensé pour créer un sursaut. Sur ces bâtiments détruits ou simplement mis hors d'usage, nous pourrions bâtir quelque chose de neuf.

Ce n'est pas du terrorisme, c'est un acte créatif et entièrement démocratique puisqu'il est souhaité par une majorité de citoyens – les résultats des différents référendums populaires réalisés ces derniers mois dans de nombreux pays l'attestent. Puisque les sociétés civiles ont exprimé leur volonté, qui n'est pas mise en œuvre par des hommes politiques enchaînés à une logique d'intérêts et de lobbys, une action directe devient inévitable. Je souhaite qu'elle débouche sur une vague populaire la reprenant à son compte.

Dans mon travail à la Commission internationale sur le changement climatique, il y avait plusieurs volets. D'un côté, une série de commissions chargées de mettre en œuvre des objectifs internationaux. De l'autre, un volet plus expérimental de recherches, d'expéditions, une tentative d'élaboration d'un nouveau contrat social et naturel. Ces deux volets ont été des réussites. Nous avons amassé de nombreuses informations, constitué des dossiers volumineux et précieux. J'en suis très heureux. Le monde en est-il changé pour autant ? Non. Le bateau poursuit sa route, indifférent aux notes, aux traversées, aux études et aux cris.

C'est pour cette raison que j'ai pris (seul, je le souligne) la décision d'orienter une partie de cette recherche vers des actions directes. Nous avons été victimes d'une prise d'otages dont nous ne pourrons nous extraire que par la force et le nombre.

Réformes, révolutions : ces paradigmes appartiennent au siècle passé, il faut en inventer de nouveaux qui soient adaptés à notre réalité. Une phénoménale mutation géologique étant déjà à l'œuvre, une mutation profonde et radicale des sociétés humaines apparaît dès lors évidente.

J'assume mes responsabilités. Il nous fallait ce détonateur pour enclencher un mouvement plus large.

Si j'assume mon idée et les actes de ceux qui ont agi sous mes ordres, pourquoi je ne me rends pas aux autorités ? Parce que la justice sociale n'est pas de mise et que je serai emprisonné, condamné et réduit à l'inaction. Or j'ai encore des choses à faire avant cela. Lorsque j'en aurai fini, alors oui, je me rendrai.

Je ne dis pas que nous sommes innocents. Nous sommes tous complices et acteurs de ce système que nous perpétuons chaque jour par nos actes, nos faiblesses, nos compromissions. Cela dit, les régimes politiques et économiques sont toujours, au départ, le fruit d'une décision d'une minorité de personnes, d'une révolution technique, d'un changement social. Ensuite, le reste de la population fait le choix de suivre ou pas. Dans notre cas, nous avons tous sauté à pieds joints dans ce monde d'abondance et de plaisirs – on aurait été bien fous de ne pas le faire. Nous avons maintenant les deux pieds coincés dedans jusqu'à la vase.

J'ai passé ma vie à voyager, à observer, à parler avec des femmes et des hommes, à essayer de reformuler les choses. Le constat que j'en tire n'est pas une décision irréfléchie prise sous le coup de l'émotion, c'est au contraire la conséquence logique de tout ce parcours.

J'espère non seulement que vous le comprendrez, mais que vous prolongerez ce geste par les vôtres."

Adam Thobias

June repose lentement le téléphone sur sa cuisse droite.

Sur son visage flotte quelque chose qui ressemble à un sourire. La voix grave d'Adam résonne encore un moment à ses oreilles, avant d'être avalée par le murmure des conversations anodines.

La voiture roule dans la crème épaisse. June la reconnaît, c'est précisément elle qu'elle avait fuie. Elle la retrouve avec déplaisir, cette brume qui vous enveloppe les os, vous leste l'âme, plus lourde encore que dans son enfance, si elle se souvient bien. Elle étire ses jambes à l'arrière. Mia a pris le volant. Depuis quelques jours, June la suit sans rien dire, mais peut-être qu'il serait temps :

— … que tu nous expliques un peu l'idée globale, non ?

— Oui, ça serait pas mal en effet, dit Nathan, qui semble avoir repris une apparence à peu près humaine.

Mia passe la quatrième sur la nationale 4 en direction du sud.

— J'attendais que tu te réveilles, dit-elle. Bon, comme tu vois, on roule vers Oxford. C'est là qu'Adam Thobias a longtemps enseigné.

— Et où j'ai été étudiant, dit Nathan.

— Il faut qu'on retrouve sa trace. Il faut qu'on comprenne. Et il n'y a qu'ici qu'on pourra.

— On a traversé la moitié de la planète pour ça ? dit June.

— Ce mec a foutu un bordel mondial grâce ou malgré nous, je ne sais pas, dit Mia. On nous cherche partout maintenant. Il n'y a que lui qui peut nous sortir d'affaire. Pour ça, il faut qu'on le trouve.

— Ils ont une magnifique bibliothèque, dit Nathan.

— T'en penses quoi, toi, de t'être fait entraîner dans ce merdier ? lui demande Mia.

— Oh, pas grand-chose, dit Nathan. À vrai dire, j'y ai jamais vraiment cru à son histoire d'organisation internationale, à sa grande idée.

— Tu le connaissais, Adam, dit Mia. T'aurais dû savoir.

— Je savais qu'il était génial et fêlé, et j'y suis allé quand même. Je me suis dit que ça valait le coup de tenter.

— Oui, en fait, t'as simplement failli crever à moins quarante mètres et t'es recherché par Interpol : ça valait la peine.

La brume est brusquement trouée d'un rayon, les landes se séparent, on pourrait y croire – et puis non tout se referme déjà.

— Toi t'es qui en fait, demande Nathan.

— Moi ? dit June. Celle qui n'a rien à faire là.

— Merci pour l'infirmerie en tout cas.

— Toi aussi, dit Mia à June, tu connais Adam. Dis-nous.

— Je sais pas, dit-elle en passant sa main dans ses cheveux ras. Ça fait plusieurs années que je l'ai pas revu. C'était mon idole quand j'étais petite. J'ai grandi avec lui, c'était une sorte d'oncle, à partir de mes quoi, sept, huit ans. C'était l'homme le plus intelligent et le plus doux qui soit. Mais ce n'est peut-être plus le cas.

— Moi aussi je l'admirais, dit Nathan. Mais quand je l'ai revu, quelque chose avait changé.

— Quoi.

— Je ne sais pas.

Silence sur la deux voies.

— Qu'est-ce qui s'est passé pendant que j'étais pas là ? demande Nathan.

— On ne sait pas exactement, répond Mia, les yeux dans le ruban gris. Une cinquantaine de personnes enquêtant pour le compte de notre réseau Télémaque, ça commençait à créer un fonds important, peut-être des intérêts. Adam donnait des missions de plus en plus dangereuses, mais ça vous êtes bien placés tous les deux pour le savoir – j'imagine qu'il l'a fait à son compte, sans en référer aux autres membres de l'organisation. Je ne sais pas non plus si les gens qui ont participé aux attentats faisaient partie des Télémaque, en tout cas c'est ce qui s'est écrit.

— C'est classique, ce paravent d'un prétendu écoterrorisme, dit June. Le mot *terrorisme* est le plus pratique du monde, il décrédibilise immédiatement. C'est assez marrant, d'ailleurs, d'entendre dans la bouche des gouvernants que la violence vient d'en face.

— Ça paraît crédible quand même, dit Mia. L'oléoduc en Birmanie, si Adam voulait savoir où il était, c'était pas pour le plaisir. D'ailleurs il a sauté, tu l'as lu comme moi, June. En tout cas, comme il ne répond plus aux messages depuis des semaines déjà, la seule piste qu'on a, c'est l'Angleterre.

— Ses landes et ses abbayes cisterciennes, dit Nathan. Quel merveilleux pays.

Il est 18 h 28 lorsque Mia gare la Ford Fiesta dans le centre ancien d'Oxford.

June en sort dans son jean taché. Elle observe ces deux silhouettes, l'une branque et l'autre dressée, à côté d'elle. Elle ne va pas se demander ce qu'elle fout là, elle ne se pose plus la question depuis longtemps, ce serait sans fin. Ils s'engouffrent tous les trois sous la voûte d'un pub.

— C'est elle.

Mia tend le bras vers la femme d'une soixantaine d'années qui est assise dans la première salle, le visage étiré par les ans, les mains en équilibre sur le cœur. On se présente. On s'assoit en rond. Des bières rousses arrivent. Ça va un peu mieux déjà.

— Ils sont venus. Les flics, dit Emily Keegan. Moi Adam c'était il y a longtemps. J'ai dit ce que je savais. Pas grand-chose. Moi je le connais plus Adam.

— On n'est pas des flics, dit Mia.

— Pourquoi je vous raconterais alors, dit Emily.

— Vous avez des trucs prévus ce soir ? demande Mia.

Emily Keegan regarde à droite, à gauche, soupire.

— On me propose un poste à Oxford, lui avait dit Adam, assis à la table du salon.

— Alors on y va, avait dit Emily.

Ils s'étaient connus à vingt-trois et vingt-quatre ans, en 1976, Adam Thobias était un homme svelte et grand, d'une beauté dérangeante, Emily Keegan peut-être davantage encore, ils avaient dansé dans un sous-sol de Paris où ils vivaient alors, lui à Saint-Michel, elle à Montsouris, sa peau à elle était plus douce que les jours, quand ils couchaient ensemble il aurait voulu lui dire des choses à l'oreille, il essayait de se retenir un peu, pour ne pas l'effrayer. Ils s'étaient mariés vite, au XXe siècle on faisait ça encore, puis ils étaient partis vivre en Angleterre. On avait offert la chaire de géographie d'Oxford à Adam, c'était à peu près impossible de refuser. Ils trouvèrent une jolie maison avec jardin, Adam commença à enseigner, Emily reprit le fonds de commerce d'une librairie qui tombait en ruine dans le centre-ville.

Adam se fit rapidement connaître de ses pairs par ses articles visionnaires et l'originalité de ses perspectives. Il ne semblait respecter aucune différence de genre ou de discipline, mêlant l'étude des sols et les romans, la violence politique et les acacias, inventant ce qu'on appela la géopoétique. Emily et Adam vivaient dans le calme délicat de la campagne à l'ouest d'Oxford, bercés par le chant des mésanges et les gestes ralentis des passants.

— Et c'est là qu'ils lui ont proposé, dit Emily à Mia, June et Nathan accoudés devant elle.

Ce fut d'abord une main osseuse frappant discrètement à la porte, trois petits coups bien détachés. Un homme pâle au pardessus gris s'assit dans le canapé un peu trop mou du salon. Emily et Adam s'assirent à leur tour. Voilà ce que nous vous proposons, commença l'homme en se défaisant de son pardessus. Cela signifie des voyages, de passionnantes expéditions scientifiques, entièrement organisées et prises en charge, vous ne vous préoccupez de rien. Vous verrez des pays, vous avancerez dans vos recherches, vous pourrez écrire, voyager avec votre femme, profiter de l'existence. Il vous suffira d'envoyer un rapport, toutes les deux semaines, à cette adresse. Vous recevrez en échange un salaire qui vous permettra de vivre et d'abandonner la faculté. Mais j'aime enseigner, dit Adam. Je ne cherche pas à – c'est une offre que nous réservons aux gens de grande valeur, dont vous faites partie, l'interrompit l'homme gris. Je vous laisse y songer. L'homme se leva, serra les deux mains tendues, repartit dans le calme tiède du lotissement.

Ils en discutèrent. Emily considérait que travailler pour le renseignement était à la fois dangereux et exaltant, que cela leur permettrait de voir le monde et donnerait les moyens à Adam de poursuivre sa recherche scientifique, sa quête du grand mystère, enfin tu vois. Adam était plus sceptique. Sa liberté en serait nécessairement réduite. Regarde, dit Emily en dépliant son bras. Regarde autour de toi. Ta liberté, c'est ça ? Il observa le canapé, la bibliothèque mal rangée, le feu qui crépitait dans l'âtre. Il avait vingt-neuf ans. La semaine suivante il rappela le petit homme.

Ils partirent en mai 1982 pour le Congo. La mission d'Adam sur place consistait à obtenir des informations sur les installations pétrolifères naissantes. Un géographe franco-anglais en voyage d'études avec sa femme libraire à Oxford, on trouvait difficilement mieux comme couverture. Ils s'installèrent, se firent des amis, explorèrent le pays et ses alentours. Adam Thobias en revint avec un dossier complet, tous les contacts possibles sur place, et un roman délirant sur l'Afrique centrale, ses petits trafics et ses paysages, porté par une "merveilleuse galerie de portraits" comme l'écrira la critique du *London Review of Books*. Les deux furent très bien accueillis. Ils repartirent deux mois plus tard.

Cuba, Japon, Sibérie, Roumanie, les missions d'Adam étaient des modèles du genre, discrétion totale, efficacité maximum, intégration des milieux, informations fiables, dans des domaines aussi différents que l'antiterrorisme, la sismologie, la médecine, la biologie. En tant que chercheur, son domaine d'action était potentiellement infini, ses travaux étaient de toute façon dirigés vers la possibilité d'un savoir vaste et sans frontières, tout se tenait. Et il savait se glisser entre les mailles avec une souplesse admirable.

La désormais double casquette de romancier et de chercheur mondialement reconnus le prémunissait de tout soupçon.

Il partait parfois seul, souvent avec Emily, que ces voyages enchantaient.

Il rencontra Gareth Macquarie, le chef du MI6, le service de renseignement extérieur de Sa Majesté, qui lui fit part de sa satisfaction. La prochaine mission, lui dit-il, sera d'une importance majeure, et elle sera accompagnée d'un bonus conséquent en signe de reconnaissance.

Adam Thobias reçut l'ordre de mission la semaine suivante. Nicaragua. Guérilla. Un mois en haute montagne. Son vol partait en fin de semaine. Il se rendit à l'aéroport, mais prit au dernier moment un avion pour la Colombie.

— Je lui ai écrit, téléphoné, explique Emily aux trois jeunes têtes devant elle. Rien. Je n'ai reçu un message qu'un mois plus tard. Je l'ai retrouvé dans l'ouest du pays, à Buenaventura, sur la côte pacifique.

— Qu'est-ce que tu fous, avait dit Emily.

— C'est fini, dit Adam. J'en ai marre. J'suis pas de la chair à canon.

— Tu crois que ces gens vont te laisser en paix ? dit Emily.

— Non, dit Adam. Mais qu'est-ce qu'ils peuvent faire, je suis qu'un agent qui abandonne, un de plus. Je ne passe pas à l'ennemi. Je veux me remettre à la recherche. J'ai eu une vision, Emily.

— Je m'installe où ?

— Là, dit Adam, en montrant le rebord de la fenêtre.

Deux planches de bois, une cabane traversée par le vent, des pics bleu caporal à perdre haleine partout autour.

— Y a pas la place, dit Emily.

Adam lui servit du café et commença à raconter une histoire. Des tigres et des girafes s'étaient évadés du grand zoo de l'Hacienda Nápoles, dit-il, Pablo Escobar était trop occupé à liquider la concurrence pour s'occuper de ses putains d'animaux. Et moi j'ai tué la girafe, dit Adam en regardant Emily droit dans les yeux. J'avais un fusil et je crois que je l'ai tuée. Et j'en peux plus, ma chérie, de cette vie. Ces trucs d'espion me fatiguent, j'arrête.

— Enfin bref il délirait complètement, dit Emily. Je suis repartie. On s'est revus un an plus tard. Puis de temps en temps. Il a retrouvé la raison, mais l'Adam que j'avais connu n'existe plus. Il a été avalé par le vortex, par les hauteurs, par le climat, l'inquiétude, le MI6, j'en sais rien. En tout cas c'est fini.

— Vous en voulez une autre ? demande Nathan en levant sa pinte.

Mia, June et Nathan dorment ce soir-là dans l'appart-hôtel qu'ils ont trouvé un peu plus tôt, un trois-pièces sans charme décoré, comme le continent entier, par Ikea, avec une jolie vue sur un parc sans enfants.

Chacun sa chambre. Ils se lèvent vers 9 heures, se douchent, se retrouvent autour de la table du salon. Nathan se demande s'il faut se faire la bise, se regarder, se frôler sans un mot – dans le doute il ne fait rien et dit juste salut.

June est plongée dans la perspective nue. Elle ne comprend pas. Elle a connu quelqu'un, le père de sa meilleure amie, Adam, et on lui parle constamment d'une autre personne qui porterait visiblement le même nom. Rien ne coïncide. Phénix, Protée, l'homme aux mille visages : en tout cas quelque chose ne cadre pas.

Les trois expressos sont alignés sur la table quand June dit :

— Il y a un truc qui va pas. Comment on a pu prendre l'avion, tous les trois, si vous êtes recherchés par Interpol ?

Mia avale une gorgée, sans sucre.

— Peut-être qu'ils n'ont pas nos vrais noms, dit Nathan. On ne sait pas où en est l'enquête.

— C'est quand même bizarre, reprend June. On est là, à Oxford, là où a vécu Adam Thobias, on se balade tranquillement, on parle avec son ex-femme, et pas de soucis ?

— C'est vrai qu'elle est sympa, dit Nathan.

Il aimerait bien une petite tartine avec tout ça, mais visiblement c'était pas prévu dans le prix.

— On verra bien, dit Mia. Pour l'instant on continue.

— Et on fait quoi ? demande Nathan.

— On va voir ses collègues.

Ils démarrent.

June voit distinctement la Nissan noire se détacher du rang et rejoindre la route, à une trentaine de mètres derrière eux. La deux voies s'étale dans un léger poudroiement. La Nissan tourne.

— On est suivis, dit June.

Nathan regarde dans le rétroviseur.

— Disons que t'as raison, dit Mia, tu proposes quoi ?

— De continuer normalement, dit June. De descendre tranquillement de la voiture, de rentrer dans la fac. Et là on prend un taxi pour la gare et on disparaît.

— T'as le mal du pays ? demande Mia.

— Non, dit June, mais je connais une baraque où on pourrait se planquer, attendre et réfléchir à la suite.

Nathan roule sur la départementale. Il avait envie de conduire aujourd'hui. Cette balade en Europe le ravit. (En réalité, il le sent au contact de ses doigts sur le volant, à son tressautement au bruit du clignotant : il est surtout heureux d'être en vie.) C'est simplement dommage qu'on ne puisse pas rouler sur une route sans être emmerdé toutes les deux secondes.

Mia repose sa tête sur le machin en cuir prévu à cet effet. Puis elle se retourne légèrement. La Nissan est là-bas, à l'angle du lac. Ils arrivent devant la haute coupole de l'université d'Oxford. Mia pianote sur son téléphone. J'appelle l'agence de location de voitures, je leur dis qu'on a une urgence, qu'on doit la laisser là. On donne les clefs au gardien à l'entrée. OK, dit June, moi j'appelle un taxi.

Ils sortent tranquillement de la voiture. Le flux d'étudiants et de professeurs converge vers la grande porte en armures ciselées. Mia, June et Nathan s'y glissent. Une fois à l'intérieur de l'enceinte, ils se pressent sur le côté, vers la porte latérale. Ils ne se retournent pas. La veste noire de Mia frotte contre les mains de Nathan, qui a oublié ses gants, c'est con. Ils courent à présent. Ils voient le taxi, là-bas, qui arrive. Ils sautent dedans. Un coup d'œil derrière : ça a l'air d'être bon.

— On va à Walton Street récupérer nos affaires et puis on file à la gare, dit June.

Le chauffeur pakistanais sourit. C'est une petite course mais qui lance sa journée. Il tourne la molette jusqu'à Absolute Radio et accélère sur la départementale.

3

C'est un gros chat en pierres molles, couleur de craie, qui se love au creux de la vallée traversée de vents secs et de vaches au regard égaré. Ils l'ont vue apparaître d'en haut, le long des lacets détricotés sans frein par Sylvain, bâtisse oubliée dont s'élevait une étique colonne de fumée blanche, ils s'y voyaient déjà. Ils y sont maintenant. Ils allongent leurs jambes, de lits en canapés, ils boivent des thés dans de grandes tasses en céramique, ils escaladent les collines et retrouvent les bois. Ils émettent d'imperceptibles bruits, contentement ou soupirs, qui chaque fois les plongent davantage vers le centre de la matière, dans le moelleux des textures sous eux ; ils s'enfoncent.

June s'est installée dans la chambre à côté de Sylvain. Elle ne l'avait pas revu depuis trois ans, elle a tenu sa main un moment dans la voiture, ils avaient fait leurs études ensemble, s'étaient perdus de vue après, s'étaient écrit parfois. Elle était venue dans cette maison déjà, elle se souvenait de ce petit muret en pierres légèrement éboulées au fond du jardin, qui ne menait à rien, mais donnait à l'ensemble un air de landes écossaises un peu humides. Au-dessus, à quelques kilomètres, la ville la plus proche, Aumont-Aubrac. On est dans le nord de la Lozère, au milieu des pinèdes, des vallées encaissées et mousseuses, des tapis de champignons bordant les chemins de pierres. June est heureuse de poser ses affaires, d'ouvrir son sac, de répandre ses fringues par terre.

Mia a posé les siennes dans la chambre de la réserve, elle est au calme, sa fenêtre s'ouvre sur la vallée. Nathan est à côté du salon, dans une chambre rose où sont rassemblés les livres d'art et de photos. La nuit, il tourne les pages dans le bruit sec des doigts s'accrochant au papier glacé.

Pendant trois jours ils n'ont pas parlé. Un peu avec Sylvain, par courtoisie, pour le remercier d'accueillir deux inconnus et une vieille amie, mais chacun s'est surtout concentré sur ses jambes allongées, sur ses pas lents dans les sous-bois, les clopes fumées dans la nuit, l'immense étendue de calme.

Ils se sont lavés. Lentement ils ont fait passer le savon sur les éraflures, les replats, les creux, ils ont ôté les peaux mortes. Plus ils offraient un baume inattendu à leurs corps, plus leurs corps en demandaient.

Ils y seraient restés, auraient bâillé jusqu'à l'année prochaine, mais il fallait bien. Alors c'est Nathan qui a brisé le charme, un soir, devant de nouvelles bières décapsulées. Il a toussé. Bon, c'est quoi le plan maintenant ? Silence. Les bières sont fraîches. Mia avait plein d'idées, avant, elle se souvient. Elles sont parties. Comme ses bras, ses jambes, son toucher, tout s'est envolé avec le silence nouveau des jours. Ça n'a pas changé, parvient-elle quand même à dire. On retrouve Adam. Il nous explique. Il témoigne en notre faveur. On reprend nos vies là où on les avait laissées. Moi je propose qu'on temporise pour l'instant, souffle Nathan. On se remet. On laisse venir. Personne ne nous a suivis, c'est déjà pas mal. Attendons de voir ce qui se passe.

Mia et June se tournent vers lui.

On pourrait faire ça.

Et les jours font comme eux.

*

Mia pose malgré tout sa main sur le bruit. Il faut au moins qu'ils sachent. Elle cherche les articles, il y a une assez bonne connexion à la maison. Les enquêtes sur les sabotages ne semblent pas avancer. Origine criminelle. Le siège de la CICC a été perquisitionné jeudi dernier. Il y aurait des soupçons de fraude et de financement d'organisations terroristes. Le responsable des commissions demeure introuvable. Les membres des différents bureaux sont écoutés en ce moment au siège de la police fédérale de Belgique. La page suivante est consacrée au mouvement social qui est devenu mondial. Des milliers de citoyens, étudiants, salariés, retraités occupent les places d'Allemagne, des États-Unis, de Colombie, du Sénégal, d'Indonésie, venant se poster devant les parlements et les centres financiers. Des altercations violentes ont été signalées dans une vingtaine de pays. Les manifestants réclament la refonte entière du mode de fonctionnement économique et des démocraties qu'ils disent "à bout de souffle". Mia passe aux pages sport. Le Barça s'est aisément qualifié pour les demi-finales de la Champions League face au PSG. L'équipe catalane affrontera la Juventus de Turin, avec le match retour à domicile. Mia part chercher des champignons.

June essaie de ramollir ses membres qui se sont durcis à un point tel qu'elle ne sait plus comment bouger parfois, comment atteindre les choses avec ses mains. Elle pense au corps de Mia, peut-être plus souple que le sien. Elle l'avait presque oublié. Mia ne pense plus trop au sien. Elle se dit que June a eu raison de les faire venir ici. Tout va bien, lui demande Sylvain, et elle lui sourit. Nathan est assis dans le canapé, il regarde la télé. Il ne se souvenait plus. C'est aberrant et il adore. On peut taper infiniment sur la télécommande, les mondes se déroulent. Mia regarde June qui s'éloigne sur le chemin. On pourrait faire la paix. Ses pas sur le givre frais. On pourrait.

Leurs deux corps se méfient, se cherchent dans la nuit lourde de pins et de phares. June est allongée ce soir dans son bain. Ses doigts de pied dépassent au bout. Sa main gauche repose sur sa hanche. Ses doigts glissent sur sa peau, une goutte tombe dans la mousse. Elle fait couler un peu d'eau brûlante. Elle souffle, laisse tomber sa tête en arrière, ferme les yeux. Sa main sur sa hanche. Les minutes sont là, l'eau. Elle sourit. La porte ne tremble pas. À peine un infime grincement sur le parquet. Elle ne se retourne pas. Un vêtement tombe à terre. Elle ouvre les yeux. C'est le corps nu, triomphal, immense de Mia qui est là et s'approche. Elle lève une jambe, la trempe lentement dans l'eau brûlante, grimace, c'est chaud, elle lève la deuxième jambe et, par étapes, en soufflant sur l'eau comme si elle pouvait la refroidir, la glisse dans l'étuve. Son visage seul, merveilleux visage à elle offert, brindilles d'or sur le côté, dépasse de la mer de mousse aux parfums de thym et de violette. Ses pieds reposent sur les épaules de June, qui sourit, y dépose un baiser. Elles ne disent rien. Une goutte coule et s'arrête sur le front de Mia. Elles se regardent.

*

La nuit on fait la trêve. Le jour elles s'agacent, les attitudes de l'autre, elles se frottent, leurs peaux en papier de verre. Mais la nuit, on s'arrondit. On passe sa main sur les choses. On rêverait de plus. Elles sont sur le canapé, côte à côte, pas un bruit, on ne veut pas capituler, pas laisser à l'autre le privilège du dernier mot, pour autant une main s'égare, elle n'ira pas jusqu'au bout mais elle s'est approchée, et Mia sent en elle que ça monte, c'est dans la poitrine, sous les côtes, elle sent un souffle lourd, elle doit respirer lentement, ça reste, elle voit les jambes de June, elle voit son visage constellé de petites taches brunes, elle voit ses oreilles, la dizaine de cheveux qui derrière s'y logent, June sent sa respiration près d'elle, sur le côté, légèrement en retrait, elle se souvient de l'odeur lourde de fruit mûr de son corps, cette pâte chaude dans les nuits de Calcutta qu'elle pressait contre elle, découvrant ce qu'était un corps de femme que l'on mange, cette saveur nouvelle, cassis, cette pâte fraîche aux recoins insoupçonnés qui se mêlent pour elle aux odeurs de safran, d'épices, de *chai*, aux klaxons aigrelets des rickshaw et à la chaleur épaisse des nuits indiennes, dont elle est bien loin aujourd'hui, assise sur ce canapé couvert d'un drap rouge passé, dans ces effluves de miel et de bois crépitant, elle retrouve l'empreinte d'un corps et elle a mal entre les jambes, elle sent dans son ventre un bloc de métal qui se lézarde, elle appuie sur la télécommande et reprend une gorgée de vin rouge, Languedoc, arômes de mûre et de girofle, âpre syrah, elle repose sa main, elle respire fort à son tour, Nathan est sur la droite qui fume, Sylvain travaille en haut dans sa chambre, c'est un film belge à la télé dont elle a oublié le nom, assez drôle, plutôt triste, elle se tourne vers Mia qui ne bouge pas et plante ses yeux en elle, elle ne cille pas, elle la regarde, ce visage de statue, qui même dans la bataille ne cesse jamais de sourire, elle détaille la bouche dont le milieu se relève en deux pics, rouge grenat, les joues qui s'incurvent en invisibles fossettes, les cheveux en bataille, les oreilles petites et rondes, elle regarde, elle s'approche, elle n'est plus sur le canapé déjà, elle est dans un lit, on est plus loin dans la nuit et le corps de Mia est contre elle, elle le tient de ses deux mains et elle mord, c'est la pâte dont elle se souvient mais c'est un goût de pain cette fois-ci à l'heure rose du matin, celle de 4 h 30 quand s'élève en volutes l'annonce du jour, elle mord et Mia émet un bruit, elle tombe en elle, June est nue, elle sent son sexe contre sa jambe, elle s'approche encore, plus près, elle voit ses jambes à elle et ses seins, elle approche sa main et serre, elle voudrait attraper tout son corps dans une seule main, ses doigts descendent, elle attrape ses fesses, les griffe, les remonte vers elle, elle approche la bouche de l'oreille de Mia et ne lui dit rien, elle souffle seulement dedans, elle lèche son oreille et souffle dedans, Mia gémit, June plaque son autre main contre son sexe rasé, elle laisse sa main dessus, comme ça, sans bouger, et cette immobilité fait haleter Mia, la main est moite, elle la plaque plus fort encore, Mia crie, la main devient un poing, June part avec lui, le drap est blanc, le lit est contre la fenêtre, le chemin part vers la forêt, au-dessus des arbres une lumière seule qui ne les éclaire pas.

*

Nathan ne veut pas mettre de mots sur ce qu'il a vu. Car il a vu, il en est sûr maintenant. Il faudrait développer pour affiner la prise, établir un système global, mais poser des mots ce serait affaiblir la vision, débiliter par le langage l'ampleur de l'épiphanie – alors il se tait plutôt.

Mais ne rien dire, ne pas écrire, c'est risquer de relâcher et de perdre la prise, qui s'évaporerait peut-être.

Sa tache est partie dans l'eau. Tout ce qui, ces dernières années, le tuait à petit feu s'est dilaté. La vision a tout aplani, il est calme maintenant. Plus de tache, plus de douleurs. Il est prêt.

— Je ne t'ai pas dit ce qui s'est passé là-bas, en Chine, dit Nathan.

— Que t'as failli crever ? dit Mia.

— Non. Ce que j'ai compris.

Elle se tourne vers lui.

— Quoi, *ta vie a défilé devant tes yeux* ?

Bon, comme prévu, c'est pas gagné. Nathan se lève.

— Non mais explique-moi.

— Une autre fois.

Il attrape des poires. Il aime leur contact. Ces petites boules qu'elles font craquer sous les dents. Il en épluche trois. Il mélange des œufs, de la farine, du beurre. Il ne pense plus qu'à ses mains pétrissant la pâte, dont l'odeur se mêle au dernier goût de braise du feu de la veille. Les pierres au mur gardent encore dans leurs plis quelques confettis gris et le souvenir de la chaleur.

*

— On a reçu un mail, Nathan, dit Mia.
— J'ai pas vu.
— De la CICC. Un incident, il y aurait eu un *incident*, ils avaient l'air désolés.
— J'espère qu'ils le sont. Où sont tous les types du réseau, d'ailleurs, tous les missionnés comme nous ? demande Nathan.
— Perdus dans la nature, faut croire.
— Tu crois que c'est eux qui ont fait ça ?
— Je crois, oui, dit Mia.
— Un mail. Soit ils sont sympas, soit ils se foutent de notre gueule.
— Avec un chèque d'indemnisation, ç'aurait été parfait.

June passe et repasse ses mains sur son jean. En ce moment, elle lit. Elle a trouvé sur les étagères de la maison des romans assoupis, des essais égarés, des BD, elle laisse ses doigts glisser sur le papier glacé, le papier gaufre, le papier ondulé et jauni, le papier gonflé d'être tombé dans l'eau du bain, les pages cornées, elle respire les odeurs de maisons oubliées et de gares, de nuits chez des amis ou d'amours interdites, elle respire les livres à la page 80 et retrouve le lieu, le désir, l'ennui. Elle ouvre les San Antonio, *L'Idiot*, un polar américain, elle lit les vieux Tintin et les histoires de fantômes de Nicolas de Crécy, elle s'égare dans une Pléiade défraîchie de Rabelais dont le contact pourtant murmure quelque chose à ses mains, elle lit un beau récit sur les chiens errants de Jean Rolin et une histoire d'amour adolescent de Patrick Cauvin, c'est dans son enfance à elle qu'elle retombe avec ces embruns, elle lit la description folle des Halles dans *Le Ventre de Paris* de Zola, ça lui donne faim, elle se lève pour préparer un agneau à l'ail, puis se recouche avec James Ellroy, un livre de photos ratées, des vieux numéros de *France Football*, elle ne voit plus les mots, les pages l'apaisent. Elle s'endort.

Elle n'avait pas pris conscience de sa fatigue extrême jusqu'à l'allonger sur un lit blanc. Elle avait passé sur des semaines de privation et de marches hypnotiques dans la jungle, sur des matins de sang frais et des nuits en chien de fusil, elle avait plongé dans la suite pour ne pas revenir sur l'amère leçon, mais aujourd'hui son corps se souvient et la remercie de le laisser reprendre forme. Ce n'est que lorsqu'on l'allonge qu'il baisse enfin la garde et s'abandonne. La longue épreuve l'a endurci et modelé comme un arc, rien ne dépasse, tout sert dorénavant à quelque chose. Il lui faut à présent réapprendre les gestes inutiles, le lent dézoomage, le grand relâchement. Elle a du temps pour cela.

Elle avait oublié les mots, l'absence de stimuli, la possibilité d'un repos ; elle avait appris tout le reste dans cette jungle birmane qui s'était ouverte comme une chance et refermée comme une prison. Quand elle avait pu finalement en sortir, elle s'était jetée dans la suite pour ne plus y penser. Ce soir, ce sont des larmes chaudes, à la fonction indistincte mais nécessaire, qui la cueillent dans la nuit, comme pour retrouver un niveau stable de flottaison, et elle ne résiste pas.

*

— Effondrement, dit June.

— J'adore le mot, dit Nathan.

— On voit des copeaux d'immeubles rouillés et de la fumée par-dessus, dit June.

— Mais ça ne dit rien du monde, ça ne dit que la peur et l'incapacité à penser la suite, dit Mia.

— La suite c'est quoi ?

— Ce sont des ruines, peut-être, mais avec quelque chose par-dessus, dit Nathan.

— Comme quoi, demande June.

— Une nouvelle manière de circuler, de ne pas laisser de traces, dit Nathan.

— C'est un peu léger, dit Mia.

— C'est déjà beaucoup, dit-il.

Ils se sont assis sur le canapé. Tout à coup, à leur propre surprise, ils se sont mis à parler.

— L'anti-modernité, dit Mia, j'en peux plus. Tout est de la faute des *modernes*, des Lumières, de l'homme, la faute de mes yeux bleus et de mon stylo. Même un phoque ou une mauvaise herbe sont aujourd'hui plus dignes qu'un homme.

— C'est vrai que j'aime bien les manchots.

— On ne connaît pas la mesure. On a équilibré avec le non-humain, OK, très bien. On peut peut-être s'arrêter là, dit Mia.

— Mia, c'est un échec, dit Nathan. On ne s'en remet pas d'un truc comme ça.

— Moi si.

C'est un jour plus clair que les autres, le vent sec du sud l'a entièrement lavé. Ils sont dedans.

— Il n'y a pas de société, dit June, il n'y a pas de nous. Il y a des atomes séparés et qui se meuvent.

— Loup contre loup, dit Mia.

— Si tu veux.

— L'état sauvage, je le connais, dit Mia, je travaille dessus. La vie des chasseurs-cueilleurs est admirable, mais crois-moi nous ne voulons pas y retourner.

— Il n'y a plus rien ici, dit June, je sais pas si tu vois. Alors on pourrait recommencer par des cercles petits, individuels, et puis ensuite on verrait.

Mia souffle.

— On est d'accord, je crois, dit Nathan. On a dominé et détruit, c'est une défaite. La pire qu'ait connue notre espèce, en tout cas la plus dure à encaisser. Mais c'est peut-être la plus exaltante aussi parce qu'elle oblige à tout repenser.

— Peut-être, dit June.

— Ça paralyse à peu près tout le monde, dit Mia.

— Sauf les esprits libres qui ont la possibilité d'imaginer la suite, dit June.

— Genre Adam Thobias ?

June n'offre même pas le plaisir à Mia de relever.

Il y a dans la lumière froide de ces journées de novembre une présence nouvelle.

— Je ne comprends pas, dit June. Vous pensez que vous vous êtes fait avoir, mais vous attendiez quoi ? Vous vouliez rédiger des rapports pour une organisation internationale ? Genre remplir des petits carnets à lignes droites ?

— Détruire pour construire, c'est vraiment le degré zéro de la pensée, dit Mia.

— Ça va se dégrader tout seul, tu verras, pour une raison ou une autre, dit Nathan. De toute façon, on peut pas construire sur du bâti.

— Tu crois que t'es assis sur quoi ? demande Mia. Sur des ruines, mec, sur des couches et des couches de sédiments, t'es assis sur tous tes morts et toutes les cendres des mondes, et pourtant ça t'empêche pas d'avancer.

— Au bout d'un moment, si, dit Nathan. Les pays neufs sont ceux qui brûlent, qui ne regardent pas toujours derrière. "Défense de construire ici, on a encore trouvé des ruines."

— T'es vieux, dit Mia, vous êtes tous les deux vieux, rances, perdus, à votre âge c'est triste.

— C'est dommage, on ne t'écoute pas, dit June. Il n'y a pas de *nature*, il n'y a pas d'*homme*, ça n'existe pas. Il y a des forces engagées dans un espace, c'est tout.

— C'est beau quand tu parles.

— Je hais les poètes pathétiques qui chantaient les cours d'eau et les daims sautillants, dit June. Je hais ce qu'ils appelaient la *Nature*. Ce qu'il y a, ce sont des arbres, des enfants, des villes, des montagnes, des fantômes et des pierres, mais il n'y a pas de nature, comme il n'y a pas de culture, et encore moins d'oasis. Ce sont ces poètes à la viole de gambe qui nous ont foutus dans la merde où nous sommes en nous décrivant ces paysages déchirants comme s'ils nous étaient extérieurs, comme si cette beauté n'avait rien à voir avec nous, splendides humains à la face rayonnante et au règne sans partage, qui dominons les steppes et les montagnes de notre intelligence supérieure.

— Je vais vous raconter un truc, dit Nathan. Depuis les forêts de Québec où j'ai grandi, je sais qu'il y a une clef. Un principe fondamental qui tient l'ensemble des choses dans sa main et les fait tourner. Et je l'ai trouvé. Enfin, je ne l'ai pas découvert, on le connaît déjà, mais ce jour-là, quand j'étais dans l'eau, je l'ai senti, *vraiment* senti cette fois. Je n'ai pas de nom encore. C'est d'une simplicité extrême et c'est incompréhensible. C'est le mouvement permanent.

— Merveilleux, dit Mia.

— Tout est constamment en mouvement, ça vous paraît élémentaire mais ça ne l'est pas. Tout notre parcours d'animal a été de nier cela. Nous avons employé toutes nos forces pour éteindre le mouvement, pour le ralentir, le dompter. Elle se situe là, notre grande erreur. On aurait dû employer nos mêmes forces pour accompagner cette loi.

— Glisser sur les choses, dit June.

— On peut s'asseoir, un moment, pourquoi pas, dit Nathan. On peut même s'installer, se loger, mais s'accrocher non. Rien n'est immobile, jamais. Le croire nous a tués.

— Et en quoi ça nous aide à penser l'après, ta jolie histoire ? dit Mia. Parce que le mouvement à tout prix, c'est aussi le credo du capital, de la société liquide, hypercommuniquée, où tout doit être fluide et véloce, investissements, personnes, réseaux.

— Ça nous permet d'imaginer un système mobile, fluide, incertain, dit Nathan, qui ne reposerait pas sur la compétitivité comme celui que tu décris mais sur la coopération entre les écosystèmes biologiques et sociaux.

— Ça ne fonctionne pas, dit Mia. Tout le monde déteste tes adjectifs.

— Il faudra bien, pourtant, dit Nathan.

Mia repose son verre de vin.

— Oh vous m'emmerdez les collapsologues. Vous avez la bouche pleine de morale et de grands mots, vous regardez tout ça d'en haut. Allez vous faire foutre.

Et elle part vers le petit chemin de pierres.

— Voilà, dit Nathan, c'est précisément ça, ne pas vouloir regarder. On va marcher. C'est plus agréable.

June se tourne vers lui et lui sourit. Elle pose sa tête sur ses genoux. Elle veut du silence maintenant, ça suffit.

*

Nathan veut rentrer chez lui. Le voyage, ça n'a jamais été son truc, et même si cette halte est d'une autre teneur, il ne veut plus de valises à moitié ouvertes et de brosses à dents de supermarché.

— Je suis désolée, Nathan, mais tu ne peux pas.

— Je rentre, on verra bien.

— Tu nous fous tous dans la merde si tu fais ça, dit Mia d'une voix qu'elle voudrait âpre, sans être totalement certaine d'y parvenir. Ils t'attendent chez toi, c'est sûr.

— T'en sais quoi ?

— La section antiterroriste d'Interpol t'attendait sur ton lit d'hôpital à Shanghai, dit-elle. Tu crois qu'ils savent pas retrouver l'adresse d'un suspect ? Pour eux c'est aussi simple que d'entrer dans le bar d'en face.

— Je préfère prendre ce risque que de continuer comme ça.

— Et les autres tu t'en branles.

Mia ne tourne pas la tête mais sa voix a sifflé. Nathan regarde sa nuque aux cheveux jaune vif. Il se lève.

— Écoute, j'suis désolée, dit Mia quelques minutes plus tard.

Nathan fume une clope sur les petites marches en pierre du muret.

— On est malheureusement tous dans la même galère, dit Mia. Je ferais bien une pause moi aussi. Je préférerais que ça s'arrête. Mais on est obligés de finir ce qu'on a commencé.

— On finit comment ?

— Comme on a dit.

Nathan souffle sa fumée vers la constellation du serpent.

*

June s'est approchée de Nathan. Ils semblent se comprendre à l'instinct. Elle est à côté de lui maintenant, sur le canapé. Elle lui chuchote quelque chose à l'oreille. Il n'est pas sûr de bien comprendre. Elle lui dit il y a cet homme, sur un quai de gare. Il vient de nulle part, il ne repart pas. De la neige tombe sur ses épaules. Il a tout oublié. Il ne sait pas où il habite. Il n'a plus de maison, ou peut-être ne s'en souvient-il pas. L'homme a des moufles aux deux mains, murmure June. Nathan entend sa voix de miel et de sauge, légèrement fêlée sous l'harmonie, une corde vocale a dû se distendre un jour et ne s'est plus jamais refixée. L'homme, le vieil homme avance sur le quai. Je ne le reconnais pas, je devrais pourtant. Il regarde les rails, le ciel, la neige partout.

Il se rapproche encore du quai et il saute. June éclate d'un rire sec qui envahit la pièce. Il saute tout droit, comme ça, comme un phoque. Et elle mime le corps qui gicle sur les voies. Nathan sourit. Elle est finie ton histoire ? Ah non, elle dit. Mais je te laisse imaginer le reste. Elle étend ses jambes sur la table basse, entre *Les Inrocks* et le programme télé du *Midi Libre*. Ce type, je l'ai connu, elle dit. C'était mon père. On ne l'a jamais retrouvé. C'était un bel homme, délicat, absent. Elle rit à nouveau, un peu moins fort. Enfin c'est ce qu'on m'a raconté, je ne me souviens pas de lui, ou si peu. Cette fin, c'est celle que j'imagine. On ne sait pas exactement. Moi je pense que ça s'est passé comme ça. Je me souviens, il répétait souvent une phrase d'Antoine Blondin : *un jour nous prendrons des trains qui partent*. Je me souviens, il l'aimait bien, Blondin. On peut dire qu'il a été cohérent. Nathan regarde cette môme dont le sourire résiste. Elle est dingue, il pense. Je l'aime bien.

*

Le soir, June et Mia reprennent les choses là où elles les ont laissées. Ça ne pourrait s'accommoder de la clarté du jour. Les autres savent, bien sûr, ce n'est pas une question de secret, c'est une question de lumière. Ça grandit en elles, le terrain s'assouplit à mesure. Le parfum de l'autre leur est nécessaire à présent. Elles le sentent tout le jour, dans les couloirs, le chemin de la forêt, le salon, mais elles se gardent encore de s'en approcher trop, elles le tiennent là, à distance. Et la nuit elles y plongent.

*

June essaie de se souvenir de cet autre homme dont tout le monde parle et que personne ne connaît. Elle en a gardé une impression de chaleur, de cette sagesse que l'on prête aux adultes lorsqu'on les voit d'en bas, elle se souvient de ça, un monsieur immense dont le corps semblait toucher le plafond et qui s'agenouillait devant ses jouets, riait avec elle, jouait au foot, puis, plus tard, lui racontait les comètes et les guerres de mille ans, qui savait tout et l'offrait aux autres sans jamais trop en faire, d'une voix fluide, grave, précise, qu'elle écoutait des soirs entiers avec sa copine, Amalia, toutes deux fascinées par ses gestes sûrs, sa beauté de vieux sage, elle en garde une couleur, une sensation d'être à la maison, plus encore, parfois, qu'avec sa propre mère ou son frère – Adam, que bien sûr elle n'appelait pas ainsi mais tonton, leur expliquait le parcours des abeilles, les mers australes où il avait pêché le thon, ses mains s'agitaient, elles s'endormaient finalement. Cet homme long il faut évidemment le vieillir de quinze ans (et elle aussi), il faudrait érailler légèrement la voix et troubler, mais à peine, les mécanismes du cerveau, rendre tout cela un peu moins fluide. Elle en tire finalement une image qui lui semble coller. Elle s'approche. Elle dit bonjour, tonton. Non. Corrigeons. Elle dit bonjour. Adam fait un pas vers elle, ne sait pas non plus comment s'y prendre, le bisou est dépassé, l'accolade empruntée, la main tendue absurde. Il sourit finalement. Ils parlent un peu tous les deux. Ils ne savent pas quoi dire. Et pourtant elle sait bien que rien n'a changé. Ils se comprennent. Et surtout elle sent. Qu'il n'est pas fou, qu'il sait ce qu'il fait. Ces choses-là ne changent pas, elle sait qu'Adam a raison, comme toujours. Si les autres pensent qu'il va trop loin, c'est parce qu'ils sont *eux* dans l'erreur. Il a pris ce virage parce qu'il n'en restait pas d'autre. Adam et June continuent à parler, de David Lynch, de James Salter, de la pêche à la mouche et du désert d'Atacama. C'est le bruit du bois qui crépite. Il lui dit qu'il doit partir mais qu'il est là pour elle. Il dit qu'il se souvient des après-midis lointaines, tout ça lui manque, elle lui rappelle sa fille, qu'il voit trop peu. June le regarde s'éloigner. Elle ne lève pas le bras.

La lumière crasse du dehors a giclé dans son œil à moitié ouvert. Arthur Bailly râle un peu mais continue. D'habitude, dans les films, il y a une fille lascive au volant d'une bagnole qui vous attend à votre sortie de taule, ou, au pire, un mercenaire du gang que vous avez trahi. Pour Arthur il n'y a personne. C'est peut-être aussi bien. Il se penche, attrape l'enveloppe qu'on lui a donnée, un paquet de clopes à moitié vide dedans, s'en place une sur le bord des lèvres, qu'il allume. Souffle frais de bitume sur lui. Il avance sur le trottoir.

Le bruit de la porte d'hôtel qu'on ouvre seul, sans personne derrière, sans crachat au pied, est doux à l'oreille déshabituée.

Celui des pieds sous un drap rêche aussi.

Arthur ne connaît personne à Shanghai, et il hait cette ville, il hait ces gens.

Il pourrait prendre un avion pour Bangkok, mais Bangkok c'est fini, la Thaïlande en y repensant lui donne la nausée, tout ce stupre, ce mélange liquide de perdition et de ciel bas.

Alors où aller.

Avant de pouvoir y penser, il a de toute façon une chose à faire. Il attrape son téléphone, le branche, ça semble marcher encore. Il appuie sur l'icône Télémaque. Il s'apprête à écrire un message, puis se souvient. Quel con, tout ça est archi-surveillé. Laisse tomber. Il repose son téléphone.

Et puis finalement merde, c'est plus son problème. Il retourne sur le réseau Télémaque et écrit : C'est Arthur Bailly. Il y a quelqu'un ?

Sur le téléphone de Mia, à 8 200 kilomètres de là, une notification s'affiche. Elle s'empresse d'effacer le message. Elle extrait le numéro de téléphone d'Arthur en entrant dans le code source de l'application et lui écrit un SMS.

On est en France. Dis-nous où tu es et où on peut se retrouver.

Elle attend une heure à la fenêtre, une bière IPA à la main, avant que la réponse d'Arthur n'arrive enfin.

Je viens.

OK, écrit-elle. *Prends un avion pour Paris, je te donne des infos demain.*

Mia efface l'application de son téléphone – un duplicata qu'elle a elle-même créé avec les contacts de Télémaque –, efface les SMS, attrape une nouvelle bière.

Au-dessus d'elle, des lattes craquent.

— T'as vu, dit Mia.

— Quoi, dit Nathan.

— Arthur Bailly, le photographe. Il nous a écrit.

Ils sont tous les trois affalés dans le canapé comme une vieille famille tout au bout des vacances, quand plus rien n'importe vraiment, que les chaussettes collent aux pieds et qu'on finit le miel avec les doigts. Ils regardent la télé.

— Il dit quoi, demande Nathan.

— Qu'il est sorti de prison. En Chine. Qu'il veut nous voir.

— Ah.

— Je lui ai dit de venir en France. Je lui donne un rendez-vous. Vient qui veut.

— Moi j'y vais, dit June d'un ton plus doux que prévu.

Mia change de chaîne. C'est toujours aussi con, la télé française, mais si on se déplace vite, ça donne une sensation de danse, presque de légèreté.

— Vraiment ? dit Nathan. On doit vraiment continuer ça ?

— Je te dis, reprend Mia, chacun fait comme il veut. Je propose en tout cas qu'on lève le camp.

Chacun poursuit son activité, pianoter sur une télécommande, boire, lire une revue défraîchie. Il est bien temps de toute façon de mettre fin à cette résidence forcée. Sylvain ne dit rien, il est d'une gentillesse sans faille, mais cela doit faire plus d'un mois qu'ils sont chez lui, sans bouger l'orteil, occupant l'espace, il est l'heure de le rendre.

*

— Moi je pense qu'il a raison.

La voix de June a tranché le matin clair. Le couteau de Nathan s'est arrêté au milieu de la tartine, le visage de Mia s'est tourné.

— Qui ?

— Adam. Il a raison d'aller jusqu'au bout, dit June, il n'y a pas d'autre issue. Ça ne sert à rien d'attendre. On ne fait que ça, attendre. Il est dans l'action, c'est la seule chose à faire.

Mia tourne sa cuillère dans le Nescafé en poudre qu'elle vient de se préparer – c'est dégueulasse mais ça lui rappelle les vaches maigres de l'adolescence.

— C'est un terroriste, dit-elle.

— Admirable ta façon d'intégrer le vocabulaire dominant et ses dénominations. T'es une pionne, en fait, comme tous.

Mia se tourne vers le corps qu'elle a enlacé cette nuit. Elle voudrait défaire ça, enterrer vive cette personne.

— Il faut savoir aller au bout, dit June. Ce système ne changera pas tant qu'il ne se sera pas écroulé.

— Il est par ailleurs en train de changer déjà, dit Nathan, avec ou sans explosions, avec ou sans morts.

— Vous êtes des lâches, dit June. C'est pour ça que vous êtes là, d'ailleurs, et pas en prison.

Elle se lève et claque la porte du fond.

Sylvain passe la tête, depuis sa lucarne d'en haut, pour observer les bras ballants des deux autres.

*

On n'ose plus vraiment s'approcher, on ne saurait comment s'y prendre, par quel bord aborder le massif crénelé, d'ailleurs on ne préfère pas, elle est si hérissée, et offensante, qu'on préfère la laisser là où elle est. Nathan s'y risque malgré tout, il est tard, il s'ennuie un peu, alors.

— Cette fille.

June fait tourner le liquide dans son verre, allongée dans le transat du jardin, à cette distance on ne voit pas si c'est de l'eau ou de la vodka.

— L'amie dont tu me parlais, dit Nathan.

— Amalia ?

— Oui. Tu l'as perdue.

— Les amis, ça se perd, dit June.

Le ciel ce soir est d'huile, l'encre s'est glissée entre les astres.

— Sûre ?

— On avait été très proches, dit June, mais quelque chose a mal tourné quand on a eu quinze, seize ans. Il y avait les garçons bien sûr.

— Mais il y a eu autre chose.

— J'avais besoin d'une famille. C'était celle-là ma famille. Rien de bizarre, mais c'est vrai qu'Adam faisait presque office de père pour moi aussi. Elle a pu se sentir délaissée, je sais pas. Elle est devenue amère en tout cas.

— Et c'est toi qui as casqué.

— Elle a refermé la porte, dit June. J'ai été priée de partir. Chez moi, il y avait rien. Ma mère essayait de faire monter des sauces, ça ne montait pas. Elle m'aimait je crois. Mais ça suffit pas.

Et June sourit d'être si pathétique, si raide parfois. À fleur de peau tout le temps comme ça. Nathan va certainement lui dire, comme tous, tu es jeune, ça passera, les familles sont toutes, etc. – non, étonnamment, il ne dit rien. Il attrape son verre, l'avale cul sec – c'était bien de la vodka.

— T'es une fille de vingt-trois ans qui court le monde, qui passe des jours à bouffer des racines dans la jungle, une sorte de merveilleuse tige au crâne rasé : ça aurait pu plus mal tourner.

June serre le poing. Elle le pose dans la main de Nathan. Pourquoi il est fermé alors. Tu sais ça toi ? Il se tourne vers elle. Ne l'ouvre pas. Surtout ne l'ouvre pas. Les choses rentrent quand même, entre les doigts.

June les avait laissés là, tout occupée à survivre, mais elle veut savoir maintenant. Elle entrouvre le PC que lui a prêté Sylvain. Il fallait être sacrément déconnectée (ou bien perdue dans la jungle) pour ne pas savoir. *800 000 réfugiés rohingyas vivent dans quatre camps au Bangladesh, près de Cox's Bazar, à quelques kilomètres de la frontière avec la Birmanie. Persécutés, victimes de viols, d'assassinats ou de pillages, ils ont fui la région du Rakhine, à l'ouest du pays, entre août et octobre 2017. Ils sont, depuis, entassés dans des camps, menacés par les maladies, les glissements de terrain, la mousson.* June regarde les photos. Elle retrouve les visages. Elle observe les mains. Elle avait réussi à oublier. On y parvient tous un jour ou l'autre. L'oubli c'est grâce à ça qu'on survit, sinon on ne pourrait pas. On n'est pas fait pour supporter la vision d'un gosse qu'on soulève par les bras et qu'on laisse tomber dans un puits. *Les premiers enfants des viols par les soldats birmans naîtront dans quelques mois. Double peine pour ces femmes : après le viol, elles sont rejetées par leur communauté pour porter le fruit de la haine et de l'ignominie.*

Dans la maison assoupie de Lozère, le calme semble se foutre éperdument de l'horreur. June tremble. Et, éternelle lâcheté, pour pouvoir tenir sur ses pieds, elle referme l'écran.

Nathan est monté dans sa turne. Sylvain lui avait proposé au bout d'un moment de s'installer en haut, s'il voulait, il y avait une chambre en plus là-bas, il serait tranquille. Sous les combles il s'est glissé, la petite table en bois brut reposait sous le velux, les poutres vermoulues au-dessus du lit aux larges montants, il s'est tout de suite senti bien. Il a même posé son carnet sur la table, sans bien savoir pourquoi, et maintenant, 23 h 12, il comprend – sans même y songer il s'est installé sur la chaise, il a entrouvert le moleskine, s'est penché. *Le mouvement perpétuel est le seul principe qui soit.* Il n'a pas vu le ruban de lune orange dans l'angle de la fenêtre. Il n'a pas vu son téléphone sur le lit, ses chaussures crottées, les murs blancs. *Les particules ne cessent de se mouvoir, à l'intérieur d'un corps, à l'intérieur d'une cellule, d'un espace social, de l'univers. Rien n'est immobile, jamais.* Lentement il s'est défait de ses peurs, une à une, comme des oripeaux lentement il les a ôtées et déposées sur les cintres à l'entrée. Il n'a plus mal nulle part, il n'a plus de tache dans l'œil, les choses lui répondent, il est là, enfin. (Bon, il a dû mourir quand même pour ça.) *Les plantes nous enseignent qu'il n'y a pas de dedans ni de dehors, pas de haut ni de bas, il n'y a qu'un principe d'énergie solaire dont elles sont issues et qu'elles créent sans cesse – elles* sont *le mouvement perpétuel.* Il y en avait beaucoup, pourtant, sur lui, des années de crainte et d'étonnement, accumulées comme ça en plaques, du métal et de la joie, des défaites, des idées abandonnées en chemin ayant laissé au passage des amas de poussière sur sa veste. *La plante est au monde. Rien ne l'est plus radicalement qu'elle. La moindre de ses branches et de ses fleurs fait entièrement corps avec l'atmosphère, l'air, le soleil. Les humains n'ont pas cela.* Nathan se sent si lourd et troué. *Les plantes n'ont pas de mains parce qu'elles* n'en ont pas besoin, *elles n'ont pas la nécessité de manipuler, d'avancer vers, de toucher, elles sont déjà dedans.* Nathan pensait qu'à force d'observer les plantes il pourrait les imiter, mais c'est autre chose qui s'est produit, Léa avait raison : il est devenu malade comme elles. *Tout le parcours de l'intelligence humaine a été de figer et de saisir depuis l'extérieur les choses, quand il s'agirait d'en faire partie.* Nathan n'était pourtant pas comme ça enfant. Il gambadait, il s'en souvient. *L'homo sapiens lui-même s'est longtemps défini uniquement par sa mobilité. Il ne faisait que ça, se déplacer, être sur le qui-vive, glisser sur les choses. L'homo sapiens, lorsqu'il était chasseur-cueilleur, embrassait l'espace et le temps dans leur mouvement permanent, sans avoir eu besoin de le conceptualiser, le pressentant de manière instinctive.* Que s'était-il passé à un moment donné ? Quand, adulte, Nathan avait-il commencé à se fissurer ? *Son appréhension première de l'espace fut celle-ci : épouser sa courbe. Non pas dans ce que l'on a pu considérer, longtemps, comme une pratique primaire, mais comme une appréhension subtile des deux coordonnées fondamentales, le temps et l'espace. La raison était déjà présente chez l'homme mais elle n'était pas encore considérée comme le bien suprême, elle était un outil comme un autre.* La tache dans l'œil, puis partout, la poitrine close, les mains qui tremblent, tout cela ne lui appartient pas, ce n'est pas lui, il courait avant ça. *Puis quelque chose s'est brisé. L'homo sapiens s'est installé. Il a pris racine.* Se détendre, enfin, Nathan – tu pouvais être plutôt drôle, souviens-toi. *Il n'a plus regardé devant, sur les côtés, par terre, mais vers le haut.* Nathan a explosé en plein vol. Le bruit dans ses oreilles est devenu trop puissant, le monde autour de lui trop visqueux. Il a baissé les bras. *Et l'homme est devenu roi.*

Mais depuis le grand noir au fond des mers, Nathan ne sent plus rien. En mourant une fois il a tout éteint. Il se sent plus léger, comme il avait dû l'être au tout début. Il n'a plus rien à perdre. En comprenant ce qui était pourtant déjà sous ses yeux, il a pansé toutes ses plaies. *Le monde est une constante porosité de toute chose. Un monde, c'est un non-lieu où tout ne fait que circuler, tout le temps, partout, où tout rentre et sort et constamment se mélange. La matière est ce qui ne cesse de se mêler à la matière. L'humain devrait cesser de retenir en lui et de faire coaguler, il deviendrait éponge, vague, écho, il se fondrait dans les éléments. Son art aussi deviendrait mouvement permanent. En inspirant, en exhalant, il produirait comme la plante un monde.* Nathan a regardé sur internet. Oui, c'est ça, il a dû vivre une *near death experience*, une expérience de mort imminente. Il est même mort, on peut dire. Or il n'a pas vu cette fameuse lumière, *l'étroit couloir*, toutes ces conneries du catéchisme – non, il a vu le mouvement, la grande roue, il a senti sur sa peau l'immense flux. Oui, ça il l'a vu. Il n'y a pas de lumière, pas de noir comme à la fin d'une séance, il y a le tout, partout, le grand rien.

Nathan ne pense pas, ça non, être plus léger maintenant, plus à sa place, davantage ancré dans l'existence. Il n'y sera jamais. Il a été déplacé. Il a honte de le dire, il n'est personne pour cela, il a eu une enfance radieuse et une existence jusqu'à présent heureuse, il n'est ni réfugié ni affamé, et pourtant si, il sent qu'il a été arraché, comme tous, à ce qu'il aurait pu être. Arraché à son nomadisme premier, à un certain rapport aux choses. *Or rien n'est immobile dans l'espace, jamais.* Le croire c'est mourir un peu.

Nathan n'a pas vu le ruban de lune se déplacer et tomber dans la vallée. Il a refermé le carnet, les pages bleues à craquer, il a posé sa tête dessus, ses yeux se sont fermés.

4

Chloé Tavernier a monté les quatre étages à pied, elle ne voudrait pas arriver en nage mais ça lui fait du bien un peu d'exercice. Elle pousse une porte, une autre, et entre dans le bureau de Pauline van der Bloom, la cheffe de la cellule antiterroriste chargée de l'enquête sur les attentats du 24 octobre 2017.

— Ah, bonjour. Asseyez-vous.

On lui apporte un café. Pauline van der Bloom porte un tailleur noir, des collants semi-opaques, des bottes pareillement noires dont l'une oscille en l'air. Chloé pensait qu'on ne s'habillait plus comme ça au XXIe siècle.

— Bon, alors, dit Pauline en redressant brusquement son torse. On a lu vos dossiers. On a épluché les comptes de l'ex-commission. C'est à peu près correct. Racontez-nous un peu comment ça fonctionnait cette affaire.

— Ben comme n'importe quelle organisation internationale, dit Chloé.

— Mais encore.

Alors Chloé, qui porte, elle, un tee-shirt Topman blanc et un jean noir, se calme un peu et commence.

Pauline van der Bloom remonte l'avenue le long des grilles du parc de la Tête-d'Or. Elle s'y rend parfois le week-end pour voir les plantes carnivores du jardin botanique et faire du pédalo avec sa fille Thalys. Elle retrouve la France, ses douceurs, sa mollesse. Elle déteste les parcs. Celui-ci est pourtant plutôt joli. Elle dépasse l'avenue des Brotteaux, arrive sur les quais du Rhône. Au loin, sur sa droite, l'imposant siège d'Interpol, d'un hiératisme presque soviétique, se dessine.

L'ascenseur s'élève.

Elle fait le point dans sa tête.

Elle ne cesse de recevoir des messages des Five Eyes, ou plutôt Ten, les dix plus grandes puissances du monde. Depuis qu'elle a été nommée à la tête de cette cellule de crise antiterroriste, en octobre dernier, elle est harcelée par tous ses membres.

— Protégez nos installations.

— Retrouvez les coupables.

— Ne les cherchez pas, on s'en fout : inventez une solution politique.

— Protégez nos raffineries.

— Enterrez l'affaire.

— Trouvez une solution judiciaire.

— Ne faites rien. Laissez venir.

OK, très bien, elle mélange tout ça dans un grand shaker et vous tient au courant.

Aujourd'hui, c'est Jean Astier, le directeur de cabinet du Premier ministre français, qui a décroché son téléphone.

— Écoutez, madame van der Bloom, dit-il en se raclant très légèrement la gorge pour se placer au-dessus de son interlocutrice. Il faut que l'on mette en place une autre stratégie. Le réchauffement climatique, on ne peut plus faire comme si ça n'existait pas. C'est fini ça. On l'a fait, mais ce n'est plus possible. Il faut trouver autre chose. Vous êtes là pour ça.

— Je n'étais pas là pour poursuivre les membres du réseau terroriste ? demande Pauline.

— Si, mais c'est la même chose. On défend, on contre-attaque. On imagine un autre scénario.

— Je ne suis pas une spécialiste moi.

— Justement, vous siphonnez, Pauline, vous si-pho-nnez. La CICC avait rassemblé une masse d'informations. Vous en prenez connaissance. Vous extrayez ce qui peut nous être utile. Il faut trouver une porte de sortie. Vous l'inventez de toutes pièces si vous voulez. Parce que là, on est en train d'être débordés.

OK, elle est un peu la bonne à tout faire si elle comprend bien, celle qui doit arrêter les coupables, inventer un avenir, reconstruire, colmater, verbaliser. On vous fait le pressing avec ça ?

Pauline se plonge dans les 1 300 pages de conversations de l'ex-groupe Télémaque que lui ont fournies les services de police belges. Elle apprend des choses sur les sols de Madagascar et les éoliennes, les abeilles du Péloponnèse et la mer de Gorée. Super. Elle est censée faire quoi de ces errances absurdes et de ces pseudo-découvertes scientifiques ? Elle se ressert du café. Son père est mort l'an dernier. Elle préfère le poivre vert au noir. Sa fille est une petite tête blonde qui court sous les cyprès. Elle se laisse bercer. Elle lit les histoires d'Adèle, Nathan, Erwan, Kyra, Mia, Jian et autres noms bizarres encore. La vie est merveilleuse. Elle découvre qu'ils n'ont pas attendu le "mardi noir" pour attaquer – l'un d'entre eux aurait visiblement *neutralisé* le dirigeant d'une raffinerie d'huile de palme, une information qui leur avait échappé. Ils ont découvert de nouveaux moyens de transport, des plantes aux vertus magiques, dormi avec des loups – une Télémaque, Kirsten Butler, aurait même visiblement disparu dans une vallée de l'Himalaya après être partie sur la piste des léopards.

Adam Thobias, lui, est devenu en quelques mois une idole planétaire. Il était déjà une figure intellectuelle reconnue mais ce qui s'est joué entre octobre 2017 et janvier 2018 est d'un tout autre ordre. Son texte, envoyé après les neuf sabotages simultanés, qui les revendiquait au nom d'un bien commun, et surtout les plaçait, non sous le signe d'une attaque mais d'une décision démocratique de changer de système, a été salué dans un grand nombre de pays comme la reconnaissance publique de l'opinion majoritaire. La disparition subséquente du commanditaire des sabotages l'a nimbé encore davantage de mystère. L'opinion publique, du Mexique au Danemark, s'est placée instinctivement du côté d'Adam Thobias, Robin des Bois de leurs droits spoliés, dans cette attaque frontale qu'il vient de déclarer contre les derniers reliquats du vieux monde.

— Si les règles ne sont pas respectées par les gouvernements, nous ne les respecterons plus.

— Nous nous déclarons en état de siège.

On s'agite, on brûle, on remue la terre.

Depuis des mois déjà, quelque chose se fissurait lentement sous les sols. Le coup d'éclat des Télémaque a achevé de briser les lignes. De semaine en semaine, la révolte grandit. Les gouvernements du G20, tout à coup frappés d'illégitimité, vacillent en même temps que leurs économies. On craint *l'effet domino* – sans vouloir pour autant renoncer aux métaphores ludiques.

L'homme qui a jeté l'étincelle demeure, lui, le grand absent des radars. On devine que les polices et les services secrets du monde entier s'agitent dans l'ombre, mais rien, aucune marque de pas dans la neige.

— Je suis formelle, dit Pauline van der Bloom, il est protégé par des gens haut placés. On n'a aucune trace de passage d'une quelconque frontière depuis Bruxelles. Vous allez me dire, Schengen, ça ne nous aide pas vraiment. OK. Mais donc soit il est en Europe, quelque part bien planqué, soit il s'est exilé loin d'ici avec la complaisance d'un gouvernement.

— Les frontières sont des passoires, dit le directeur d'Interpol, Zhang Min, je suis bien placé pour le savoir. Mais on vous paie pour le trouver, je crois, alors trouvez-le.

Faudrait savoir, pense-t-elle.

— Très bien, dit-elle.

En réalité Pauline pense surtout à autre chose. Elle pense aux bêtes qui courent sur son corps. Elle pense aux sphères. Elle pense à Giordano Bruno, brûlé vif en 1600 pour avoir affirmé l'infinité de l'espace. Ça va pas très fort, on dirait. Putain, ressaisis-toi Pauline. Elle pense à des corps sculpturaux. Une belle bite turgescente – mais qu'est-ce qui lui arrive ? Saletés de plantes qu'elle avale le matin en infusion, ça doit être leur faute. Ah tiens, la plante magique. Ça pourrait être une piste, ça, pour leur *grand projet d'avenir*, retrouver le type qui était allé la chercher. Enfin peu importe la piste, mais il faut en filer une, bordel. Un hamac, j'aimerais avoir un immense hamac et me foutre dedans. Tranquille, Pauline, tout va bien. Le Rhône bruisse par la fenêtre, large et boueux aujourd'hui. Qui est vraiment cet Adam Thobias ? Il doit présentement se prélasser dans son manoir écossais, dans sa résidence secondaire à Thessalonique, son île déserte des Moluques, dans son appartement de Bogotá, et moi je suis là comme une conne. Ça va moyennement en ce moment. Les plantes, oui, sans doute. Le type s'appelle Nathan Régnier, il doit être taré comme les autres. Ou alors Arthur Bailly, le photographe avec qui tout ce bordel a commencé. C'est lui qui est allé faire les repérages des sites qui ont été attaqués. J'aurais dû l'arrêter là-bas, à Bangkok, quand j'en ai eu l'occasion, pense Pauline. J'aurais dû, on aurait peut-être évité tout ça. Ou peut-être pas. Elle entrouvre sa fenêtre. Il pourrait nous aider maintenant. Il doit savoir où est Adam Thobias, lui.

— La révolution, chère Pauline, lui dit au téléphone le président vénézuélien dont elle se fout éperdument. Concentrez-vous là-dessus.

— Évidemment, dit-elle. Évidemment.

Et elle part vomir son infusion aux toilettes.

Les premiers pas. Toujours goûter les premiers pas – y en aura-t-il d'autres ? – même si là ils sont froids, et Arthur Bailly n'a pas les chaussures idoines, il aurait dû rester dans l'avion, il était si bien avec les couvertures étalées sur lui. Il est maintenant sur le quai de la gare de l'aéroport Charles-de-Gaulle, terminal 1, 10 h 03, cela fait des années qu'il n'avait plus vu le logo violet et rouge de la SNCF, il le trouve toujours aussi laid, ça lui rappelle des haltes interminables dans des gares fouettées par le vent, Valence TGV, Lyon, Portbou, des dimanches après-midi où l'on serait bien resté chez soi, un chat sur les genoux, il y avait toujours ce petit grelot enregistré, bim bim bim, les trois notes qui montaient et la voix qui annonçait du retard, *le TER n° 9713 à destination de Toulouse-Matabiau, initialement prévu à 15 h 30, entrera en gare voie B*, et le froid lui entaillait les mains. Il est de retour en France, c'est sûr maintenant. C'est encore le froid qui le cueille, onze ans plus tard, sur ce quai d'un gris métallique au toit ondulé qui semble aspirer le vent de la plaine Saint-Denis pour le recracher dans ses oreilles. Mais aujourd'hui le train est à l'heure, il empoigne la valise achetée pour soixante yuans avant de partir, et il monte.

Attablé à ce café qui se voudrait *fancy* de la rue des Blancs-Manteaux, dans le Marais à Paris, Arthur se souvient de ces mêmes rues à l'heure bleue, les courses-poursuites, sa vie sauvage d'alors. Il se souvient de punks cloutés comme lui errant ici. Il avait fait les marchés avec eux, tapé deux trois fruits, sympathisé avec quelques-uns. Il était reparti au bout d'une semaine, une fille l'attendait quelque part – bien sûr que non, personne ne l'attendait nulle part, c'est que dans les putains de livres ça.

Il est en avance. Il commande un expresso. Pour ça au moins il est content d'être rentré.

Quand les trois silhouettes poussent la porte, il les avise tout de suite. C'est pas compliqué non plus, trois visages ahuris, le nez en l'air. Arthur ne lève pas la main. Il les regarde, ça suffit.

June, Mia et Nathan se sont assis. On fait tourner les cuillères dans les petites tasses. On ne sait pas trop par où commencer.

— C'était pas trop dur, commence Mia.

— Quoi, dit Arthur.

— La taule en Chine.

— Ça va. Il a dû y avoir des ordres, j'ai pas été trop emmerdé.

— T'es suivi ?

— Non. J'ai qu'un œil ouvert mais il fonctionne.

— Qu'est-ce que tu sais ? demande Mia.

— Pas grand-chose. Mais j'ai vu Adam Thobias à Bangkok, avant qu'il disparaisse.

Arthur repose sa tasse.

— Il voulait que je photographie neuf lieux disséminés un peu partout. Une raffinerie, une usine agroalimentaire, un siège d'entreprise, etc. Je l'ai fait. C'était très bien payé.

— Ils ont tous été attaqués depuis, dit Nathan.

— J'ai vu ça. Les photos lui ont servi, alors. Il a pu repérer les lieux, j'imagine, pour organiser les actions. Moi les flics m'ont attrapé en Chine, après ma dernière mission à la raffinerie d'Anning.

— Il était comment, Adam ? demande June.

— La dernière fois que je l'ai vu ? Tranquille. On a bu un verre dans un bar de Bangkok. Puis il est allé visiblement rejoindre, le lendemain, un agent des services secrets anglais.

— Pardon ?

— Ils ont dû s'échanger des documents, mes photos sûrement, dit Arthur. L'agente de la DGSE, qui nous avait surpris un peu plus tôt dans le bar, quand elle a vu ça elle est devenue dingue. Elle a foncé sur Adam. Il lui a échappé. C'est en tout cas ce qu'elle m'a crié au téléphone après.

On n'entend plus que la cuillère d'Arthur qui tourne dans le fond de sa tasse à la recherche d'un peu de sucre au marc.

— Enfoiré, dit Mia.

— On s'en doutait, non ? dit Nathan. Emily nous a bien raconté qu'il avait bossé avec les services secrets anglais. Peut-être qu'il avait une dette envers eux après sa désertion en Colombie.

— Et il leur a donné des infos que les Télémaque avaient recueillies, dit Mia.

— Non, ça ne dit rien, cette rencontre, dit June. Il y avait mille raisons pour qu'il veuille voir cet agent.

— Dont la principale est assez simple : lui vendre des documents, dit Mia.

— Quoi d'autre ? demande Nathan à Arthur.

— Je suis reparti pour la Chine. Et puis j'ai été arrêté. La suite vous la connaissez.

Enfin ils l'imaginent. June détaille le visage devant elle : strié de fins sillons verticaux qui s'échelonnent sur les joues comme des quartiers de mandarine passés, il est droit dans la lumière jaunâtre de ce matin parisien, l'œil poché, la bouche cicatrice, il y a pourtant une vivacité folle qui parcourt ce qui ressemble à une nature morte, nervosité, puissance ou ombrages, en tous les cas ça fuse sous les lignes creusées.

— Ton téléphone, dit Mia.

— Quoi, dit Arthur.

— Ton téléphone, passe-moi ton putain de téléphone, dit-elle.

La voix de la fille ne lui laisse pas tellement d'options, il s'exécute.

C'est un iPhone 6 en parfait état, tout juste sorti de son étui, géolocalisable en toutes circonstances.

— Putain le con, souffle Mia entre ses dents.

Elle pousse sa chaise.

— On se tire.

Nathan et June la dévisagent.

— Vous faites ce que vous voulez, dit Mia, mais à mon avis ils sont déjà là.

Et ils le sont. Deux hommes, vestes noires et chaussures de sport, boivent un expresso au comptoir.

Le ballet qui suit est assez confus : Mia et June se lèvent d'un bond, elles courent vers la porte, Nathan est un pas derrière, June attrape sa main. Arthur lève sa tasse, il regarde tout ça de son œil ouvert. Les deux grands types au comptoir poussent leurs tabourets et le vieux devant eux, écrasent la porte sur le côté, rebondissent sur le trottoir. Mia, June et Nathan courent vers le square Langlois, dépassent la rue des Guillemites, tournent brusquement à droite. Quand les deux types débaroulent à l'angle du square, il n'y a plus personne. Ils continuent à courir. Ils renversent le vélo d'une petite fille. Deux pommes tombent à terre.

À la deuxième bière, ils ont commencé à se détendre un peu.

C'est un bar comme un autre, ou plutôt moins qu'un autre, bien raide, céramique verte, derrière le boulevard Beaumarchais, rue Amelot. Ils ont couru sans se retourner pendant une demi-heure. Leurs poitrines hoquettent encore.

— L'enfoiré, dit June. Il le savait.

Encore une bière. Ils reprennent leur souffle.

— On fait quoi maintenant, demande Nathan.

— Il faut qu'on trouve un moyen de pouvoir reprendre une vie normale, dit Mia.

— Je vois pas, dit June.

— Si, il y a une possibilité. Compliquée, mais il y en a une, dit Mia.

— Retrouver quelqu'un de la commission qui puisse témoigner en notre faveur ? dit Nathan.

— Exactement, dit Mia.

June regarde par la fenêtre. Elle n'a rien contre les allées de platanes et les avenues au goût de métal, mais enfin celles-ci, elle ne les aime pas tellement.

— On y va, dit-elle.

Arthur est reparti d'un pas léger. Il marche les cinq cents mètres à peine qui le séparent du café

La Perle, en face du musée Picasso. Il s'assoit à la petite table ronde dehors.

Alors, lui demande Pauline van der Bloom.

Ils sont venus, dit Arthur.

Et ? demande Pauline.

La suite c'est votre problème, dit Arthur. Les agents leur ont couru après. Je sais pas s'ils les ont eus.

Ah mais c'est un souci, dit Pauline.

Moi j'ai fait le boulot, dit Arthur. Vous avez l'enveloppe ?

La voilà, dit Pauline. L'idéal ç'aurait été de revenir avec les trois quand même. Mais bon, merci en tout cas.

Arthur se lève, lui tend la main. Il repart en direction de Bastille.

Rien n'a changé dans cette ville. Tout est toujours aussi inhospitalier, les angles du décor sont raides, les regards se plantent en vous, Arthur veut repartir déjà. Il s'assoit malgré tout sur un banc avec une cannette de Heineken. Où pourrait-il bien aller. Il ne peut pas rester dans ce pays qui lui est devenu encore plus étranger qu'avant, si c'est seulement possible, et il n'a pas tellement envie de repartir non plus. Il vit dans les limbes depuis si longtemps, comment pourrait-il bien en sortir. Il avale une gorgée de bière légèrement tiède dont le goût réveille de lointaines soirées dans des garages, des entrepôts, où il s'efforçait déjà en vain de détourner sa violence. Il est désolé pour ces deux filles et ce gars, mais il était obligé de le faire, il allait pas zoner éternellement dans une prison chinoise. Il a accepté le deal que lui proposaient Interpol et Pauline van der Bloom contre une sortie immédiate. N'importe qui aurait fait pareil. Quelle bière dégueulasse, c'est pas du houblon, c'est du sucre concassé avec des fruits pourris. Il irait bien à la maison, s'il en avait une, s'allonger sur un lit, dormir une année, aviser ensuite. Il n'en a pas, mais les maisons ça s'invente, c'est ce qu'il a toujours fait, s'inventer des chez-soi, il doit pouvoir répéter l'opération. Il ouvre *Le Monde* du jour ou peut-être de la veille. En pages centrales, il retrouve une de ses photos de l'Ontario vieille de plusieurs années, illustrant un reportage sur les fleuves contaminés. Il jette le journal de quarante-huit pages à la poubelle au bout du banc. Il se lève. On le voit qui remonte le boulevard Richard-Lenoir, découvre un étrange tapis de fleurs au n° 41, se demande comment tout ce gris peut être concentré dans un seul espace, il remonte, il s'éloigne. Il n'est pas triste, il n'est pas heureux, c'est un jour comme un autre, et c'est un homme qui marche.

Le gris l'avale.

5

Ils ne peuvent plus maintenant, c'est dommage, enjamber les frontières comme avant. Le mieux est d'éviter les airs, au sol les douaniers sont moins pointilleux. June, Nathan et Mia arrivent à Bruxelles par le train lent un soir de décembre, il y a dans l'atmosphère une agitation étrange, quelque chose comme une fin de règne joyeuse. Où trouver cette Chloé Tavernier qui leur avait envoyé des mails et des recommandations pour leurs missions Télémaque ? Mia a bien déniché trois Chloé Tavernier sur Instagram, leur a envoyé des messages, mais pas de réponses pour l'instant. L'une avait une tête étrange, la deuxième une tête normale et la dernière celle d'un cheval.

Ils attendent. Un ami de Mia les accueille dans son appartement foutraque, peint en bleu clair, du quartier de Saint-Gilles, dans une rue perpendiculaire à la chaussée de Waterloo, laquelle glisse humide vers le parvis. Ils retrouvent les enseignes de bars fleuries dont ils s'empressent de pousser les portes pour échapper à ce froid de gueux. J'ai deux réponses, dit Mia. L'une des trois filles était la bonne. On peut la retrouver plus bas, vers Flagey, dans deux heures. Ça tombe bien, dit June, j'ai soif.

C'est une fille petite aux yeux de chat, à la frange mutine, qui s'approche de leur table en bois patiné du Belga, une heure et quelques plus tard. Elle parle d'une voix flûtée et douce, indifférente à la folie des choses autour d'elle. June remarque tout de suite son sens du décrochage, cet art du wagon qui insensiblement se détache de la locomotive pour se raccrocher à une autre qui passait par là.

— C'est un sacré spécimen, Adam, dit Chloé Tavernier en replaçant sa mèche derrière l'oreille. D'une intelligence presque effrayante, mais je crois que quelque chose a commencé à déconner là-dedans. On pouvait le voir. Un peu comme dans la chanson de Queen, vous voyez ? Comment elle s'appelle déjà. *Stone Cold Crazy ?* Les choses à l'intérieur giclent sur le côté, et bam ! On était en vacances, au Cap-Ferret je crois quand je l'ai entendue pour la première fois. Ma mère avait le même truc dans sa tête. Bref, j'ai plus de boulot, mais c'était une belle expérience. Vouloir changer le monde, foirer, être arrêtée, tout ça. Il y a cette femme d'Interpol, à ce propos, qui vous cherche.

Ah oui, dit Nathan. Elle est comment ? Plutôt sympa, répond Chloé. Elle nous a posé des questions à tous. Sur le fonctionnement de l'organisation. Sur Thobias, sur vous. Ce qu'elle veut, surtout, si j'ai bien compris, c'est ton carnet, Nathan. Ta formule, là, sur les plantes. Ça doit être une jolie formule pour que tant de gens la cherchent. Putain j'adore cette bière, moi les pale-ales ça me tue. Je pensais aller bosser en Indonésie, j'ai une offre là-bas, mais sans malt le soir je meurs. Où sont les autres Télémaque ? demande Mia. Je sais pas, répond Chloé. Oh, on en a bien retrouvé quelques-uns : ils ont été arrêtés, puis relâchés. L'un est mort aussi, pendant l'attaque du gisement d'Abqaïq, en Arabie saoudite. Et les autres, aucune idée. Et Adam alors, demande June, t'as une idée ? Pas vraiment, dit Chloé. T'as des archives, demande Nathan. Des mails, des documents, je sais pas, où il pourrait y avoir des pistes. J'ai ça, dit Chloé. Ou plutôt j'avais. Je sais pas si j'ai encore accès à ma boîte, je crois que tout a été saisi et bouclé. On peut aller voir quand même.

Ils vont chez elle. Sur le canapé vert passé ils s'assoient autour de cannettes de Jupiler et de l'ordinateur de Chloé. C'est un vieux Dell qui crépite sous les doigts. Oui, je sais, désolée, dit Chloé. Ils ont gardé mon Mac aussi. Tu peux regarder si tu veux, dit-elle à Nathan. Il fouille. Mails anodins, références de photos, dossiers calibrés. Rien. Un signe, il t'aurait pas donné un signe, avant de partir ? Quelques jours avant, je sais pas. Rien, dit Chloé, il était comme d'habitude. Distant, mystérieux. Elle se lève tout à coup. Bon on fait quoi, on boit ? Nathan regarde cette fille, animal sauvage accoudé à la fenêtre, pas effrayée d'accueillir chez elle trois inconnus, détectives branques et imbibés. Il lui prendrait bien la main. Il la glisserait dans la sienne. Ils iraient marcher sur les docks. Y a pas de docks ici. Ah si, dit Chloé : Adam parlait souvent d'un lieu. Il ne disait pas où, ni comment, il disait *le lieu*, tout simplement. On était allés manger dans une brasserie vers Ixelles avec des collègues. On n'a pas fait ça souvent, déjeuner ensemble, mais il était en forme ce jour-là. Il avait avalé des pieds de porc croustillants, je me souviens. C'est pas une image qu'on oublie facilement, après, le visage du boss plongé dans la gélatine comme ça, une telle vague de félicité sur son visage. Un lieu, il disait. Il faut circonscrire, sinon c'est trop grand, on s'y perd. Donc voilà, un espace. Clos et ouvert. Pas grand. Au milieu, rien. On serait pas nombreux, quelques-uns. Le futur. Comment faire. Le pied de porc se défaisait sous ses dents. J'aurais dû en commander un moi aussi, dit Chloé. J'avais bêtement pris une carbonnade et foutu en l'air ma soirée. Je fais toujours ça. Heureusement le vin était bon, un Jura je crois, violet comme une ruine. Genre l'île d'Utopie ? j'ai demandé. Je sais pas, a répondu Adam en reposant son pied de porc démembré. Il est pas question d'un délire post-apocalyptique mais d'un nouveau départ. Pour l'imaginer, il faut tenter des choses par petits groupes. Il faut une communauté. On est trop nombreux, ici, pour trouver cette clef-là. Il a dit ça, répète Chloé. Ça veut pas dire grand-chose. Ça pourrait être partout. Il est peut-être mort, ou en train de lire des livres dans une cabane en Alaska. Ça ferait un beau film d'ailleurs. En tout cas je me souviens de ça. Il a fini son pied, amas de gélatine et d'os à présent, il a attaqué le deuxième. Il a souri. C'était plutôt rare. Oui, dit June, en fait t'as rien pour nous, quoi. Chloé rit. Oh un peu quand même, tu trouves pas ? lui dit-elle en sortant de nouvelles cannettes du frigo. Tiens j'ai ça aussi. Elle laisse tomber un pochon de coke sur la table. Il y a de la musique qui crache, un groupe de rock alcool serré, The Walkmen ou les Pixies, June n'est pas sûre. Et t'aurais pas une idée ? demande Nathan. Pour qu'on nous foute la paix. Uff, dit Chloé, pas simple. Sabotages, complicité d'actes terroristes, ça rigole pas en ce moment. Oui mais toi, dit Mia, t'es tranquille là. Oh, plus ou moins, dit Chloé. Mais je sais ce que je peux faire pour vous. Laissez-moi quelques jours. Et écoutez ça. Chloé balance une folie électronique, délire cosmique, épilepsie. Elle ondule. June se fait une nouvelle trace, allume une clope. Dans sa tête brusquement une grande paix. Tout est en place, bouillonnant et précis, le monde vibre d'une seule corde. Elle serre les poings. Mia ouvre une bouteille de gin. Ils dansent.

6

Elles se sont enfermées là, il n'y a presque pas de mur, à peine quelques fenêtres, il fait plus froid que dehors mais ça n'importe pas vraiment. Mia, June et Nathan sont arrivés il y a quelques semaines dans cet appartement barcelonais que Mia avait laissé à une pote pendant tous ces mois d'absence, ils ont coulé jusqu'à ce moment en apnée royale. Nathan se promène, il veut s'accorder une pause dans cette ville alanguie qui lui plaît. June et Mia aussi. Elles ont, sans l'exprimer, décidé de ne plus résister, elles s'abandonnent enfin à ce qui était là. Elles se trouvent dans le noir, elles s'agrippent aux jambes de l'autre, quand elles tombent épuisées sur le lit elles écoutent la clameur de la rue Verdi, Barcelone, qui monte en nappes et les lave, puis elles reprennent le maillage infini, dans les yeux, dans tes yeux je vois ça, Mia hurle, ça bouge sans cesse, chaque minute leurs sentiments changent, elles dorment longtemps, exténuées, ce n'est pas une passion, ce n'est pas un amour, ce n'est pas une aventure, les mots ne servent à rien, ce n'est pas ça, June ne connaissait rien à son corps ni à celui de l'autre, elle parcourt le sexe de Mia, elle mord son ventre et ses fesses, elle passe des heures dans ses lèvres, sa vulve, son clitoris, combinaisons infinies, elles crient, Mia enfonce trois doigts dans son vagin, un autre dans l'anus, il y a de la musique qui sort de la baffle, la porte est fermée, les draps sont rêches, l'après-midi elles dorment avant d'aller boire avec Nathan des vermouths sur les places, elles ne se demandent plus ce qu'elles font là, June embrasse Mia, elle a encore envie, elle a toujours envie, Nathan marche dans les rues enduites de soleil, tout occupé à cerner le mystère, l'appartement est à côté d'un cinéma mais elles n'y vont pas, ta chair a un goût de mangue, Mia a apporté un pot de miel qu'elle fait couler sur le dos de June, sur ses hanches fines et courbées, sur son cul, ses mollets, et elle lèche, elle pose sa langue et elle lèche, dans son sexe le sel au miel se mêle, elle est ivre de départs, June arrache le coussin et lui fout sur la tête, Mia s'arrête, elle retient la vague, elle voudrait s'installer dedans, vivre là, regarder la vie passer, mais elle repart déjà et déferle sur June.

Mia et June étaient tant affairées dans leurs draps qu'elles n'ont pas entendu la porte se refermer. Nathan a descendu lentement les marches, regardant une dernière fois les taches de graisse, les dessins d'alcool, les amas de poussière dans les angles, puis il a ouvert la porte d'en bas et remonté la calle Verdi sous les arbres à chapelets, à côté des promeneurs guettant leur portable sous le regard d'un chien égaré. Le soleil perce oblique sur les affiches de cinéma, Gràcia résonne d'un frou-frou délicat, Nathan traverse la plaça del Diamant, la terrasse où il avait longuement bu des bières en n'attendant rien, puis il oblique vers la calle Asturias, agitée à cette heure. Métro, bus, il arrive à l'aéroport, terminal 1, immense voûte fuselée sous laquelle il glisse. Son avion décolle une heure et demie plus tard, une compagnie low cost dont il préférerait oublier le nom.

C'est une pluie fine qui l'accueille à Lyon. Il semble, par quelque miracle, que son compte québécois soit encore fourni, enfin relativement, alors il s'offre un taxi pour le centre. Il n'est pas vraiment pressé, il baguenaude sur la presqu'île, s'arrête pour manger une salade œufs lardons dans une taverne à la lumière tamisée, avant de reprendre sa promenade jusqu'aux pentes de la Croix-Rousse, qui semblent encore exhaler, comme dans son lointain souvenir, l'odeur des tilleuls et la douceur de vivre. Mais il est l'heure, il passe derrière le Gros Caillou et descend la petite rue Soulary jusqu'aux quais du Rhône. Là, il passe le pont, arrive aux abords du parc de la Tête-d'Or, longe les berges jusqu'à la structure rectangulaire aux longues plaques métalliques et aux colonnes de pierres censée régner sur la sécurité internationale.

— Bonjour, dit Nathan à l'homme au costume gris immaculé debout devant le poste de contrôle. Je viens voir Pauline van der Bloom.

— Vous avez rendez-vous ?

— Non. Mais je pense qu'elle sera d'accord pour me recevoir.

— Et vous êtes ?

— Nathan Régnier.

— C'est une surprise, monsieur Régnier, dit Pauline van der Bloom quelques minutes plus tard en lui indiquant d'un geste le fauteuil noir à accoudoir. Je ne pensais pas vous voir ici. Ce n'est pas nécessaire que je prévienne le service de sécurité, n'est-ce pas ?

— Non non. Je ne vous causerai aucun problème. Je viens simplement vous apporter ce que vous cherchez.

— Vos travaux.

— Les voilà.

Il lui tend le carnet. Pauline van der Bloom regarde les pages saturées de croquis et de formules.

— Vous savez, en réalité nous les avons déjà. Tout était dans les archives Télémaque, que nous avons récupérées. Vous écrivez extrêmement mal, vous le savez ?

— Ah c'est possible.

— Je ne sais pas si c'est votre graphie ou votre raisonnement, en tout cas c'est incompréhensible. Des spécialistes s'y sont penchés, ils n'ont rien pu en tirer.

— Je peux vous aider à les mettre en pratique, dit Nathan. Mais en échange, vous laissez les autres tranquilles.

— Les autres ?

— Mia Casal, June Demany, tous les autres Télémaque. Et Adam Thobias aussi.

— Aucun problème, ils ne nous intéressent plus vraiment.

— Ah.

— Vous, en revanche, oui.

Le groupe d'experts a choisi la Suisse. Ça n'a pas été réellement une surprise. L'université de Lausanne a prêté ses installations en bordure du lac Léman, au sud de la ville. Nathan a passé ses premières journées à la terrasse, subjugué par la corolle des Alpes qui semblait jaillir des eaux, coiffée d'une frange de neige, le torse raide, l'assise large. Il y a tout à coup un excès de lumière, trop de jaune colza et de vert tilleul, même affaiblis par l'hiver, sans compter le bleu céruléen par-dessus, ce qui fait un grand nombre d'adjectifs à assimiler – mais déjà on le tire par la manche et il rejoint le groupe au travail. La salle est envahie de plantes vivaces et de plantes sauvages, de bâtons-de-sorciers, de renoncules en faux, d'euphorbes, de cinq trèfles étouffés, de quelques herbes aux couronnes, d'une petite oseille, ramenés à grands frais du Limousin, du Botswana, de l'île de Pâques, de Papouasie, afin de comparer leurs performances en photosynthèse puis de les rapprocher de la fameuse plante surnaturelle d'Amazonie. Nathan passe sa main sur un astragale jamais vu, sur de délicates rues des murailles, des herbes aux chantres, du lin raide, douves et crocus qui le ravissent, puis il se met au travail.

Quatre jours plus tard, porté par sa fraîcheur d'esprit (le silence de la campagne a ses vertus) et par l'équipe de virtuoses tournoyant autour de lui, Nathan trouve le moyen de capter l'énergie accumulée par la plante bionique et de la transférer sur une micro-puce de la taille d'une tête d'é – enfin, une très petite micro-puce. Dans celle-ci, une nano-batterie élaborée par le Mexicain Raul Prado après dix-huit ans de recherche. Il est 13 h 47 ce 20 janvier 2018, la lumière du lac ricoche dans la gueule de Nathan, penchée sur la table ; il y a là-dedans de quoi faire tenir un pays debout pendant deux ans. Nathan fait tourner la puce, qui brille. Il ne reste plus qu'à bouturer cette plante, la reproduire à l'infini, et alors tout sera résolu. Les économies du monde entier tourneront au soleil. Zéro déchet, zéro contamination. (À moins que l'on trouve le moyen de pourrir quelque chose au passage.) Le vent souffle sur l'eau, Nathan regarde une dernière fois la puce briller avant de la mettre dans sa poche.

Les dix-sept experts rentrent dans leurs pays respectifs, retrouvant qui son appartement de Tokyo, qui sa villa d'Edimbourg ou sa maison avec patio intérieur de la banlieue de Mexico D.F. Quatre d'entre eux portent sur eux, en totale infraction avec la déposition signée en entrant dans le laboratoire, une puce équivalente à celle que vient de déposer Nathan sur le bureau de Pauline van der Bloom. Trois d'entre eux (l'Américain Thomas Rupert, l'Italien Domenico Strozzi et l'Australien Jake Anderson) ont contacté des ministres ou des responsables d'industries pour leur proposer leurs services. Le quatrième, le Japonais Hahurio Tanaka, observe pour l'instant la puce scintiller au milieu de la table.

— Parfait, vous avez envoyé du bois, dit Pauline van der Bloom, surprise par ses propres mots.

— Et maintenant, demande Nathan.

— Vous êtes libre.

— Libre de quoi ?

— Ben je sais pas moi, de rentrer chez vous. Vous n'avez pas de chez-vous ?

— Si, enfin je crois, dit Nathan. Mais je veux dire, avec ça, là, on fait quoi.

— On s'en charge nous-mêmes maintenant, dit Pauline.

— Je dépose une bombe atomique sur votre bureau et je n'ai plus mon mot à dire ?

— C'était le deal, monsieur Régnier.

— J'ai rempli ma part du contrat, très bien, mais je veux participer à la suite.

— Je comprends. Vous voulez le déposer à l'Institut national de la propriété industrielle ? dit Pauline en retenant son rire.

— Je peux encore vous aider, dit Nathan.

— Asseyez-vous, monsieur Régnier, lui dit deux jours plus tard le ministre français de l'Environnement cravaté de rose.

— Merci, dit Nathan en s'asseyant sur le siège en rotin. Il est grand, dites donc, votre bureau.

— Oh c'est modeste, vous savez, dit Pierre Gravet en approchant la main des armoires Louis XVI. Ici, on est au ministère de l'Environnement, attendez d'aller place Beauvau !

— Oui, hm, bien sûr, dit Nathan.

— Enfin, vous n'êtes pas venu je suppose pour parler mobilier, dit Pierre Gravet. Pauline van der Bloom m'a briefé hier. Vous avez la puce.

— Oui.

— Vous voulez bien me la montrer ?

— La voilà.

— Ah oui. Elle est… Elle est belle.

— Il y a là-dedans de quoi faire turbiner Paris pendant deux ans au moins.

— C'est pas mal, dit le ministre.

— Vous avez du café ?

— Oh je suis désolé, monsieur Régnier, j'ai oublié de vous en proposer.

Il appuie sur un bouton.

— Vous allez nous la donner, demande le ministre.

— Oui, j'ai signé, dit Nathan. Mais je veux connaître votre plan.

Une tasse arrive sur un plateau porté par un homme en nœud papillon.

— Je dois déjà voir comment ça fonctionne, dit le ministre. Je la branche où, votre puce ?

— OK, c'est bien ce que je pensais, dit Nathan.

— Et ensuite j'en parle au président. On voit ce qu'on peut faire.

— Écoutez, je suis pas en train de vous offrir quelque chose, dit Nathan. Vous avez avec ça la possibilité de changer entièrement de monde.

— Ça demande du temps, le régime énergétique, et de l'argent.

— Vous voyez une autre solution ?

Pierre Gravet sourit à son interlocuteur.

— Vous savez, nous avons besoin de gens comme vous. Qui nous bousculent, qui nous poussent à agir. Oui, vous êtes précieux, infiniment précieux.

On va se réunir, en discuter, et on va avancer au plus vite. *Je reviens vers vous.*

À des milliers de kilomètres de là, Hahurio Tanaka se lève et regarde le monstre tokyoïte rugir à ses pieds.

— Il faut aller vite, alors, dit une voix derrière lui.

— Oui, dit Tanaka, les mains dans le dos.

Jake Anderson avale le cookie au chocolat blanc que vient de lui apporter un homme très aimable en uniforme. Il est assis devant la ministre australienne de l'Environnement dans son bureau de Canberra.

— Vous dites que dans la puce, il y a ?... demande-t-elle.

Jake prononce un chiffre qu'elle ne comprend pas mais l'impressionne grandement.

— On y va, dit la ministre australienne.

— Alors on y va, dit le ministre japonais.

— On y va ! dit le ministre italien.

Hahurio Tanaka, Jake Anderson et Domenico Strozzi rentrent tranquillement chez eux.

La semaine suivante, le ministère français de l'Environnement apprend par une indiscrétion délibérée que l'Australie, le Japon et l'Italie sont en possession de la même micro-puce.

— OK, on gèle, dit Pierre Gravet. On attend de voir ce qu'ils font.

— OK, on gèle, dit le ministre japonais. On attend de voir ce qu'ils font.

— OK, on gèle, dit la ministre australienne, etc.

Quelques semaines passent au cours desquelles on temporise. Il y a des dossiers plus urgents à traiter, de toute façon.

— Il faudrait tout changer, dit Pierre Gravet. Ça va être le bordel.

— On va faire monter les prix, dit Oscar Ciment, un de ses assistants.

— Non, tu sais, ce qu'il faut qu'on fasse, c'est faire jouer la concurrence, dit Emma Taillandier, directrice du cabinet ministériel. Pour l'instant on est quatre à avoir la puce, une vingtaine de pays à avoir la plante, à terme on l'aura tous. Bon. Que vaut une technologie que tout le monde possède ? Rien. Mais que vaut une technologie encore plus puissante et fiable et malléable que celle que tout le monde possède déjà ? Beaucoup. Alors on booste cette plante bionique, on en fait une plante Avenger super-bionique, et là on bouffe le marché.

— Vous êtes toujours aussi brillante, ma chère Emma, dit le ministre.

— Mais c'est-à-dire qu'on les bouffe, on les détruit, on leur ouvre les –

— Oui oui, j'ai compris, dit le ministre.

— Et pendant ce temps ? demande Nathan.

— On attend, dit Emma Taillandier. On avance, grâce à vous, sur la plante ++.

— Euh, mais vous vous souvenez qu'en fait il y avait un peu “urgence”, dit Nathan.

— Pour ?

— Ben, les animaux, le climat, tout ça.

— Ah oui, dit Pierre Gravet. Oui oui. On est dessus.

Trois mois plus tard, la majorité des pays du G20 possèdent la plante bionique.

— C'est trop compliqué de refonder tout le système.

— Comment on fait, du coup, s'il n'y a plus de marché, plus de concurrence ?

— On va les piner, je te dis.

— Il faut qu'on trouve un moyen de.

— On les laisse venir.

En avril 2018, le projet de généralisation des plantes bioniques est définitivement enterré par le directeur de l'Agence américaine de l'environnement, Raymond Tussel.

— C'est pas le moment. Les gens n'y croient pas, de toute façon. Le charbon reste notre priorité pour relancer l'économie.

La Chine, deux semaines plus tard, fait savoir par l'intermédiaire de son porte-parole qu'elle lance une grande rénovation de ses installations d'éoliennes et d'énergies renouvelables, certes plus polluantes que les potentielles installations tournant au soleil, mais beaucoup plus simples à mettre en place et moins coûteuses. Le Premier ministre indien, hindouiste radical, a déjà oublié la proposition qui lui a été faite par son ministre. Il faut dire qu'il a la tête ailleurs en ce moment. Son fils illégitime a des soucis de santé et la frontière du Cachemire est comme d'habitude sous haute tension.

— Tu disais quoi déjà.

— La plante qui mange le soleil.

— Ah oui.

— On en fait quoi ?

— Oh tu m'emmerdes avec tes histoires, dit le Premier ministre. Tu peux te la bouffer ta plante. Tu me diras quel goût il a le soleil.

Le gouvernement français a entamé, lui, sous la houlette du ministre Pierre Gravet et d'Emma

Taillandier, un vaste plan de réformes, porté par *l'urgence climatique et la nécessité de repenser, de manière vaste, profonde et audacieuse, notre système économique, énergétique et politique* (il était plutôt content de sa formule). Il s'agit avant tout d'isoler davantage les maisons, de penser à bien le faire pour les prochaines constructions, de prendre aussi, c'est très important, des décisions collégiales (par exemple avec d'autres ministres). Il faut retrouver la confiance des électeurs, des citoyens, dit Pierre Gravet qui aime bien finir ses phrases par un redoublement, le soir même lors d'un cocktail dînatoire. La refonte du système énergétique, avec des plantes ("des plantes ! avait-il souri à sa femme, la veille – on est en 2018, merde"), c'est pas le moment, il faut d'abord consolider l'image du président et du gouvernement, dont la marge de manœuvre, après plusieurs remaniements et des sondages catastrophiques, est trop faible pour se permettre de telles réformes. L'attentat islamiste de début mai s'avère une bien meilleure opportunité de serrer les rangs autour d'un ennemi commun, d'en appeler à la concorde nationale et à l'esprit de la République. Le président Macron tient ce soir-là un discours déchirant, le poing serré et la mâchoire ferme, retenant ses larmes au moment de rappeler les précédentes blessures, profondes, au cœur de la Nation, qui toujours (la voix s'arrête, et revient sur le mot – Pierre Gravet apprécie), *toujours*, se relève de ces épreuves plus forte encore qu'elle ne l'était.

Le gouvernement et les entreprises françaises découvrent par ailleurs avec bonheur que la transition écologique réclamée partout est surtout une merveilleuse manière de faire du blé. Les opportunités sont infinies : voitures électriques, biomasse, carburants neutres, industries vertes, tourisme vert, tous les secteurs doivent se racheter une éthique, des pratiques, et c'est une fabuleuse occasion de créer des emplois, de relancer l'économie et un système à bout de souffle. Si on verdit un peu, on regagne la confiance des consommateurs, on recommence à produire *comme au bon vieux temps*, on flingue toujours le monde mais dans une bonne humeur retrouvée. La société peut recommencer à tourner. L'avenir s'annonce radieux.

Et Pauline van der Bloom alors ? Eh bien elle lance présentement des miettes aux canards du parc de la Tête-d'Or. Sa fille adore ça. Les enfants sont vraiment cons. Elle a trouvé un bel appartement sur les quais, au-dessus de la piscine du Rhône. On lui a proposé de prolonger sa mission à Interpol, elle a accepté. Elle est heureuse de servir à quelque chose. Elle sent bien que cette plante bionique, avec tous les chemins qu'elle ouvre, va changer le visage de la politique, ou au moins de l'énergie, enfin au moins de quelque chose. Pourra-t-on sauver les canards ? pense-t-elle en jetant une nouvelle becquée à ces idiots qui cancanent. Au pire, franchement, c'est pas très grave. Allez viens ma chérie, on rentre à la maison.

— Ça fait longtemps, dites donc, monsieur Régnier. Vous étiez en voyage ? demande le concierge.

— En quelque sorte, oui, dit Nathan.

— Et c'était bien ?

— En quelque sorte, oui, dit Nathan, qui voudrait bien rentrer chez lui.

Il a trouvé son appartement vide baignant dans une odeur de rat mort. Pourquoi les rats meurent-ils toujours dans un endroit clos, lorsque le monde est là, dehors, offert à eux ? Nathan s'assoit sur le canapé. Montréal est froide comme un macchabée. Il se sent étonnamment bien. Vide, et bien. Il a perdu la partie, c'est sûr, mais après tout pas plus que n'importe qui. Il ouvre la bouteille de coca de deux litres achetée en bas chez le Pakistanais, qui était toujours là, en place, et l'a salué comme un enfant de retour au pays. Quel appart de merde. Il va le rendre. Il aurait dû le faire depuis longtemps. Il boit un litre de coca d'une traite. Une longue et passionnante période de régression s'annonce. Enfin en paix. Personne pour le faire chier. Il va racheter une télé. Ça va un moment, sauver le monde. Il s'allume une clope, l'appartement est glacial. Léa doit être bien loin à présent, dans une autre ville sûrement. Il met un vieux tube de glam rock sur son téléphone. Il a des clopes, de la bière, du silence, trente-six nouvelles séries sur Netflix. La vie s'annonce merveilleuse.

C'était quoi, déjà, le numéro du petit dealer de Saint-Michel ?

Nathan allonge ses jambes et inspire un grand coup. Il sourit.

Quelques semaines plus tôt, rue Verdi, à Barcelone. June a observé longtemps le va-et-vient des enfants en bas depuis son petit balcon. Puis elle a ouvert son téléphone et vu une petite boule rouge apparaître en haut de l'icône d'Instagram. Elle est allée dans la messagerie. Un message en attente. La photo de cette personne, @bill_attila, qui n'était pas son ami, montrait un paysage de fjords. Elle a appuyé. *Salut June. C'est moi, Adam. J'espère que tu vas bien, où que tu sois. Je voulais juste te dire ça : si jamais tu veux qu'on se retrouve ici, ce serait merveilleux. Un mot de toi et je t'envoie la marche à suivre. Je serais si heureux de te revoir. Je pense que l'on pourrait partager quelque chose d'important. Je t'embrasse. Adam.* Elle a appuyé sur la flèche arrière, puis de nouveau, et elle a reposé son téléphone sur le côté. Elle s'est allongée et a regardé le plafond. Il a Instagram le con. June se rendort devant un épisode de *The OA*. De l'autre côté des choses, comme le personnage de la série, elle est sur un yacht, elle observe des poissons verts qui sautent. Un ami d'enfance oublié conduit le bateau. Elle se réveille en sueur dans ce lit trop grand pour deux. Elle attrape le téléphone, il est 9 h 37, elle se lève. Un café au lait, une tartine un peu molle dedans, deux clémentines. La lumière est déjà haute et franche sur les toits de Barcelone. Mia se réveille. June l'embrasse, puis pousse la porte des toilettes. Nathan a disparu il y a plusieurs semaines déjà. Il a dû se lasser, rentrer au Québec. Il a eu raison. Chloé Tavernier les a rapidement blanchis auprès de la section antiterroriste, comme elle le leur a écrit – *j'ai apporté les preuves de votre innocence, vous êtes libres de vos mouvements* – alors autant rentrer. Un petit message, quand même, ça serait sympa de sa part. Nous dire au moins que tout va bien. Nathan parti, June se rend compte à quel point elle appréciait ce type. Chaque jour se répète désormais et l'histoire avec Mia semble tourner en rond. Que fait-elle ici à part oublier ? Elle était partie pour trouver quelque chose, pas pour s'enfouir sous un drap. Cette fille est super, mais malgré tous ses gestes, June ne parvient pas à l'attraper. Le veut-elle vraiment ? C'est à peine si elle peut se saisir elle-même, alors. Assise sur la cuvette, June sort son téléphone, appuie sur l'icône rose d'Instagram. *Salut*, elle écrit. *Dis-moi. J.* Par la fenêtre latérale, la lumière oblique se glisse jusqu'à son visage légèrement plié. June se relève. Le jour s'ouvre en deux.

Les instructions sont arrivées le lendemain. Un autre message sur Instagram, avant qu'il "ferme le compte". June l'a lu. Ça oscille entre le jeu de piste de gosses et la carte au trésor de pirates. Elle copie et colle le chemin à suivre dans un mail qu'elle s'auto-envoie puis efface le message. Elles ont prévu d'aller se balader dans la vieille ville aujourd'hui. June avale son café. Les ruelles de Gràcia s'inclinent sous ses pas, lilas de Perse qui frémissent au vent léger. On pourrait vivre ici, même l'hiver y est aimable. June voit les petits balcons arrangés, les cactus qui se penchent, une chaise où prendre le timide soleil, un magazine à la main. Elle habiterait là, à l'angle, avec ses deux chats et Mia ou peut-être un nouvel amoureux brésilien. Elle travaillerait en free-lance pour une ONG féministe, elle descendrait à la nuit tombée boire des bières fraîches sur la plaça del Sol ou de la Vila, dans ce bruissement léger et aérien qui semble accompagner chacun de leurs pas, elle embrasserait parfois d'autres garçons et d'autres filles dans le bar La Vermu devant les grands miroirs, juste pour le frisson, avant de repartir chez elle, fumer encore en écoutant du vieux punk mal foutu. La mort en deviendrait vague. Ses amis seraient graphistes, fêtards, drôles, avec de grandes mains pour la plupart. Ils iraient danser le soir sur de l'électro acide. Elle partirait parfois en voyage. Elle rentrerait. Elle lève les yeux. Le ciel est d'une pureté de Cyclades. Oui, elle pourrait. Nathan serait revenu vivre ici et Mia habiterait à côté. Ils se souviendraient avec amusement de leurs semaines de cavale. Mia lui sourit justement. Cette fille, droite comme un piquet, est parvenue, allez savoir comment, à l'ensorceler. Elles coucheraient encore ensemble de temps en temps, pour le souvenir de la peau. Les choses seraient à leur place. On aurait trouvé une maison. On pourrait, oui. Une tournée de bières arrive sur la table. Mais elle va plutôt partir.

June n'a pas grand-chose, juste un petit sac, elle a jeté tout ce qui l'alourdissait pour rien. Elle s'est levée tôt aujourd'hui. C'est toujours à l'aube que ça se passe. Le visage endormi de Mia, à côté d'elle. Elle va lui refaire ça. Mia voudra la tuer c'est sûr. June sera loin déjà. Elle entrouvre la porte. Ce sont à peine quelques couleurs qui saupoudrent les toits seuls, mais le ciel est lavé, d'une clarté folle. Elle pense à ce poème. Elle ne va pas le dire. Elle attrape deux biscuits, une mandarine. Sa veste est sur la chaise. Nathan dormait là, dans la chambre du milieu. Il aurait compris, lui. Déjà le rose craquelle au loin. Mais il est tôt, 7 heures à peine, elle va le laisser où il est. Souvent la phrase elle la mâchait à l'aube. Elle trouvait ça trop attendu, du Rimbaud avec son sac sur l'épaule, et pourtant chaque fois ça revenait. *Départ dans l'affection*. Ça doit être la couleur crue du matin, c'est pas sa faute à elle. Jamais elle n'y aurait pensé l'après-midi. *Départ dans l'affection et le bruit neufs*. Voilà c'est dit. C'est pas si grave finalement. June enfile ses chaussures. Elle retourne dans la chambre, s'approche de Mia. L'angle gauche de son visage dépasse de la couette, sublime carré à qui tout promis. June passe sa main sur sa joue.

Mia ouvre un œil. Elle voit June debout, son sac à l'épaule, elle comprend. Elle le savait déjà. Et c'est un sourire, un immense sourire endormi, comme une pâte chaude, qui s'étale sur elle. Elle ne dit rien, elle regarde June. Ce moment arrive et la lumière est la bonne. June lui sourit aussi, et Mia la regarde fermer lentement, avec tant de douceur et de bienveillance, la porte. Puis elle se tourne contre le mur et replonge sous la couette.

En bas, dans la rue Verdi, June ne retient pas son cri. C'est ce qu'elle a cherché toute sa vie : un son qui ne soit ni de joie, ni de désir, ni de douleur, ni de rage, mais de tout cela à la fois, et que dans ses replis on ne puisse distinguer autre chose que la puissance, brutale, diadème fou, bloc indistinct de tout ce qui la fait tenir debout.

IVe MOUVEMENT

Et puis elle a pris la route longue. Elle n'est pas pressée d'arriver, elle a le temps pour elle. Ils ont attendu des années, ils peuvent bien patienter quelques semaines de plus. La voie rapide la fatigue d'avance – à moins qu'elle ne fasse, finalement, que repousser le moment.

D'abord c'est un train vers le sud, Valence puis Séville, Grenade, Cadix. De là partait un ferry pour Tanger, sur lequel elle a embarqué à l'heure jaunie des pierres.

Elle a passé la nuit dans des draps de soie, allongée dans la chambre 35 de l'hôtel Maram, au-dessus du souk.

Elle est partie à l'aube vers le sud, les nuits fraîches de l'Atlas pour elle seule.

Oh et puis merde, elle va quand même pas s'enfiler un continent comme ça, dans des bagnoles pourries et partagées, cahotant sur des routes, accrochée aux fenêtres des bus – non, c'est bon, elle a donné ; elle change d'avis, elle aime ça changer d'avis – elle prend un taxi, l'aéroport s'il vous plaît, et monte dans le premier avion pour Nairobi quelques heures plus tard.

Quand les portes battantes de l'aéroport de Nairobi, Kenya, s'ouvrent, c'est un vent âpre et sec qui l'attrape. Elle voit la pancarte sur laquelle est écrit : June. Oui c'est moi, dit-elle dans un sourire à l'homme de taille moyenne, au visage d'une grande précision, noir cassé, qui lui sourit. Il prend sa valise, elle le laisse faire. Je m'appelle Caleb, dit-il. Enchantée. Elle ne demande pas où ils vont, la voiture démarre.

C'est une suite de lotissements serrés, de toits en tôle et de chemins qui se perdent, de tours là-bas, hautes, puis de moins en moins, June ouvre la vitre, l'air chargé de terre, de piment et de poussière entre dans l'habitacle. Elle observe le regard calme du chauffeur, qui ne semble appuyer sur aucune pédale et ne se préoccuper de rien, alors qu'autour de lui tout tremble. Une folie de voitures, de motos, de vélos, de vendeurs ambulants a pris d'assaut le taxi noir immaculé, Mercedes cabossée des années 1990 dont l'étoile centrale a depuis longtemps disparu, qui glisse et cahote entre les obstacles. Bientôt la route devient lisse, une deux voies, odeur d'asphalte fraîche dans le calme retrouvé. June ferme les yeux.

Elle s'extirpe très doucement du sommeil et du rouge partout l'attend. Plus de ville, de bâti, de passants, mais des étendues planes sous un ciel minéral. On est où ? Au nord, dit Caleb. Vous pouvez étendre le siège, vous savez. Appuyez là, sur le côté. Voilà. Vous serez mieux. Elle glisse un œil par la fenêtre. Les roches se sont emparées de l'espace.

Ça dure longtemps. June se penche vers le siège avant.

— On arrive quand ?

— Demain, dit Caleb. On va jusqu'au lac.

— Le lac.

— Oui, Turkana, dit-il d'une voix douce qui semble venir de plus loin que lui. Regardez.

Il lui tend son Samsung. Elle observe le petit point bleu qui se déplace sur la route en direction du nord.

— Et on va là, sur la rive ouest, dit-il.

June lui sourit. Il a des mains grandes.

— Si vous avez besoin de quoi que ce soit vous me le dites, dit Caleb dans un parfait anglais.

— C'est adorable, tout va bien.

La lumière, toujours aussi crue, décline lentement au-dessus des étendues vaines. Le rouge tourne au rose brûlé, un rose d'épines d'Ispahan, un rose froid qui plaît à June. Longtemps c'est elle qui décidait où elle partirait le soir, le lendemain, ce qu'elle mangerait, où elle dormirait. Aujourd'hui elle est décidée. Elle l'est depuis plusieurs mois à vrai dire, et elle aime plutôt ça. Le reste lui manque quand même, bifurquer, contourner, faire machine arrière, mais ce qui l'apaise profondément, c'est de ne plus devoir prendre toutes ces décisions, constamment, chaque minute (elle se souvient d'avoir lu que nous prenions en moyenne 35 000 décisions par jour : c'est beaucoup trop pour elle), ça l'épuisait, alors elle reprend des forces en ce moment, sur ce cuir doux, devant ce paysage par la vitre – pour dormir, elle a compris, elle peut allonger le –

— Caleb, vous avez faim ?

— Vous oui, je m'arrête avec plaisir. Dans trente kilomètres, il y a un restaurant.

Au centre de l'immense assiette de frites, un poisson fume. Elle y plonge. La chair blanche lui caresse les parois de l'estomac. Trois routiers égarés portent leur fourchette à leur bouche sous la tente qui claque au vent. On repart. Dernières lueurs au loin. Elle baisse encore un peu son siège. La voiture file en silence.

Quand en pleine nuit elle se réveille, une paix immense l'envahit. Elle se redresse, guette les ombres, il n'y en a pas. Tout va bien ? Oui, dit Caleb. J'aime bien conduire la nuit. Je pense. Moi aussi, elle dit. Elle passe une main sur son crâne ras. Souvent je pense à ça, dit June. Une boule, une grande boule. Rien dedans, à part moi. Je peux toucher les bords. Dedans c'est jaune partout, je sais pas comment le dire autrement. Je me mets dans cette boule et j'oublie tout. Je tourne. Parfois des manchots viennent me voir, mais assez peu finalement. Je griffe les bords de la boule qui sont faits d'une matière molle et sucrée. Je voudrais que plus personne ne parle, plus jamais, je voudrais rester là pour toujours. Et là quelqu'un parle et la boule s'évapore. Je comprends, dit Caleb. C'est à peu près pareil pour moi je crois, mais avec d'autres formes. Vous voulez vous arrêter pour un café ? elle demande. Non, vous inquiétez pas, j'ai un thermos au cas où. Reposez-vous. June ferme les yeux et rejoint la boule, puis c'est l'aube déjà, elle a les jambes percluses, ils s'arrêtent un moment sur le bord de route, on distingue une forme au loin, un coyote peut-être, ou peut-être rien. Elle est dehors maintenant et elle étire ses jambes. On entend les bords du monde qui craquent. Caleb fume une clope au-dessus d'un café, accoudé à une des tables d'un kiosque. Des nappes de chaleur qui semblent d'huile s'élèvent au loin. On remonte dans la voiture et on repart. Peut-être trois heures plus tard, alors que le soleil est haut déjà, Caleb dit on est arrivés. Il gare la voiture sur le côté de la route. Il n'y a rien, que du rouge partout, sur les côtés, dessus, qui les brûle. Un air chargé d'éclats de grès et de poussière entre dans les yeux de June. Et là on fait quoi, elle demande. On attend, dit Caleb, quelqu'un va venir. Elle aime écouter sa voix. OK, je me rassois à l'intérieur alors, dit June. Il fait plus chaud encore dedans et elle compte les minutes. Une forme se dessine au loin. Quelqu'un descend d'une voiture. La femme échange des mots avec Caleb, qui dit à June de venir. Vous allez finir avec elle. C'est juste à côté. Merci beaucoup, dit June à Caleb, en attrapant son sac. La femme lui tend la main. Moi c'est Kyra. Et la voiture file déjà.

Elles plongent plus avant dans le désert, les roues se heurtant aux petits cailloux et aux plaques de granit.

Lorsque June ouvre la portière, elle doit se pencher et protéger ses yeux. Elle écarte petit à petit les doigts pour laisser entrer une partie seulement de l'éclatante blancheur. Elle voit à peu près maintenant. Elle est devant une immense tente, une sorte de halle. Derrière, une vingtaine de petites maisons en chaume. Au-delà, de l'eau à perte de vue. Une eau turquoise, peut-être émeraude – ses yeux la brûlent – d'un calme absolu sous le ciel sans nuages.

— C'est le lac Turkana, dit Kyra. Il est plus grand que Trinidad-et-Tobago. Au nord, il y a l'Éthiopie. Et sur l'autre rive, là-bas, le parc Sibiloi.

June fait un pas vers la halle. Quelqu'un en sort. La figure massive. La barbe grise. Le pas ample et léger. Ça fait quatre ans, peut-être plus. Adam prend June dans ses bras.

Ils se sont assis sur le petit banc à l'ombre. Ils se sont enlacés à nouveau. C'est une joie pure, enfantine qui les a pris, dont ils avaient oublié jusqu'à l'existence. Elle ne sent plus de colère contre lui, ne se souvient même plus de l'avoir connue. Ils se regardent. Ils ne disent rien. Tout revient. Quand on retrouve quelqu'un après des années, on guette tout ce que le temps a gardé pour lui aux plis de la bouche, dans les recoins, la peau du cou. Je suis tellement content de te voir, dit Adam finalement. Elle prend sa main. Elle est toujours aussi large, épaisse et accueillante, même piquetée à présent de quelques taches marron.

La voix, c'est la dernière chose qui part. Elle est rocailleuse toujours et chantante, avec cette très légère fêlure tout au bout. June observe le visage carré, les sillons longs qui le parcourent, elle détaille la bouche, les joues rassurantes qui s'ouvrent, la grande histoire contenue dans ces plis.

Elle met sa paume dans la sienne.

Un lieu. Ça doit être ça, un lieu.

Au début elle ne comprend pas vraiment. Tout est trop éblouissant, elle ne peut ouvrir les yeux, et même lorsqu'elle y parvient, elle ne saisit rien pour autant.

Et puis elle commence à voir. Il y a là un village construit de toutes pièces sur les berges du lac Turkana. À côté des maisons en chaume, de petites huttes en formes d'igloos faites d'acacias et de palmiers, bâties côte à côte comme celles du peuple El Molo qui vit sur les berges du lac, lui explique Adam. Autour, un tapis de pierres, mais aussi, étonnamment, quelques îlots verts échappés de la fournaise.

Adam a rassemblé autour de lui une trentaine de personnes, plusieurs anciens Télémaque mais aussi des nouveaux venus arrivés il y a quelques mois d'Afrique centrale et de l'Ouest, d'Amérique du Sud, d'Asie, d'Europe. Dans la maison là-bas au fond ils sont plusieurs : Hiro, Carolina, Zoey, Oliver, Kyra, Seydou, qui avaient presque tous participé aux recherches de la CICC. Dans cet igloo vivent Rocío et Peter venus d'Argentine et d'Allemagne. Il y a encore Olabisi, Mado et Jian, du Congo, du Nigeria et de Chine. Et puis dans cet igloo se sont installés Rada, une jeune Indienne spécialiste des océans, et Tomas, qui s'était baladé sur Google Earth pour Télémaque.

— Je leur ai parlé du grand projet, dit Adam à June dans le mauve du premier soir. Ils sont venus. On s'entend bien. On avance. On a construit tout ça en quatre mois.

— Et c'est quoi le grand projet, demande June.

— L'idée c'est de tenter, sur un modèle réduit, de repartir sur de nouvelles bases.

— Un kibboutz, quoi, dit June.

— C'est un vieux mot pour de vieilles choses, dit Adam.

— T'en as des nouveaux ?

— Pas encore. On retarde le moment de nommer pour ne pas limiter.

Ils sont assis devant la maison d'Adam d'où ils regardent le soleil décliner.

— Et alors comment ça se passe ?

— On essaie de voir comment pourrait fonctionner une société horizontale et autonome. Pas de chef, pas d'ordre. Des directions qu'on fixe ensemble. Pas de division du travail, tout le monde fait un peu de tout. On s'échange les savoir-faire. Il y a des choses qu'on ne peut tenter qu'en petit groupe. On affine des procédés qu'on pourra ensuite expérimenter à plus grande échelle.

— Comme un génocide par exemple ?

— Voilà c'est ça, sourit Adam. L'idée ce serait une microsociété en plein désert où l'on inventerait des nouvelles relations entre les choses et les êtres, humains et non-humains, où l'on créerait des réseaux et des alliances entre tous les éléments du vivant, où l'on poserait les fondements de sociétés modernes (il n'est pas question de rejeter les technologies et les avancées) respectueuses du monde et désireuses de tout.

— On dirait un tract pour l'homme nouveau.

— C'en est la parfaite antithèse.

— Mais c'est un peu faussé : vous êtes trente et pas sept milliards.

— Il faut bien commencer quelque part.

— On pratique le sexe libre aussi ?

— Il n'y a pas de règles, chacun fait comme il l'entend.

— Et tout ça fonctionne.

— Oui. Ça fonctionne.

— Un nouveau monde ?

— Notre dernière chance.

June avale son rhum mélangé à du citron et du sucre. Adam sourit. Il est content de retrouver l'esprit frondeur de June.

— Vous avez des réserves d'alcool visiblement ?

— Oui. Il faut tenir aussi dans ce grand nulle part.

Adam porte lui aussi son verre à sa bouche.

— Et puis il y a cette halle, dit-il.

— Ah oui c'est quoi ?

— Là-bas on expérimente. On reprend ce qui avait été esquissé sur Télémaque en essayant de le mettre en œuvre.

— Et ça marche ?

— Je te montrerai.

On entend des pas derrière la hutte. Une petite tête apparaît.

— Waou mais regarde qui est là, dit une voix fêlée.

— Non !…

June se lève. Toi ici. Elle prend Chloé Tavernier dans ses bras.

— On a pris le même chemin finalement, dit Chloé en lui racontant le sien.

Elle s'était réveillée la tête à l'envers dans son appartement bruxellois après le départ matinal de Mia, Nathan et June. Elle avait décidé, sur un de ces fameux coups de sang des gueules de bois, où une apparente lucidité née des restes d'alcool vous fait voir les choses avec une saisissante limpidité, de rejoindre le mouvement militant en pleine ébullition. Ce fut un mois d'affrontements avec la police, d'opérations toujours plus audacieuses et radicales, occupations de bâtiments, blocages de rues et autres sabotages. C'est alors qu'elle avait reçu un appel de Pauline van der Bloom qui lui proposait de collaborer avec le gouvernement français. Un projet autour de la formule magique de votre ami Nathan Régnier, avait dit Pauline. Je sais que vous l'avez rencontré. Je vous propose cela parce que vous connaissez bien le dossier. J'ai refusé, dit Chloé. Je suis rentrée à Bruxelles. Là j'ai reçu un autre message, d'Adam. Et cette fois-ci j'ai accepté.

— Tu t'es encore foutue dans la merde, dit June en l'embrassant.

Et le rhum coule des retrouvailles.

June s'est installée dans une de ces maisons en chaume. Elle devait être là depuis longtemps, elle plie sous les années, elle était peut-être aux pêcheurs qui sillonnent le lac et s'arrêtent ici parfois. Ça sentait la peinture fraîche, Adam avait dû la retaper. June a posé son sac et ses chaussures dans la petite chambre aux volets jaunes, qu'elle a fermés pour s'allonger, qu'elle a rouverts deux jours plus tard.

Immédiatement elle s'est sentie bien dans ce puits immense du début et de la fin. Rien ne peut plus arriver que l'événement des jours, le passage des calaos trompettes et les lumières.

Elle est partie à l'aube vers les montagnes proches, calcinées de soleil, elle est montée dessus, s'est réfugiée sous les arbustes secs, qui ont résisté, seuls, à l'absence totale de pluie, elle a continué encore un peu, elle a vu l'île creuse au centre du lac comme un sublime volcan éteint, puis son chapeau n'a plus suffi, elle est repartie.

Elle respire lentement, elle va chercher chaque souffle tout au bout. Il n'y a que des pierres ici et eux. Elle marche encore au milieu. Elle s'emplit du silence qui tourne en nappes de chaleur autour des amas rouge poussière, sous le ciel brûlé d'un blanc de cérémonie. Elle ferme les yeux. Tout rentre.

Elle mange avec Adam un poisson frais que Rocío et Olabisi sont allées pêcher. Ils glissent leurs doigts dans la chair tendre. Tu sais le bordel que t'as foutu ? lui demande June. J'ai suivi un peu, dit Adam, et puis ça m'a lassé, tout était tellement prévisible. Les humains me fatiguent vite en général. Tu as fui, dit June. Elle sent de la colère à nouveau aujourd'hui. Ce n'était pas une fuite, dit-il, ni un exil. C'était une arrivée. Je voulais de toute façon venir ici. J'ai lancé le mouvement, mais la violence en tant que telle ne m'intéresse pas vraiment. Il le fallait, c'est tout, pour faire tomber le château de sable, maintenant ils se débrouillent tout seuls. June se tourne vers lui. Qu'est-ce qui t'intéresse alors ? demande-t-elle. Ce qu'on fait ici, dit-il. Et tu crois que les gens, ça les passionne, eux, ce que vous trafiquez ? Oui, répond Adam. Ils ne le savent simplement pas encore.

Rive ouest du lac Turkana. On ne parle pas en nom ici, on parle en latitude : 3° 54' 03" nord, 36° 03' 55" est.

— C'est donc ça, un lieu ? demande June.

Elle a une tasse de café froid dans les mains, des glaçons flottent dedans.

— Peut-être. En tout cas c'est le nôtre, dit Adam.

— Pourquoi ici ?

— C'est là que tout a commencé.

— Et c'est là que ça finira ?

— Justement pas. Le désert, c'est notre vie maintenant, il faut s'y faire. Il faut pouvoir y vivre. Il y a ces sols, là. On ne peut rien en faire a priori, du coup ça m'intéresse.

— Vous les avez rendus cultivables.

— On a piqué la roche, on a récupéré des arbustes et on les a replantés ici. On a aussi pris la terre dessous qu'on a mélangée à de l'engrais.

— Et comment on fait de l'engrais ici.

— Avec de la merde de chameau. Et on récupère l'eau du lac pour irriguer.

— C'est quoi ton truc maintenant, survivaliste ? dit June.

— Non, mais ça m'amuse les expériences.

— C'est un beau lieu, mais quand on arrive, ça ressemble quand même un peu à l'après-monde.

— Tu as compris maintenant qu'on est dans le monde ici. C'est eux, là-bas, qui n'y sont plus. J'ai dépensé toute mon énergie pour leurs grands projets, leurs visions, j'en ai eu assez. Ici, c'est le seul endroit où on peut trouver quelque chose.

— Quoi ?

— Un début de solution. Et puis ce lac dit tout. Il est en danger de disparition parce que les Éthiopiens, au nord, veulent installer sur ses berges des champs d'agriculture intensive, blé et coton, qui l'assécheraient. Plein désert. Le berceau de l'humanité aspiré par l'agriculture intensive.

— La boucle serait bouclée.

— Merveilleux.

Trente-neuf degrés à 11 heures du matin. Ils sont debout depuis cinq heures. June a vu l'aube, la lumière de Lune partout autour d'elle, la flammèche tout au bout qui jaillit, flamant rose tremblant qui fait craquer les bords. Elle se rendort maintenant dans son lit.

Communauté du bout du monde perdu dans le silence des pierres. Rien autour, des étoiles vides et les eaux calmes du commencement. Des groupes épars de nomades qui traversent la grande plaine. C'est aussi beau et absurde qu'autre chose. Ils ne parlent pas. Ils ont visiblement fort à faire. C'est un peu dingue peut-être, mais qu'est-ce qui ne l'est pas. Des maisons acacias sous le ciel du désert. Kenya rouge grenat.

June entre ce matin sous la grande bâche.

C'est d'abord une sensation d'immensité qui la prend en poussant le battant en plastique de la halle. Devant elle un enchevêtrement de machines, d'établis, de mini-laboratoires répartis sur trois niveaux séparés par des mezzanines. June s'est approchée à pas lents afin de faire le focus. Devant elle le ballet de dizaines de personnes s'agitant dans la fournaise ; ce n'est pas plus clair.

Elle fait un pas de plus. Elle reconnaît Jian, Zoey, Seydou, penchés sur leurs tables de travail. Ils essaient de mettre en pratique tout ce qui avait été imaginé dans le cadre de Télémaque, expériences de terrains, réflexions, voyages, découvertes, théories : un hors-sol de terre arable bouffé par des lombrics plus efficaces qu'un tracteur, un seul te régénère un terrain entier, lui explique Adam – ça, là, c'est la maquette d'un bâtiment vivant qui capte le soleil, ondule au vent, se transforme, devient atome. Là-bas c'est un mini-champ tapissé des plantes miracles de Nathan. Vivian, elle, met au point des biopiles que l'on place sur notre peau et qui sécrètent de l'énergie en même temps que nos organismes. Jian dessine des villes flottantes et démontables. Seydou crée une nouvelle viande à partir de cellules souches d'animaux, Hiro imagine des fermes urbaines d'insectes comestibles et de nouvelles cultures de pêche nomades.

— Ah ouais quand même, dit June. C'est quoi, l'encyclopédie des possibles ?

— Regarde ce que fabrique Rocío : des microalgues qui captent le CO_2 et le transforment en oxygène.

Géothermie, toiture photovoltaïque, compost géant, bioplastique, tout y passe.

— Veronica, elle est géniale, elle prépare des forêts tropicales boostées aux engrais nobles, et Olabisi à côté d'elle des lieux redevenus sauvages où cohabitent humains et animaux.

June roule de grands yeux ronds.

— On tente des choses. On se prépare à un avenir radieux au rez-de-chaussée et à la catastrophe au premier – il y a moins d'air là-haut. Ah j'ai oublié – il tire June par la manche – regarde, des lucioles dont on capte l'énergie luminescente, qu'on conserve ensuite dans des bocaux. C'est brillant.

June lui sourit. Il pétille toujours autant.

— C'est un peu dingue, mais intéressant, dit June.

— C'est un laboratoire à ciel ouvert. Ce qui se teste ici pourra se répandre ailleurs, partout, si ça fonctionne.

— En toute modestie, dit-elle.

— Ça ne sert plus à rien cette chose-là. Il y a la solution, là-dedans, quelque part.

— *Une* solution, ça n'existe pas.

Il fait déjà une chaleur du diable sous la tente pourtant équipée d'ombrières, alors ils sont sortis prendre l'air.

— Et pourquoi tu avais besoin de moi ? demande-t-elle. Je ne suis une spécialiste de rien.

— Je rêvais que tu sois là, avec moi, et qu'on élabore tout ça ensemble.

— Ça fait des années qu'on ne s'est pas vus.

— Je t'ai vue grandir, June. Je sais ce que tu vaux. Tu connais aussi mon affection pour toi. C'est toi qui peux inventer ce qui vient. Il nous faut ton audace, ton intelligence, ta force.

— Qu'est-ce qui se passe, tu vas mourir, t'as un cancer ?

— Non. Mais je compte sur toi.

Ils se sont assis devant la perche qu'Adam a cuisinée avec de l'ail et du laurier – tout pousse décidément sous cette serre. Ils ont pris le temps. De ne rien dire, de se regarder. Et alors elle a commencé. Des jours déjà qu'elle voulait lui raconter. Tout, depuis le dernier jour. Elle se souvient de sa couleur. Elle était repassée voir Amalia et Adam avant de partir pour Marseille. Sa copine n'avait pas voulu la voir. Son père était venu le lui dire à la porte. Le visage tout penaud, les yeux dans le parquet. Je suis désolé, il avait dit. June était repartie. Le visage d'Adam dans l'entrebâillement de la porte. Elle lui raconte la suite : la fin des études, la rage, large comme une mer, le tas avec toutes ses affaires, les voyages, l'Amérique du Sud, l'Asie. Elle lui raconte comment ça a dérapé, à cause de lui, à cause d'elle : la jungle, le pipeline, l'échappée. Elle fait ça vite, pas s'éterniser. Le poisson est tendre dans sa bouche. Adam a arrêté de manger. Ses yeux sont grands ouverts, fixés sur elle. La petite boule ronde qui jouait dans son salon, avançant entre les kalachnikovs. Comment a-t-il pu laisser faire ça ? Toutes ces folies dans sa tête, tout ce feu, peut-être pour rien, pour quelques ruines de plus. June continue. Il ne reste plus rien de la perche déjà. Mia, Nathan, leur cavale tous les trois. Tout est de ma faute, dit Adam. Je suis tellement désolé. Elle ne répond pas. Une maison en Lozère où panser ses plaies. Barcelone enfin. Le corps de l'autre, qu'elle cherche encore la nuit. Voilà tu sais tout. J'avais envie de parler je crois. Quelle traversée, dit Adam. Tu peux te reposer maintenant. Tu es arrivée.

Et puis il lui a dit viens, je veux t'emmener quelque part. Ils sont partis à l'aube. Elle est montée sur la barque, Adam a commencé à ramer. Ils ont passé la journée sur le lac, à échanger quelques mots, à peine, à regarder le vol des hérons sur les eaux. Ils sont arrivés sur l'autre berge à la nuit tombée. Ils ont dormi là dans une petite baraque en pierres. Le lendemain ils sont entrés dans la forêt. Il n'a rien dit, il a commencé. Il a posé ses mains sur l'arbre. Elle a fait comme lui. Ils ont fermé les yeux. Il n'y avait rien à faire. Corps élastiques autour des troncs. Un orme peut-être au feuillage touffu. Les heures ont passé. Ils entraient dans le silence et la mousse. Adam s'est allongé sur le sol, elle l'a suivi. C'était bizarre quand même. Ils se sont approchés d'une rivière. Ils ont glissé leurs pieds nus dedans.

Elle s'est éloignée. Plutôt que de répéter ses gestes, elle a essayé d'inventer les siens. Comment regarder, comment ouvrir les bras, comment s'allonger dans le jour. Son corps a repris le pli qu'il avait adopté dans la jungle. Mais quand là-bas tout était obstacle, ici les choses se courbent. Elle a laissé son enveloppe se modeler aux racines et aux herbes rases, se rallier à tout ce qui faisait bonds, coudes, dessins. Lentement les formes sont entrées en elle.

Un jour est passé.

Ils ont fait un feu, observant leurs propres ombres sur le sol sec.

Ils sont repartis le lendemain. La barque a glissé sur l'eau tiède. June n'a rien dit, Adam non plus. Ils sont arrivés de l'autre côté. Ils se sont embrassés. June a retrouvé son grand lit dans lequel elle s'est immédiatement endormie.

Ils sont tous debout sous le grand auvent, Chloé, Hiro, Olabisi, les autres, dont les rires s'élèvent dans l'air clair du soir. June observe le visage doux de Kyra, la vivacité des traits de Mado, la fatigue qui glisse des joues de Rocío. Elle commence à les connaître, à apprécier leurs gestes, leur présence. Elle se sent à l'aise avec eux. Chacun raconte son histoire. Rocío a quitté le Chili, un boulot et un mec de merde pour venir ici, Mado, après ses missions au Congo, a rejoint le Kenya, Peter s'est éloigné un moment de Berlin qu'il adorait et qui lui cramait le cerveau, Zoey fait une pause dans sa turbulente carrière de violoncelliste. Rada et Hiro racontent à June comment ils ont procédé, le mardi 24 octobre, au sabotage du centre d'élevage du Rio Verde au Brésil, pendant que Seydou participait à l'attaque contre le siège de Gazprom à Moscou, avant d'être arrêté. Du beau boulot, dit June. On boit. Les quelques lumières des maisons piquent l'obscurité. Adam est là aussi. Il a le sourire d'un homme triste. James trimballe son long corps entre les tables. Il y a des mains, de la douceur, une ivresse qui monte comme un chant. June avait oublié la grande vague du rhum, si joyeuse et dorée qu'on pourrait s'y installer.

On pourrait être dans le désert comme n'importe où. Un vent frais parcourt la grande plaine. Olabisi fait rire Zoey avec une blague qu'elle ne comprend pas. June se remémore avec Chloé leur virée bruxelloise. Elle est allongée sous les constellations nouvelles. C'est la grande houle à présent. Adam la prend dans ses bras. June écoute le bruit des cactus. Peter danse au son d'une musique connue de lui seul. Le grand équarrisseur, notre dénominateur commun et notre saule, qui nous accueille où que nous soyons, porte un nom simple et injustement méprisé : alcool. June danse avec lui. Pas de heurts, de raideur, on est. Chloé tape sur l'épaule d'Adam. Kyra ouvre une bouteille de champagne. June pourrait avaler le cosmos. Elle gît sous la voûte. Elle est au Kenya, c'est absurde, c'est parfait. Elle se fout de ce qui pourrait bien lui arriver. Il n'y a plus que l'ivresse à présent dans sa vie, le reste n'a jamais eu la moindre importance. Les gens devant elle semblent se connaître depuis toujours, elle partira du même principe. On se fout des parcours et des caractères, seuls comptent désormais leurs gestes, leurs yeux, ce qu'ils ne diront pas. Putain ce qu'elle a soif. Elle attrape un verre qui traînait là. Tomas vient s'asseoir à côté d'elle. Hey June, dit-il, et ça la fait marrer. Il a une tête d'ange un peu trouble. Je voulais te raconter quelque chose. Pour Télémaque, tu sais, je me baladais sur Google Earth. L'idée c'était de parcourir la terre à travers ces photos figées et voir ce qu'on pourrait en tirer. Un jour je regardais une webcam – ça me changeait un peu de Google – et j'ai vu une fille s'avancer vers l'objectif. C'était à Valparaíso, sur les hauteurs de la ville. Elle est revenue chaque soir ou presque, je l'observais.

Elle s'asseyait sur un banc et moi sur ma chaise. Un soir, j'ai pété un câble, j'ai tout lâché et je suis allé chercher cette belle et mystérieuse fille. Bien sûr, je ne l'ai pas trouvée. Puis Adam m'a rappelé, j'étais à Rio en train de zoner avec des drag-queens, ça allait mal finir, je suis venu ici. Waou, dit June. Et aujourd'hui, tu me croiras ou pas, dit Tomas, mais cette fille que je regardais par le judas, je l'ai trouvée. Comment ça ? dit June.

La fille, dit Tomas, c'était toi.

Emportée par la houle, June trouve l'histoire magnifique et embrasse Tomas. Puis elle reprend sa place sous le ciel. Elle tient les galaxies en équilibre autour d'elle. Elle sourit. Elle est là. Elle est là.

Le soir ils boivent et le jour ils s'activent sous le grand ciel. June se lève tôt et attaque. Elle participe à tous les chantiers, de la construction de nouvelles maisons jusqu'aux potagers, et aux laboratoires de la serre où elle se sent en mesure d'apporter quelque chose. Elle forme un nouveau chaînon du système d'apprentissage manuel : chacun enseigne aux autres ce qu'il sait, dans un mouvement pendulaire constant. Elle apprend ainsi quelques notions de géologie et de physique quantique, de tissage et de pêche.

Elle apprend aussi la programmation dans la grande salle réservée aux nouvelles technologies qui tourne à l'énergie solaire. On a décentralisé les données, les serveurs, démonté les ordinateurs, installé Linux partout, et on travaille le numérique comme la terre, à tâtons, en innovant à chaque pas. Ils ne refusent pas la modernité, ils pensent au contraire qu'utilisée mieux, et à dessein, elle pourrait les aider, les sauver peut-être.

June parle avec les uns et les autres, elle échange, elle bricole. Un jour elle développe avec Kyra un concept d'autonomie monétaire, le lendemain Jian lui apprend à coudre avec du chanvre. Elle récolte d'étranges légumes qu'ils sont parvenus à faire pousser en plein désert, dans un recoin plus ombragé.

Elle retrouve Chloé, Tomas, Olabisi, Kyra tous les soirs ou presque. Ils mangent et boivent en détaillant le ciel. Le temps s'est ouvert, ils sont à l'intérieur.

— Rien de ce que j'ai tenté aujourd'hui n'a marché, dit Chloé.

— Demain peut-être.

— Ah non demain je me repose.

Ils n'échangent pas de principes, ils ne prononcent pas de grandes phrases. On évite toute règle et toute pesanteur. Il y a des êtres humains et des pierres sous la large voûte.

Ce sont des silhouettes imprécises qui glissent entre les roches en direction du lac. Si on prête attention, on les voit. June les distingue à l'heure flottante de l'aube, ou bien tout au bout du jour, quand rien ne reste de nous. Des fantômes habiles qui ne pèsent pas, qui flottent au-dessus de nos corps comme des ombres millénaires. Ils sont là depuis le début, ce sont les premiers. Quatre millions d'années qu'ils flottent là, ectoplasmes fuyants, dans les brumes de l'entre-deux. June les voit qui avancent. Ils sont penchés encore, la voûte céleste sur leurs dos, pas homo, encore australopithèques. Ils vivent sur les berges du lac Turkana. Ils se nourrissent d'herbes. Ils errent longtemps. Ils cueillent et ils chassent, ils ne dorment jamais dans la même couche, ils vont, ils viennent. Il faut les voir marcher sous la Lune qu'ils pointent du doigt, arracher les fougères, se loger contre la terre. Ils sont une petite dizaine et se déplacent en groupes, formés de mâles dominants et de femelles reproductrices. Le jour ils taillent des pierres qui leur serviront d'outils et d'armes pour chasser. Parfois, à la suite de querelles, ils massacrent d'autres bipèdes australopithèques à coups de mains ou de cailloux. Ils se nourrissent de racines, de fruits, d'œufs d'oiseaux, de poussins. Ils avalent des graines. Ils plongent la main dans les charognes éventrées, en extraient des bouts de chair encore tièdes.

Un enfant de huit ans meurt au matin. On l'enterre là, il est vite avalé par le lac et recouvert de sédiments. Les eaux passent et s'évaporent, l'enfant reste là. En 2016, on retrouve son squelette. On plonge dans ses os calcifiés pour reconstituer notre enfance.

Le lac Turkana est alors beaucoup plus vaste et bordé de forêts. Les australopithèques en font le tour. Ils y sont bien, il fait frais, les massifs d'arbres regorgent de baies, de fruits, d'animaux. Ils passent de branche en branche, ils marchent sur le sol aussi.

Des milliers d'années passent. Les australopithèques laissent la place aux homo habilis, puis erectus, et enfin homo sapiens, qui cohabitent dans la région, toujours dans les environs du lac Turkana.

On chasse, on cueille, on dort ici, là, on se love contre les arbres et on repart, selon le climat, le gibier, et quelque chose de plus flottant et indéterminé qui les pousse à avancer.

Ils arpentent sans cesse les berges du lac qu'observe aujourd'hui June. Qu'y a-t-il au-delà de ces forêts profondes ? Quelque chose, sans doute, et l'homo sapiens veut aller voir. C'est ce qu'il fait depuis qu'il sait se servir de ses pattes, devenues jambes : il marche. Par nécessité d'abord, pour manger et survivre, puis vite par goût du déplacement, par curiosité, par un mystérieux élan, allez savoir.

Alors certains de ces sapiens partent coloniser d'autres terres que leur berceau africain. S'ennuient-ils à un point tel qu'ils partent tout droit voir s'ils s'emmerderont moins ailleurs ? Veulent-ils coloniser l'espace, simplement aller voir, goûter à la conquête et au sang ? Ou bien les vivres deviennent-ils plus rares ? En tous les cas, une première fois, il y a cent mille ans, des homo sapiens s'aventurent au Levant où ils rencontrent les Néandertal, avant de faire finalement demi-tour.

Quelques milliers d'années passent et l'homo sapiens accède, grâce à la fonte des glaces, à de nouvelles terres. Il peuple lentement l'Asie, puis l'Amérique, en passant par le détroit de Béring. Il rencontre sur sa route de nouveaux hommes de Néandertal, des homo erectus, des Dénisoviens. On les imagine copuler, ou bien plutôt exterminer ces lointains cousins. De ces espèces n'en demeure qu'une, sang-mêlé ou à peine : l'homo sapiens.

Il parvient pour la première fois en Australie sur de fringantes coques de noix. Il conquiert ce vaste territoire grâce à un ingénieux arsenal, détruisant, ici comme ailleurs, la quasi-totalité de la faune qu'il croise : lions, wallabies et koalas géants, marsupiaux, immenses wombats et kangourous, serpents constricteurs de dix mètres de long, et notre préféré, le varan, superbe reptile à langue pointue. Les autres, il les mange.

Les homo sapiens sont constamment en route, ils dorment dans des endroits de fortune qui s'improvisent chaque nuit. Certains arrivent à Göbekli Tepe, dans l'actuelle Turquie, il y a environ douze mille ans. Là, ils s'arrêtent. Quelque chose se produit. Ils veulent vraisemblablement construire un temple et vénérer les dieux. Il leur faut en tout cas des vivres s'ils veulent rester ici. Les hommes et les femmes du campement décident de cultiver des aliments sur place. Ils plantent du blé, de l'orge, élaborent les premières bières. Ils inventent l'agriculture, qui les oblige à se sédentariser, leur alimentation devient moins complète, leurs corps s'affaissent. Ils ne bougent plus autant, leurs forces diminuent, leur agilité aussi. Ils troquent la protéine des bêtes pour les sucres lents des céréales, les campements de fortune pour la chaleur d'un foyer.

Une guerre commence alors qui sculpte à sa mesure les sociétés humaines. Les nouveaux sédentaires se confrontent aux nomades qui persistent dans ce qui avait été jusqu'alors le mode de vie universel. À partir de ce jour, la balance s'inverse, le pouvoir passe dans les mains des sédentaires, assis sur un butin de guerre. Nomades, ils ne le redeviendront que lorsqu'il s'agira d'aller conquérir de nouveaux territoires. Sinon, à quoi bon s'user les semelles et le cœur sur les routes ? Le sédentaire invente la hiérarchie sociale, la religion à laquelle tous devront se soumettre, il invente le pouvoir politique et économique, il institutionnalise la guerre. Il assoit son règne.

La terre est tenue de se plier à ses désirs et à ses lois, de produire en quantité le maïs, le riz et le blé dont il a besoin, les animaux fournissent à heure régulière leur chair tendre.

Caïn l'agriculteur se heurte violemment au caractère rêveur et contemplatif d'Abel le berger. Il est l'aîné, le roi, il va tuer son frère, dont il jalouse l'offrande à Dieu.

La légitimité change de camp. Les nomades sont rejetés hors de la cité. Ils portent dès lors en eux la malédiction des pauvres et des damnés. On les appellera tour à tour Gitans, Juifs, Touaregs, tous également sans terre et responsables de tous les crimes. Cette malédiction ne cessera plus, jusqu'aux *migrants* de demain, porteurs eux aussi des maux de la terre dont ils hantent les bas-fonds.

Quelque chose s'instaure de l'ordre de l'obéissance sourde et discrète. Les eaux se laissent dompter, les fleuves entrent dans le rang, les arbres se penchent sur leur orgueil sans un râle. L'homme plie la nature sous son joug. Elle est majestueuse, florissante, généreuse, elle est à lui. Lui qui a été capable de développer un cerveau si puissant et habile qu'il peut appréhender la totalité du monde, le comprendre, et, par conséquent, le dominer. Les choses sont là, devant nous, il suffit de nous servir pour assurer le développement, le bien-être, le règne. La partie est jouée, et un trône ne se rend jamais.

Et nous voilà ce soir. June détaille l'autre rive. Elle se sent nomade XXIe, indélicate et artificielle, qui continue quand même à marcher, par réflexe ou par survie. Elle distingue encore les ombres qui s'accrochent aux derniers lambeaux de lumière. La nuit pleine bientôt les chassera. Elle les regarde passer sur la berge, voûtés, légers, vulnérables. Le soleil monte. Elles disparaissent.

Dans sa maison en chaume, qui garde encore en elle la fraîcheur de la nuit, June fait siffler la cafetière du petit jour, celle qui contient tout ce qui ne viendra pas mais que l'on espère malgré tout, même si un peu moins chaque nouveau matin. Au milieu du sifflement court, elle observe la perspective noble, encore gazée de bleue, qui se dessine entre les parois. C'est toujours l'étonnement qui la prend devant ce ras de terre, âpre immensité calcaire que vient prolonger, au bout de quelques centaines de mètres, la plane étendue d'eau saline, résistant on ne sait comment à l'avancée du désert. Elle se verse le café brûlant dans une tasse au rebord fêlé en détaillant le manège qui se met en place à cette heure. Kyra, Chloé, Olabisi et les autres sortent à pas lents de leurs huttes, certains se dirigent vers la grande tente, d'autres vaquent à leurs occupations.

Le café avalé, June sort à son tour. L'air la gifle au visage. La couche qui lui couvre la peau la protège des rayons mais l'enveloppe d'une ouate. Elle parvient jusqu'à la tente. Comme chaque jour elle demeure interdite face à cet immense branle-bas de plantes, de roues, de câbles, de machines, de pales d'éolienne, de tubes à essais. Elle essaie quelques trucs, mais elle trouve tout ça absurde aujourd'hui, elle part marcher.

Lorsqu'elle rentre, la tiédeur s'est enfin emparée de quelques arbustes, d'une pierre sur deux, c'est peu. On compte ses morts.

— Tu te rends compte que même si tu arrivais à quelque chose ici, tu ne pourrais de toute façon pas l'appliquer plus largement, dit June.

— On ne me laisserait pas ? dit Adam.

— Non.

— Peu importe. D'autres le feront à ma place.

Il inspire lentement.

Ils se sont installés là, à l'abri sous l'auvent. Ils observent le halo de poussière qui stagne à l'horizon.

— Il faut qu'on trouve la bonne distance, continue Adam. Entre le ciel et la terre, entre le sol et l'air.

— On ne l'a pas trouvée ?

— Visiblement non.

— Et qu'est-ce que tu proposes ? Flotter ?

— Je n'ai pas la solution, mais le sol n'en est plus une. Les souterrains ? L'espace ? Une interzone flottante entre les deux, à quelques mètres du sol ? Il faut chercher.

Elle a brusquement envie d'être loin d'ici, de marcher mains dans les poches dans une rue de New York et d'avoir la vie et la nuit devant elle.

— Et pourquoi tu es venu ici précisément, demande-t-elle. Je ne comprends toujours pas.

— Dans le désert on a enfin l'espace de penser. Je voulais voir les roches et les paysages qu'ont vus la première femme et le premier homme. Je me disais que ça nous apprendrait quelque chose de décisif.

— Et ?

— Je ne pense pas l'avoir trouvé. Mais j'ai compris.

— Quoi.

— Que nous avons perdu.

— *Tu* as perdu.

Elle regarde l'homme qui l'a vue grandir, il est là, devant elle, légèrement voûté, le regard au loin. June en a brusquement marre de toutes ces phrases elliptiques. Adam se tourne vers elle. Il voudrait prendre sa main. Il ne le fait pas. Au bout du lac, un vol d'éperviers cendrés froisse la surface bleu de jade.

Si elle savait faire avec les mots, elle lui dirait tu ne veux pas comprendre, Adam, tu te démènes, tu essaies à nouveau d'inventer, de créer, de construire des choses, des outils pour défaire ce qui a été mal fait. Tu rajoutes du hors-sol à ce qui a foiré par excès de hors-sol, d'élaborations ingénieuses, de détournements de rivières. Tu ne vois pas. Tu ne vois pas que l'humanité est sa propre défaite et sa propre victoire. C'est elle le problème, dans son entièreté, génie et vice. Pour soigner ce qui a mal tourné, elle doit tout changer.

— Disparaître ?

— Peut-être.

C'est toujours à l'heure bleue qu'ils se retrouvent. Avant, le cerveau serait incapable d'élaborer une phrase correcte.

— Les Télémaque.

— Oui.

— Tu savais depuis le départ.

— Non, j'y ai vraiment cru.

— Tu ne voulais pas réinventer *un lien avec le monde*, comme tu l'as affirmé à tous, dit June. Tu voulais renverser la table.

— En cours de route je me suis dit que c'était le moment, dit Adam. C'était pas une si mauvaise idée si j'en juge par le mouvement que ça a lancé.

Le lac frise à peine. Il reprend, comme les scarabées et la plaine, son souffle pour le jour à venir.

— Toutes les femmes et les gars du groupe se sont sentis floués je crois, dit June.

— Pas tous, plusieurs sont ici. Et j'en suis désolé pour les autres, dit Adam, mais ils ont participé à quelque chose de grand.

— Le contre-espionnage était à nos basques. J'ai failli y passer dans la jungle.

— Tu ne voulais pas une vie aventureuse ?

Elle sourit. C'est vrai.

— Et cette histoire de MI6 ? Tu as été vu à Bangkok en train d'échanger des documents avec un type des services secrets anglais, dit-elle.

— Ah ça, dit-il. Disons que j'avais une dette. Je leur avais fait faux bond à l'époque où je bossais pour eux. Quand j'ai pris la tête de la commission, ils m'ont tanné pour que je leur file des infos.

— Et tu l'as fait.

— Oh quelques photos, ça coûtait rien.

— Des lieux stratégiques ennemis.

— Ils s'en sont sûrement pas servi.

— Oh non, sûrement pas.

En mai 2018, des images mises en ligne révèlent ce qui se tramait depuis des mois peut-être sur les rives du détroit d'Ormuz : des spécialistes britanniques avaient trafiqué dans l'ombre les sous-sols des raffineries saoudiennes, grâce à de précieuses informations topographiques fournies par leurs services secrets, pour siphonner de faramineuses quantités de brut. Comme s'ils considéraient avoir encore des droits sur le Moyen-Orient, tels qu'ils leur avaient été attribués en 1928 par le fameux coup de crayon de Calouste Gulbenkian. Mohammed ben Salmane, fou de rage, rompt les relations diplomatiques avec la Grande-Bretagne, faisant ainsi oublier le scandale des photos l'ayant montré dansant à moitié nu sur une table d'hôtel, à Washington, en douteuse compagnie.

— Oh et puis merde, t'as bien fait, dit June qui en a tout à coup marre de lutter.

Adam continue à parler. La voix, c'est toujours par la voix qu'elle finit par capituler. Elle se souvient de la brise fine, des branches sous les pieds, du parc des premiers jours, elle se souvient de son frère qu'elle a lâchement négligé, elle répond bien aux mails mais du bout du clavier, son frère marche ce soir à côté d'elle, Adam est un peu plus loin, elle l'aperçoit dans sa veste aux larges montants beiges, elle a onze ans peut-être, elle s'approche. Elle voit quelque chose. Elle retient son souffle.

À côté d'elle, sur le muret, le vieil Adam Thobias parle de cette voix de l'enfance mais elle n'entend plus les mots, elle est partie vers le pays lointain.

Et tout à coup elle a compris. Quelle conne. Oh elle y avait bien pensé, parfois, mais jamais sérieusement. Ça n'avait été qu'une mouche écartée du revers de la main, une gêne, rien d'autre. Oui mais là, ce soir, assise devant le lac tout à coup quelque chose la frappe, elle se tourne vers Adam, et sa voix, son corps, tout – elle sait. Comment a-t-elle pu être si aveugle, toutes ces années, quand l'évidence était là, pâle et claire, sous ses yeux ?

— Pourquoi ?

— Hein.

— Pourquoi tu m'as rien dit.

Adam se tourne vers June dans la lumière encore aiguë du soir.

— J'ai compris, dit-elle. Damien n'était pas mon père.

— Non. Mais –

— N'essaie même pas de nier, dit June.

Adam se tait. Elle regarde la large faille qui strie sa joue gauche. Elle voit le front haut, les yeux gris-bleu, les lèvres. Non mais quelle conne.

— Je repars demain.

Et elle se lève sans un bruit.

Ils sont allés marcher vers les carrières de pierre, au loin là-bas où on ne distingue plus le ciel de la terre. Il y a son pas à côté du sien. Quelque chose comme une forêt se dessine devant eux. Ils aimeraient ça, un abri, une frondaison tiède où rafraîchir leurs âmes, un peu de lichen peut-être sous les doigts. June s'arrête : dommage, ce n'était qu'une tache d'huile. Elle préfère quand il ne parle pas. Sa conversation est devenue trop absconse, elle ne le comprend plus. Elle était venue chercher une réponse, un apaisement peut-être, elle a trouvé un élan, des possibilités, une confusion aussi. C'est pourtant le même homme qui marche à ses côtés, le regard flottant sur les eaux du lac Turkana, les mains dans les poches, comme embarrassé par sa carrure, mais quelque chose semble s'être fêlé. Un groupe d'enfants avance derrière un troupeau de chèvres sauvages. June voudrait tremper ses pieds dans l'eau. L'île creuse se dessine au centre du lac. Elle approche sa main d'Adam. Elle ne pensait pas. Elle s'était construite comme ça, seule, âpre, effrontée, n'ayant pas eu d'épaule sur laquelle s'appuyer elle s'était durcie, et comme calcifiée ; elle était devenue une jeune femme forte, furieusement indépendante, en colère, ne connaissant ni la peur ni la mélancolie. Certains ne peuvent se permettre de tels luxes. La peau se raidit, elle sent inconsciemment que si elle se relâche, s'autorise des faiblesses, s'abandonne, tout partira avec elle – alors elle se tient droite et ferme.

Ce n'est qu'aujourd'hui, alors qu'elle marche sur la rocaille abricot de ce rivage, qu'elle comprend. Elle n'a tenu que sur les nerfs. On ne résiste pas longtemps comme ça. Elle n'est pas plus forte qu'une autre, elle n'est pas invincible, elle a besoin d'une main dans la sienne, de l'épaule d'un frère, d'une amante ou d'un père, un lieu transitoire, et peut-être pérenne, où poser son sac et laisser couler ses larmes. Elle voudrait aussi un lieu à elle. Un ibis sacré guette au bout du lac un signe du ciel. L'île creuse est baignée d'une eau turquoise qui caresse ses flancs. June aurait voulu trouver ce lieu. Mais comme l'existence est une vaste farce, elle arrive bien sûr trop tard pour cette épaule et pour cette main. À l'instant, tardif, où elle se rend compte qu'elle la cherchait, la main s'est envolée. On peut comme toujours choisir de se trancher la gorge, on peut aussi rire à la grande plaisanterie.

Ils sont au bout de la frange de terre. La perspective l'éblouit : îlot dépassant des eaux claires, le volcan crénelé se mêle au ciel qui s'embrase d'orange sanguine aux dernières lueurs. L'essaim d'oiseaux migrateurs dont elle ignore le nom mais reconnaît la proue cendrée fait volte-face pour rejoindre la rive nord. June se tourne vers Adam. Il la regardait déjà. Elle voudrait le secouer, tout bougerait à l'intérieur et on entendrait peut-être, au fond, la vieille musique des jours enfuis, celle des poupées désarticulées qui exhalent un dernier râle avant de s'éteindre. Quelque chose doit encore résonner là-dedans. Elle prend sa main dans la sienne. Calleuse et chaude, elle prend toute la place. June a été bien aveugle de ne pas comprendre plus tôt. Cela n'importe plus maintenant. En acceptant finalement la main, elle a compris pourquoi celle-là.

On grandit seul, on s'établit comme une roche, on flotte aux bouillons du large, loin de la pierre d'accroche. On peut tenir une vie comme ça. On peut aussi choisir son rivage et décider d'accoster.

Les seuls sentiments de filiation qu'elle avait jamais sentis, en dehors des liens à sa mère, qui s'étaient lentement distendus avant de disparaître, avaient été pour ce drôle de type qu'on lui présentait comme le père de l'autre, l'oncle, la figure tutélaire mais lointaine ; son père, le vrai, avait disparu au loin, noyé dans ses propres brumes, il n'y avait plus rien à chercher de ce côté-là. Dès lors ses sentiments pour "l'oncle" lui semblaient logiques, il était le substitut, le voisin, elle en prendrait son parti. Elle pourrait bien sûr, aujourd'hui, ce jour de printemps dont elle ignore le nom et le matricule, lui demander pourquoi tout ce manège, quand tout eût été si simple, bac à sable et toit pour cinq, mais elle ne dira rien, elle ne veut rien savoir, cela n'entraînerait, c'est certain, que colère et larmes, et elle a déjà eu ça, elle préfère à présent le silence, l'oubli. Amalia était donc sa sœur ? Elle ne veut pas poser la question, elle connaît la réponse. Et tous les mots qu'on ajouterait là-dessus ne feraient que la blesser davantage. Elle pourra vivre avec ce flou-là, les trous d'amour, les lacunes, les lâchetés, mais elle ne veut pas vivre avec la vérité.

Sa mère et lui auront eu leurs raisons, ils auront des explications, peu importe. Ils ont choisi cette voie-là, c'est comme ça. June voudrait simplement pouvoir encore atteindre cette main.

Elle l'a pourtant déjà dans la sienne mais ce n'est plus qu'un bout d'os et de chair, il n'y a plus la consolation et la pierre, un lieu où habiter.

Le ciel derrière les étiques montagnes achève de s'embraser. June ferme les yeux et sent distinctement les cinq doigts et la paume qui lui échappent, elle sent la peau séchée par les jours et les vents s'effacer – le ballon se détache. Elle était seule, elle l'est à nouveau. Elle ouvre les yeux, à côté d'elle le lac frangé de noir, les dernières ombres des oiseaux, l'air sur son visage qui s'adoucit. Adam est parti. Il n'a peut-être jamais été là.

— Alors ? demande Chloé.

June lui raconte. Elle avait deviné à sa gueule.

— Mais parlons d'autre chose, dit June. Qu'est-ce qu'on se fait chier dans le désert quand même. Je suis fatiguée. Militer, expérimenter, imaginer, ils me soûlent avec tous leurs verbes. J'ai envie d'aller au cinéma.

— Moi aussi, dit Chloé. Et pourtant, quelqu'un doit bien s'en charger.

— D'autres que moi, ça m'ira.

Elles se sont ouvert une nouvelle bouteille. Le désert, c'est un truc à finir ivrogne.

— Il y a un type qui m'attend là-bas, dit Chloé. Enfin je sais pas s'il m'attend, mais il est là, quelque part. Moi aussi j'en ai marre de la politique. J'ai envie de faire l'amour et de voir des vrais pays.

— Le pire legs que nous laissent nos parents, c'est celui-là : on a bien profité de la vie, à vous de la sauver maintenant.

— Le plus ignoble changement de paradigme de l'histoire.

— Avec la petite note finale : vous n'êtes pas très *fun*, quand même. Nous, on savait s'amuser.

Elles boivent et fument à la santé de ces connards. Il n'y a plus que ça à faire.

Elles parlent de leurs vies, à défaut de les vivre.

Et elles gagnent ainsi la nuit, qui s'en fout pas mal, elle aussi.

Après quelques jours sans se voir, ils se sont retrouvés sur la petite terrasse en pierres. Adam lui a servi un verre de rhum frais.

— Tu vas bien ? il lui a finalement demandé.

— Oui. Je me sens étonnamment légère.

Le sucre coule dans sa gorge.

— Tu m'en veux ? lui demande Adam.

— Oui, dit June. Pour tout.

June fixe la ligne d'horizon du lac, qui ne cesse de muter et s'ouvre brusquement sur des eaux épaisses.

— Mais regarde, finalement, je suis là, dit June. Et ça va pas si mal.

— Je suis vraiment, profondément désolé, dit Adam. Mais je suis infiniment fier de toi. Tu es tout ce qu'on peut souhaiter être. Tu es tellement mieux que moi.

— C'est pas une compétition.

Il se tait alors. Elle a raison, comme toujours.

— Comment va Amalia ? demande June.

— Bien, je crois.

— T'as pas de nouvelles.

— Non.

— Tu cherches pas à en prendre non plus.

— Si, j'ai essayé. Et puis j'ai arrêté.
— Un peu comme toujours quoi.

Et puis lentement les choses ont commencé à se déliter.

Ce n'était pas perceptible au début, quelques gestes peut-être, des déplacements, à peine. Un cri parfois dans la nuit. June ne pourrait dire à quel moment tout cela a commencé, s'il y eut un déclencheur, s'il n'y en eut pas, et que le fruit simplement se dégrada.

Lentement, les esprits brillants sont avalés par le soleil.

Ce furent donc, d'abord, des choses invisibles à l'œil nu. June voit Kyra qui se traîne sur ses deux jambes. Tomas visiblement n'en peut plus, il ne sort qu'à peine de sa cabane, accablé par le passage des jours. Même Chloé semble perdre de son allant. On retient ses forces, son souffle, on se tapit dans l'ombre.

Ils semblent comme interdits, figés dans leurs gestes. Ils ne peuvent pas partir, quitter le navire ce serait renoncer, mais ils ne savent pas non plus comment rester.

On se retrouve de moins en moins souvent le soir. On s'éloigne.

Chacun se demande ce que peuvent bien faire les autres dans leurs cabanes.

Le sol lentement se fissure.

Adam regagne chaque matin la serre. Il remet encore et encore sa chance sur l'établi.

June a vu apparaître, un peu plus loin sur les berges, un immense ectoplasme sous le ciel ras. Elle s'est approchée. Un moteur vrombit. Qu'est-ce que c'est que ce machin. Elle observe le maillage de métaux et de câbles soudés, soutenus par de larges pieds d'insectes. Adam est penché sur la machine qui gronde. Kyra explique à June. Ça sert à aspirer le CO_2. On déplie le bras articulé, on le place comme ça. Un fracas démentiel secoue l'air pendant un temps qui semble infini. Kyra s'approche du bloc central, en retire quelque chose. C'est du CO_2 concassé, dit-elle. Et vous en faites quoi après ? demande June. On le transforme en pierre en lui ajoutant de l'eau et en le glissant sous la terre, dit Kyra.

June appuie sur le bouton, l'aspirateur se remet à hurler. Adam ne la voit pas. Il trafique quelque chose à l'intérieur. Une perche du Nil saute derrière dans les eaux couleur algue. C'est n'importe quoi, dit June. Peut-être, faudra voir, dit finalement Kyra qui continue malgré tout à s'activer comme un canard à qui on aurait tranché la tête.

June reste quelques instants encore. Le ciel semble si haut au-dessus d'eux. Elle observe le dos d'Adam penché sur les rouages. Ses mains qui graissent les pièces. Et tout à coup elle comprend. Il est trop tard. Il est passé de l'autre côté. Plus personne ne pourra le ramener.

— Vous saviez ?

— Quoi ?

— Qu'il perdait la tête.

Ils se sont retrouvés sous l'auvent, ça faisait longtemps. Il fait plus frais ce soir. Il y a là Chloé, Tomas, Olabisi, Mado, Kyra, June.

— On avait bien vu quelques trucs, dit Olabisi. Mais maintenant, c'est pire.

— Et puis vous aviez l'air si proches, dit Tomas.

— Justement, dit June. Vous auriez dû.

— Tu savais, comme nous tous, dit Chloé. Moi je l'ai vu dès le départ, depuis la commission. Il est génial et il est fou.

— Je ne parle pas de ça, dit June, je parle de ce qui est nouveau, de ses mains qui tremblent, des gestes qui lui échappent.

— Ce n'est pas de la sénilité, ni une maladie, c'est de l'impatience, dit Olabisi. Du dépit.

— Il y a autre chose.

— On perd peut-être tous la boule au bout d'un moment, ici, dit Tomas. On est trop près du sol, trop près du centre de la terre.

— Il n'est plus là, les gars, dit June.

— Est-ce qu'il l'a jamais été ? demande Mado.

Ils se sont tus.

— On fait quoi alors.

— On part ?

— On persévère.

— Il n'y a presque plus de *on*, les gars. Il y a des *je* tout secs qui ne savent plus où aller ni quoi faire.

— Alors du coup, on boit un verre ?

Et la longue nuit les accueille, dans un dernier geste de pitié pour ceux qui savent.

La colère et l'envie de tout foutre en l'air qui portaient June n'ont pas disparu, mais est venue s'y mêler une certaine acceptation, ou plutôt une conscience des cycles qui apaise les nerfs. Rien n'est résolu pour autant, ni pour elle, ni pour le siècle, et ce n'est pas cette microsociété ou cette grande halle au milieu du désert qui arrangeront quoi que ce soit. Personne ne saura ce qui est advenu d'Adam Thobias, la tête pensante du changement, *la conscience d'un monde*, enfin elle l'espère tout au moins, car ce n'est pas une bonne nouvelle.

Au bout du chemin d'une pensée et d'une force engagées dans un temps, il y a un corps exténué, une lente déraison.

Il a tenté, il a échoué comme tous.

Il n'y a rien au bout d'une vie, ni récompense, ni justice, ni accomplissement, il n'y a qu'un corps qui renonce et un désir qui s'éteint, un marteau qui s'abat. Adam s'est détaché d'une grande partie de ce qu'il était. Il n'est pas meilleur qu'un autre. Il n'a cessé de vouloir se distinguer d'un système et d'une logique criminels, qui, au bout du compte, l'ont rattrapé. On naît avec un monde et on meurt avec lui, que cela nous plaise ou non.

Alors June observe le spectacle. Comme toute représentation finale, c'est émouvant et un peu grotesque. Elle voit le château chaque jour s'enfoncer davantage dans la terre meuble. Elle s'use les yeux à regarder ça. Elle marche longtemps alors pour oublier. Elle ne voit plus son oncle, ou plutôt son père, comme la personne qu'elle a aimée, le sauveur qu'il ne sera pas – non, elle voit un pan entier qui se détache de la falaise. L'agonie d'un homme, on peut éventuellement s'y faire – celle d'un espoir, et de tout ce qui s'accrochait à ce corps-là, ça vous flingue.

Dans les bons jours, elle voit tout ce qui a été tenté ici, toutes les perspectives que cela ouvre. Aux mauvaises heures, toujours plus fréquentes, elle ne sent plus que l'abêtissement, l'assèchement que ce lieu a creusé en elle et en eux. Elle ne voit plus alors que la défaite, au bout de la route, après l'élan et les grandes idées, elle voit le règne du hors-sol, la petite société dynamitée, ce bouquet d'artifices. L'homme qui avait cru tenir la solution dans ses mains l'a à nouveau foutue en l'air.

Il n'y a pas de remède. Il n'y a pas d'ennemis. Il n'y a pas d'opposition, de bons, de méchants, de camp adverse. Il y a l'homme, son ardeur, sa folie. Il n'y a que nous. Ça suffit.

Et pourtant. June avait pensé mouvement, horizontalité, comme eux elle avait cru à cet embryon de société.

Mais ce qu'elle a devant elle, c'est notre défaite à tous, et ça, ça vous tue.

Sauf peut-être lorsqu'on a vingt-trois ans, et que l'élan vital est tellement violent qu'une blessure, si profonde soit-elle, ne dure jamais bien longtemps.

Le lendemain, le soleil semble neuf sur les choses.

Elle s'est peut-être trompée. Ce n'était pas la fin du monde, c'était juste la fin d'un monde.

C'est pas si grave finalement.

Elle passe la journée au lit à se rouler dans le drap.

Elle sort un moment, revient, lit quelques pages dans son hamac.

Et déjà la musique du crépuscule la prend.

Bientôt il n'y a plus de phrases. Comment faire pour en articuler. Ce sont des silhouettes qui stagnent sous le ciel. Où pourraient-elles bien aller ? Adam et June ne parlent plus. Sous la tente on étouffe. June marche longuement sur les rives. Elle reconnaît les pierres. Elle retrouve les fantômes, à chaque pas, qui lui disent, vous en êtes arrivés là. Elle a rencontré une bande de pêcheurs, vingt ans peut-être, qui lui ont offert une place sur leur embarcation. C'est dans l'émeraude maintenant qu'elle avance. Pas un froissement de bois ni d'étoffe sur le lac capital, la barque glisse vers le centre, là où les poissons pullulent, ils jettent leurs filets qui frémissent dans un éclat de lumière, ils les replient, on repart.

C'est une petite avancée, on n'entend rien d'ici, quelques scorpions parfois s'égarent à leurs pieds.

June s'installe dans ce temps long marqué par des siestes, des douches froides, des promenades nocturnes dans le noir s'étalant.

Un soir, on frappe à sa hutte. Elle ouvre. Adam est là devant elle.

— Tu crois qu'on va y arriver ? lui demande-t-il.

— Honnêtement ? Non.

Il plonge ses yeux en elle.
— C'est déjà foutu, dit-elle.
Il ne dit rien. Il referme doucement la porte.

— C'était pas pour le projet que tu m'as fait venir.
— Si, dit Adam.
— Mais pas que, dit June.
— Non.
— Tu m'as fait venir pour voir ta fille, c'est ça ? Eh bien la voilà. Je suis là, devant toi. On peut repartir ensemble. On abandonne tout ça. On part, toi et moi.
— On quitte le navire.
— Il a déjà coulé, dit June. Laisse tomber tes machines. Viens avec moi. On trouvera un autre lieu. On essaiera de rattraper le temps perdu.
— On ira où ?
— Où on voudra, peu importe.

Adam regarde sa fille, ses cheveux qui repoussent, sa tête ronde, sa peau hâlée. Ils s'installeraient quelque part, dans une grande ville peut-être, un de ces petits appartements au charme discret, quelques plantes, des tables basses, de la lumière, il ferait tout ce qu'il n'avait pas fait pour elle, il lui préparerait des gâteaux au chocolat et l'emmènerait au cinéma voir des films de gangsters. Elle grandirait encore un peu sous ses yeux. Elle ferait bien ce qu'elle voudrait. Elle partirait boire des coups et reviendrait deux jours plus tard les yeux pochés. Ils n'habiteraient pas ensemble, d'ailleurs, mais juste à côté. La vie serait simple à nouveau. Il observe son visage, ses petites oreilles, sa bouche finement dessinée, pulpe d'un fruit inconnu, qui lui dit viens avec moi, on fera tout ça.

— Oui, tu as raison, dit-il. On va partir.

— Voilà.

— Je boucle la serre et on plie bagage.

— Elle est bouclée déjà.

— Je clôture et on file tous les deux.

— Ça ne donnera rien, tu le sais déjà.

— Je peux pas éternellement commencer des trucs et ne pas les finir.

— Comme faire des enfants ?

— J'ai construit ce lieu pour nous.

— Je sais. Mais il faut savoir le lâcher maintenant.

Il ne peut pas. S'il baisse les bras, c'est toute sa vie qui part avec lui. S'il renonce, tout ce qu'il a tenté, toutes ces années de combat disparaîtront.

Vous avez essayé, lui a dit June, c'est très bien, mais ça ne marche qu'à moitié. C'est la grande société qu'il faut changer, pas la petite. Le cœur, pas les mains. Mais c'est pas grave, c'est comme ça.

Il n'y arrive pas. Il réessaie, retourne au labo, relance un dernier projet, dessine sa grande machine à flottaison, sans parvenir à décider de la hauteur à adopter.

Le soir June le regarde. Elle ne va pas lui redire abandonne, ses yeux le font pour elle. Et le matin, Adam se lève et retourne sous la serre.

La défaite lentement a pris une forme. Au début, ce n'étaient qu'un mot, des regards, un brouillon, mais le geste ensuite s'est déroulé – et alors il n'y a plus de marche arrière. Kyra est la première à l'avoir vu. Elle travaille jour et nuit sur la machine à CO_2. Adam la pousse à aller plus vite, *le temps presse*, comme si elle n'était pas au courant. Kyra perd patience. Adam reste courtois, toujours, mais il bouillonne. Son corps s'emplit d'échos, de batailles, de vents tournants. Les nerfs s'étiolent et les liens se distendent. Kyra finit par faire ses bagages et repart à bord d'une des voitures qui stationnent là.

J'ai donné, dit-elle aux autres. Je rentre chez moi.

June observe le manège, impuissante. Les dynamiques s'enclenchent, nous en sommes spectateurs. Que pourrait-elle bien faire, de toute façon. Et le veut-elle vraiment. Il s'est foutu là tout seul, il devra s'en sortir de la même manière. Il n'avait jamais fait le moindre geste pour elle, alors pourquoi en feraitelle. Elle longe la rive en silence. Elle parle comme chaque jour aux flamants roses qui lèvent leur cou, avec une telle lenteur, avant de s'échapper dans un frisson. Un autre jour s'achève.

June laisse couler sur elle l'eau froide, elle se prépare un thé et des fruits.

Après des jours de solitude rêche entre les draps, pleins de cette sale tristesse du bout du monde, June revient à la surface. Elle boit lentement son thé, elle étend les bras. (On ne devrait jamais se relâcher, on le paie généralement tout de suite.)

Après ces instants de paix, elle fait quelques pas en direction de la serre. Des bruits en émanent. Un cri. June court et ouvre les battants. La chaleur épaisse la prend au visage. Des silhouettes sont agenouillées là-bas, sur le côté.

Mado est tombée. Elle se relève lentement. Les corps autour d'elle s'écartent. Je suis désolé, dit Adam, vraiment. Elle le regarde. Tu peux. Elle écarte la bâche et sort.

June s'approche d'Adam. Il s'est assis sur la chaise en bois, il a pris sa tête entre ses mains. Elle s'agenouille. Qu'est-ce qui s'est passé ? Il tire doucement sur ses cheveux. Rien, dit-il finalement. Je l'ai à peine poussée. Il s'arrête. Je l'ai poussée. C'est pas possible. Il se relève, embrasse June, sort de la tente. Il regarde la terre voleter dans l'air. Le vent sec entre dans ses oreilles.

Les jours qui suivent sont imprécis. Tout s'agite dans un ballet vaporeux. Il y a de la colère, de l'indifférence aussi. Ce n'était pas si grave / si ça l'est / il faut qu'il parte / tout va rentrer dans l'ordre / c'était qu'un geste après tout, l'impatience, l'énervement, ça se corrige.

On ne voit plus Adam.

On reprend le fil.

On essaie de passer à autre chose.

Adam est sorti de la tente ce jour-là. Il a regardé ce qu'il avait fait de ses mains. Ce village du bout du monde. Cette démesure sous une serre. Ces années passées à lever la poussière qui lentement était retombée sur les choses. June a raison, c'était une folie. Tricoter encore au lieu de détricoter et de recommencer. Et puis perdre le contrôle de ses gestes comme il l'a fait. Il n'est pas cette personne-là, il ne la sera jamais. Il ne l'acceptera pas. Il préfère renoncer plutôt que ça.

Adam a regardé ses mains qui avaient tant bêché, tant œuvré, poncé, cloué, qui avaient vrillé. Une décharge vient lui bloquer le cou. La défaite chez certains se transforme en un jus délicat qu'on avale dans les derniers jours de la vie, comme un élixir et un soulagement. Pas pour lui. Il déteste ce goût âpre, cette sensation de moisissure qui lui entrave la gorge et le brûle. Il préférerait s'enfoncer sous terre et avaler des morceaux de verre plutôt que ce goût-là.

Il faudrait s'incliner. Il faudrait accepter que l'on perd, que l'on s'égare, ça nous arrive à tous. Il ne le fera pas.

Ses bras sont raides le long de son corps. Il est tôt, ce matin-là. Dehors, un bruit de rame, une barque de pêcheurs qui s'éloigne.

Adam est reparti vers sa petite maison. Il se souvient d'avoir baissé les bras en Colombie pour échapper au MI6, aux États-Unis après l'opération Medea ; chaque fois il avait pris le large, il s'était effacé. Puis, chaque fois, il avait repris le combat. Il regarde les sillons dans ses mains creusées par les années. Cette fois-ci, s'il baisse les bras, c'en est fini, il ne les relèvera plus. Il lève ses doigts à hauteur du visage, les pose sur ses yeux. Il a essayé. Il fuit de toutes parts. Il faudrait se ressaisir, retenter autrement, se redresser. Il a mal partout. Quelque chose en lui, sous le poids de la défaite, de la tristesse peut-être, de l'impatience, s'est détraqué. Ses mains sur ses paupières. Que leur est-il arrivé ? Il a deux filles dont il devrait s'occuper, mais il s'en sent incapable. Il ne veut pas être ce père-là. Il prend son petit sac à dos, un tee-shirt, une bouteille d'eau. Il se retourne, referme la porte. C'est fini.

June, assise sur son petit rocher à elle, a vu une forme s'avancer sur le grand tapis rouge. C'est à peine l'heure des pépiements. Adam a marché d'un pas lent, une jambe, l'autre, chaque pas comme compté. Il avançait vers l'ouest, là où il n'y a que des pierres et du rien. Elle l'a regardé s'éloigner. Elle n'a pas élevé la voix. Elle savait qu'il se retournerait. Toujours, à un moment donné, il s'était retourné. Elle se souvenait des quais de gare, du seuil de la porte, à moins qu'elle n'ait aussi inventé ces souvenirs. Elle a senti une tristesse infinie monter en elle devant cet homme aux épaules de menhir qui se redressaient à chaque pas, marchant tout droit, un sac si petit à l'épaule qu'il ne tiendrait pas deux jours dans le désert. Peut-être trouverait-il un village sur sa route, peut-être pas. Je vais courir vers lui, le prendre dans mes bras, il reviendra, il se calmera, tout rentrera dans l'ordre, lentement, on oubliera. Elle ne fait pas un geste. Le soleil est droit sur elle. Adam pose un pied sur le sol sec. C'est l'aube encore comme chaque fois. Sur le lac, des froissements de pélicans. Et c'est à ce moment-là, alors que June n'y croyait plus, qu'il se retourne finalement. Adam voit sa fille assise tout là-bas sur une pierre.

Sa poitrine se fige. Il la regarde. Elle pose sa main sur sa bouche. Ce regard, même lointain ; elle n'a jamais vu une chose pareille. Il y a là-dedans tant de tristesse, tant d'éclats de verre et de petits cailloux qu'il lui faudra bien des années pour les assimiler et les comprendre. Il y a dans ces deux yeux une puissance qui la terrasse. Tout au fond de ce regard, il y a aussi quelque chose qu'elle reconnaît. Ce n'est plus de l'ardeur, ce n'est plus du dépit, ce n'est même plus une flamme. C'est ce qui demeure d'humain quand tout le reste est parti, et contre cela, il n'y a rien à faire.

Adam fait volte-face. Il reprend son pas. June ne retient plus ses larmes. C'est une petite tache bientôt au bout du lac. June fixe le soleil jusqu'à ce qu'il la brûle. Elle ferme les paupières. Une boule rouge danse à l'intérieur. Lorsqu'elle rouvre les yeux, Adam a disparu.

AUBE

Elle pensa longtemps. Elle partit naviguer trois jours sur le lac, seule sur la petite barque jaune que lui avait prêtée Shaaban, un des pêcheurs. Elle voulait voir des aubes et des nuits passer sur elle. Il lui faudrait bien tout ça pour avaler les bouts de verre. Elle ne fit rien d'autre que ramer en silence, s'allonger sous le ciel, accueillir à son bord les hérons. Elle débarqua une nuit sur l'île creuse. Elle détailla les étoiles, les deux mains sous la nuque, sans sourire et sans peine. Elle repartit au matin. Elle rama dans le grand silence. Elle va rentrer en Europe, s'installer en Espagne, ou peut-être en Grèce, travailler mais à peine, faire de la musique, marcher le soir dans les rues. Retrouver les amis, s'en faire de nouveaux. Inventer une danse, la sienne. Prolonger ce moment qu'elle avait initié dans un espace plus précis. Elle reviendra vers les choses après les avoir fuies, forte de ce qu'elle aura appris. Elle a plein d'idées. Dès qu'elle quittera ce maudit désert qui lui brûle le cerveau, elle en aura encore davantage. Elle retrouvera les livres, elle dormira dans un lit *king size*. Elle fera ça alors, agir au cœur du monde. Ce droit à l'insouciance qu'on lui a volé, elle le reprendra de force. Elle a le droit de vivre, de ne rien faire, d'exister dans les luttes et en dehors. Une autre vie commencera. Tout ne sera peut-être pas détruit autour d'elle, on trouvera des solutions, tout s'arrangera.

Plusieurs membres de la troupe sont partis déjà. D'autres suivront sans doute. Elle ne les retiendra pas ; elle va bientôt faire de même.

Elle rama encore. Revenant finalement de sa longue traversée, elle aperçut au loin les quelques toits en chaume du village. Elle sentit une brûlure au cœur devant cette dernière œuvre à ciel ouvert. Son père qui avait tant tenté, qui lui avait tant appris, qui l'avait trahie aussi, ne laisserait finalement que cela : une utopie à moitié en ruine au milieu du désert. Ses mains firent tourner les rames qui glissèrent sur l'eau dans un murmure. Si même ce château-là s'évanouissait, si même un génie comme lui était arrivé au bout de ses forces, que restait-il ? Comment un cœur d'humain, si fort et fendillé soit-il, pouvait-il accepter cela ?

Oh elle le pouvait, pensa-t-elle.

Oh non, elle ne le pouvait pas.

La barque arriva sur la rive. June déposa la rame à terre.

Le lendemain elle retrouva Chloé, Tomas, Olabisi, qui regardaient passer les jours en apprenant des langues nouvelles. Ils parlèrent longuement en buvant du jus de citron glacé. June rentra dans sa maison, les invitant tous à y venir le lendemain. Elle prépara des fruits encore verts. Et alors elle leur demanda. Est-ce que vous continueriez ailleurs, différemment, avec moi, avec d'autres, dit-elle d'une voix aiguë de n'avoir plus servi. Est-ce que vous êtes fatigués, est-ce que vous pensez que ça vaut la peine. Comment pourrait-on mieux faire. Est-ce qu'il vaut mieux abandonner. C'est ce qu'elle leur a demandé. Est-ce qu'on rentre ensemble et on essaie d'appliquer ailleurs le peu qu'on a appris ici. Ils se sont regardés. Puis Chloé, un morceau de papaye dans la bouche, a dit : pourquoi pas, mais est-ce qu'on pourrait cette fois choisir un endroit frais où il y ait des hommes nus sous leurs vêtements ? June a souri. Ça me semble une grande idée.

June se lève d'un pas lent. Tout est prêt, elle a le temps. Elle obéit une dernière fois au rituel, la douche froide au-dessus des cailloux, la serviette courte, le café sur le plan de travail, la mangue qui s'ouvre. Dans son sac presque rien. Le lac se teinte de vert perroquet, l'île disparaît déjà dans les traînes qui troublent l'horizon.

Elle plonge les doigts dans la chair jaune-orange dont l'onctuosité et la saveur d'autre monde l'ont toujours emportée.

Elle prend le temps de plier une à une ses culottes, ses shorts, ses chaussettes. Elle ne sait pas où ils iront. Elle sait simplement qu'elle veut refermer cette porte sur le désert. Les roches, c'est fini. Elle veut de l'air, des foules peut-être, elle veut autre chose.

Elle ferme son sac à dos. Elle a les doigts collants de mangue encore. La porte claque. C'est l'aube déjà. Tout s'ouvre toujours sur les feux rouges d'un crépuscule avant de s'achever sur un lever. Ils sortent dans la lumière rase. Les voitures les attendent là-bas. Ils regardent les maisons sous le grand ciel. Plus rien autour. La serre a été démontée. Ils regardent le lac, les pierres qui regagneront bientôt le terrain perdu. Les maisons s'envoleront aussi. Tout recommencera.

June fait un pas dehors. C'est son premier, et elle l'aime pour ça.

OUVRAGE RÉALISÉ
PAR L'ATELIER GRAPHIQUE ACTES SUD
ACHEVÉ D'IMPRIMER
SUR ROTO-PAGE
EN JUIN 2020
PAR L'IMPRIMERIE FLOCH
À MAYENNE
POUR LE COMPTE DES ÉDITIONS
ACTES SUD
LE MÉJAN
PLACE NINA-BERBEROVA
13200 ARLES

DÉPÔT LÉGAL
1re ÉDITION : AOÛT 2020
N° impr. : 96311
(Imprimé en France)